Mit dem Biker von nebenan im Bett

Band 5 der Serie
Mit den Junggesellen im Bett

von

Virna DePaul

KURZBESCHREIBUNG

Jill Jones hat gute Freunde, einen tollen Job und regelmäßig eine ansehnliche Anzahl von Verabredungen. Was sie nicht hat, ist eine leicht verrückte oder wilde Seite–das glaubt sie jedenfalls. Dann trifft sie einen gut aussehenden, tätowierten Motorradfahrer, der sie regelrecht entflammt. Plötzlich sagt sie zu allen möglichen Sachen ja, angefangen bei einer Nacht im Bett ohne Bedingungen.

Als Experte für Sicherheit verdient sich Cole Novak seinen Lebensunterhalt damit, Menschen zu beschützen, aber der Kummer, dass er die wichtigste Person in seinem Leben nicht retten konnte, lastet immer noch schwer auf ihm. Dann trifft er Jill, und für eine Nacht bringt sie Farbe in seine dunkle Welt . . . doch nur, um am nächsten Tag wieder zu verschwinden und ihn in seine schon-vertraute Dunkelheit zurückzustoßen.

Bald merkt Cole, dass Jill ihm näher ist als er wahrhaben wollte–sie lebt sogar genau in dem Haus, das er verkaufen will, um seine Vergangenheit hinter sich zu lassen. Als die leidenschaftliche Frau seiner Träume plötzlich zum Mädchen von nebenan wird, fällt es Cole schwer, das Haus zu verkaufen und wegzuziehen. Wird er doch noch mehr von Jill wollen und sein Herz endlich öffnen können für Hoffnung und Liebe?

BÜCHER VON VIRNA DEPAUL

KAPITEL EINS

„WILLST DU VIELLEICHT DEM MILE High Club beitreten?"

Alles schon erlebt, dachte Cole Novak. Während er sich in seinen Erste-Klasse-Sitz lümmelte, grinste er die Rothaarige an, die diese verführerische Einladung ausgesprochen hatte. Sie hatte fantastisches Haar, pralle Lippen und Rundungen, bei denen einem fast die Augen aus dem Kopf fielen. Eine Spur zu übertrieben vielleicht, aber nichtsdestoweniger prachtvoll, mit exotisch anmutenden grünen Augen und einem recht üppigen Dekolleté.

Vor etwa einer Stunde hatte sie sich als Jessica vorgestellt. Als sie ihre Hand auf seinen Oberschenkel platziert hatte, ihre Fingerspitzen bloß Zentimeter von seinem Reißverschluss entfernt, hatte Cole den Atem angehalten, sich gefragt . . . gehofft . . . Verdammt, ein kleiner Teil von ihm betete sogar . . .

Aber nö. Nix. Nada. Nichts. *Nullkommanichts!*

So wie es bereits der Fall gewesen war, als die hübsche Flugbegleiterin vorhin mit ihm geflirtet hatte, Coles Körper–und wichtiger noch sein Herz–war einfach nicht interessiert. Jessica hatte ihn beäugt, als wäre er ihre Henkersmahlzeit, und Cole hatte sich unter ihrem heißhungrigen Blick beinahe gekrümmt. Was zur Hölle war bloß los mit ihm?

Er seufzte, stoppte ihre herumwandernde Hand mit seiner, gab ihr einen freundlichen Händedruck, dann stieß er sie sanft weg. „Danke, Schätzchen, aber ich muss passen." Er hätte lügen können. Irgendeine Art Ausrede erfinden können, um die Zurückweisung abzumildern, aber diese Frau schien abgeklärt genug zu sein, um sie zu verkraften.

Durch ihre Augen flackerte Enttäuschung, und sie zuckte die Achseln, während sie sich zum Fenster wandte. „Dein Pech."

Vielleicht, dachte er. Aber er wollte einfach nur nach Hause und in sein Bett fallen–allein–doch angesichts der Tatsache, dass Cole ein alleinstehender, heißblütiger Typ von neunundzwanzig Jahren war, der es liebte, mit wunderschönen Frauen ins Bett zu gehen, war das einfach nicht richtig.

Andererseits waren schon seit geraumer Zeit die Dinge nicht mehr richtig gut für ihn gelaufen. Seit sechs *langen* Monaten war er nicht mehr flach gelegt worden. Zunächst war der Grund die Krankheit seiner Mutter gewesen und dass er ständig seine Zeit hatte aufteilen müssen zwischen seinem Job und der Sorge um sie. Und jetzt war es so, weil seine Mutter tot und er einfach . . . müde war.

Bis auf die Knochen erschöpft.

Und weil er ganz offensichtlich an einer ‚Schwanzlähmung' litt, die nicht einmal durch die beträchtlichen Vorzüge dieser Rothaarigen geheilt werden konnte.

Dreißig Minuten später landeten sie auf dem Los Angeles International Airport. Cole verließ das Flugzeug, begab sich zur Gepäckausgabe und nahm gerade seine Reisetasche in Empfang, als er eine vertraute männliche Stimme vernahm.

Cole drehte sich um und entdeckte Luke Indigo, seinen Freund und Geschäftspartner bei FRONTLINE SECURITY. Obwohl es Samstag war, trug Luke einen schicken Anzug und schaffte es dennoch, mehr nach Raufbold denn nach Banker auszusehen. Sein Gesicht zeigte markante Züge mit stahlblauen Augen, die den Gesamteindruck seines Berufes als Bodyguard ebenso verstärkten wie Coles muskulöse Statur von einem Meter neunzig.

„Hey, Kumpel! Danke, dass du mich abholst." Cole hasste es,

zu fliegen. Normalerweise wäre er mit seiner Harley nach San Francisco gebrettert, aber ihm war nur wenig Zeit zur Verfügung gestanden, um sich mit Auftraggebern zu treffen und seinen Freund Ryan Hennessey zu besuchen, deshalb war er stattdessen geflogen.

Sie begaben sich zum Kurzzeit-Parkplatz des Flughafens, wo Luke seinen Wagen abgestellt hatte. Als sie bei Lukes Geländewagen angelangt waren, warf Cole seine Tasche auf den Rücksitz.

„Wie geht's Ryan denn so?", fragte Luke.

„Er ist verliebt."

Luke lachte. „Der ist doch schon jahrelang verliebt. Und er streitet es seit Jahren ab."

„Tja, dieser Typ ist eben ein Dickkopf."

Cole und Luke stiegen ein.

Ryan, ein Kumpel aus Collegezeiten, verdiente sich seinen Lebensunterhalt, indem er Feuer bekämpfte. Den Großteil seiner freien Zeit verbrachte er mit seiner besten Freundin Annie. Obwohl es zwischen den beiden, immer wenn sie zusammen waren, gehörig funkte, hatten beide zu viele Vorbehalte, ihre Freundschaft aufs Spiel zu setzen, um an dieser Situation etwas zu ändern. Dennoch . . .

„Ich glaube, unsere brave Annie ist nun endlich doch bereit, die Dinge zwischen ihnen zu ändern", sagte Cole. „Momentan halten sie sich gerade in Las Vegas auf, soviel ich weiß."

„Ein ganzes Wochenende in der Stadt der Sünde." Luke startete den Motor und fuhr aus der Parklücke. „Interessant!"

Cole starrte aus dem Fenster und genoss den sonnigen Junitag, wolkenlos, aber auch nicht übermäßig heiß. Gutes, altes L.A.! „Gibt es etwas, das ich wissen sollte, ehe ich montags wieder mit der Arbeit beginne?"

„Nur, dass es nicht nötig sein wird, dass du kommst."

Cole versteifte sich. „Wie meinst du das?"

Luke seufzte. „Ich weiß, dass du nicht gern darüber sprichst,

Cole, aber du solltest unbedingt das Haus deiner Mutter räumen. Rede mit den Mietern, dass du das vermietete Haus nebenan, das ihr gehört hat, verkaufen willst. Und dann . . ."

„Und was dann?"

„Dann nimmst du dir eine gewisse Zeit frei." Mit einer Handbewegung deutete Luke seine Idee an. „Schau dir die Welt an, so wie du es immer wolltest, wozu du aber wegen der Krankheit deiner Mutter nie gekommen bist. Schwing dich auf dein Motorrad und fahr quer durchs Land! Oder durchstreife Europa! Unser Geschäft boomt. Ich kann ein paar weitere Männer anheuern und—"

„Ich bin schon viel herumgereist, Luke." Vielleicht sogar zu viel, dachte Cole. Er war auf einer Motorradtour gewesen–nicht einmal aus geschäftlichen Gründen, sondern in seiner Freizeit–an dem Tag, als seine Mutter starb. Zugegeben, als er losgefahren war, schien sie absolut stabil zu sein, deshalb hatte er es auch nicht kommen sehen. Aber er hätte es sehen sollen. Und weil er das nicht gesehen hatte, war seine Mutter allein gestorben, ohne dass er bei ihr war.

Für mehrere lange Minuten herrschte im Auto angespannte Stille, während Luke sich auf die Schnellstraße Richtung Coles Apartment einfädelte.

„Schau, Cole, ich mache mir Sorgen um dich. Ich weiß, dass du dich schuldig fühlst, weil du am Ende nicht bei deiner Mam warst. Ich verstehe das. Aber es ist nun schon mehr als drei Monate her, seit sie starb. Fang wenigstens mit den Häusern an! Deine Mam hätte gewollt, dass du mit dem Heilungsprozess anfängst, und die beste Möglichkeit dafür scheint zu sein, ihre Angelegenheiten zu ordnen."

Coles Kehle schnürte sich zu, als er sich vorstellte, die Besitztümer seiner Mam durchzusehen oder Papiere zu unterschreiben, um ihre Häuser zu verkaufen. „Ich bin nicht sicher, ob ich dafür schon bereit bin."

Wahrscheinlich war Luke der einzige Mensch in Coles Leben, mit dem er so ehrlich darüber reden konnte. Seit der High School waren sie befreundet, sogar länger als die übrigen Mitglieder ihrer Gruppe, die sie während der Uni kennengelernt hatten. Luke hatte den Kampf gegen Krebs, den Coles Mutter auszustehen hatte, mit angesehen, vom ersten Augenblick der Diagnose vor dreizehn Jahren bis zum bitteren Ende, inklusive aller zwischenzeitlicher Rückfälle und Besserungen.

Cole hatte als seine Familie nur seine Mutter. Sein sogenannter Vater war eigentlich nur ein Samenspender, was Cole betraf. Seine Geburt war das Ergebnis einer kurzen Affäre seiner Mutter mit einem Mann, der stark ‚im Fokus der Öffentlichkeit' stand–wie sie ihm später einmal erzählte. Sie hatte Cole alleine groß gezogen. Und obwohl sein ‚Vater' ihm während der letzten fünf Jahre zu Händen seiner Mutter mehrfach anonyme Briefe geschickt hatte, hatte Cole jeden einzelnen davon zerrissen.

Außer dem einen, den er bekommen hatte, kurz nachdem seine Mam gestorben war, und der diesmal direkt an ihn adressiert war. Zwar wieder ohne Absender, aber es war dieselbe schräg geneigte Handschrift auf der Vorderseite. Er hatte den Brief in zwei Hälften gerissen und auf die Küchentheke geworfen, wo er während der letzten drei Monate verblieben war.

Er wusste, warum er den Brief nicht weggeworfen hatte. Weil er in Versuchung war, ihn doch zu lesen. Ein Teil von ihm wollte nun, da seine Mutter verschieden war, wissen, ob er noch einen zweiten Elternteil hatte, mit dem er eine Beziehung aufbauen könnte. Und das kotzte ihn verdammt nochmal an!

Seine Mutter war sein einziger Elternteil gewesen. Sein leiblicher Vater würde nicht einfach einen Freibrief dafür bekommen, sie beide damals im Stich gelassen zu haben. Nicht einmal dann, wenn es das war, was seine Mutter gewollt hatte.

„Mir fehlt sie auch, weißt du", sagte Luke ruhig.

„Ich weiß."

Den Rest des Weges zu Coles Apartment legten sie schweigend zurück. Es war ein elegantes Gebäude in einer trendigen Gegend. Nicht sowas wie das kleine Reihenhäuschen seiner Mam in einem der typischen Vororte am Stadtrand von L.A.. Ihm gefiel seine Wohnung, aber sie fühlte sich nicht wie ein Heim an. Auf jeden Fall nicht so wie das Haus seiner Mam sich immer angefühlt hatte. Was ja auch Sinn ergab, da er die meiste Zeit seiner Kindheit dort verbracht hatte. Aber er wusste auch, dass das Beste, das er tun konnte, wäre, die Vergangenheit hinter sich zu lassen und von vorn zu beginnen—angefangen mit dem Verkauf der Häuser seiner Mutter, um dieses Geld dann in die Expansion seiner Firma zu investieren.

Luke fuhr an den Straßenrand und stellte die Automatik auf Parken, dann saß er bloß da. Erwartungsvoll. Wartend. Ließ Cole einfach nur durchatmen.

„Du hast Recht, was Mam betrifft", gab Cole mit einem tiefen Seufzer zu. „Ich werde daran arbeiten, die Häuser so bald als möglich zu verkaufen. Das hatten wir ja sowieso immer vorgehabt, da wir das Geld brauchen, um die Geschäfte in San Francisco voranzubringen."

„Ich habe deinen Arbeitsplan für nächste Woche schon freigeräumt. Am Montag komme ich nach der Arbeit bei dir vorbei und wir können—"

Cole hob schnell abwehrend die Hand und schüttelte den Kopf. „Ich weiß dein Angebot zu schätzen. Aber das . . ." Er holte tief Luft. „Das ist etwas, das ich alleine tun muss. Außerdem bist du ja schon mit Arbeit überhäuft. Wenn du etwas freie Zeit übrig hast, dann könntest du vielleicht Eric zur Vernunft bringen."

Luke presste die Lippen zu einer grimmigen Linie zusammen. „Er antwortet weder auf Textnachrichten noch auf E-Mails."

„Scheiße!" Letzte Woche hatte ein anderer ihrer Freunde von der Uni, Eric Davenport, seine Verlobte, Brianne Whitcomb, bei der Hochzeitszeremonie im Stich gelassen. Eric hatte ihnen per

SMS und E-Mail mitgeteilt, dass es ihm gut gehe, er aber Freiraum brauche. Seitdem hatte er alle Verbindungen gekappt. Cole und Erics andere Freunde hatten beschlossen, Eric bis zum Ende des Monats Zeit zu lassen, um sich wieder zu fangen, dann würden sie sich auf seine Spur begeben und ihn ausfindig machen. „Er hat noch ein paar Wochen."

„Einverstanden. Nimm's nicht so schwer, Cole! Wenn du irgendetwas brauchst, dann ruf mich an!"

„Werde ich." Er öffnete die Autotür und stieg aus, dann holte er seine Reisetasche aus dem Kofferraum. Bevor er die Beifahrertür schloss, spähte er nochmal ins Auto. „Vielen Dank fürs Mitnehmen."

Luke lächelte kurz und nickte. Als Cole die Autotür zugeknallt hatte, fuhr Luke davon.

Oben empfing Cole sein luftiges Apartment: Holzboden, offener Grundriss, wenig Möbel. Der größte Teil des Wohnbereichs wurde von einem vollständigen Satz Gewichte eingenommen- die schwarze Ledercouch war immer noch an die Wand zurückgeschoben für den Fall, dass er im Fernsehen einmal ein Fußballspiel anschauen wollte. Die Küche war winzig, reichte ihm aber. Er musste zugeben, dass die Wohnung, spärlich bemessen und eingerichtet war, doch die meiste Zeit kümmerte ihn dieser Mangel an Annehmlichkeiten nicht. Das einzige Kunstwerk der Wohnung war ein Gemälde, das er in der Galerie ARTWALK in der Innenstadt gekauft hatte. Es lehnte an der Wand, war aber noch nicht einmal aufgehängt worden. Fröhliche Farben breiteten sich von der Mitte heraus aus, wo eine junge Frau sich über einen kleinen Tisch beugte, ihr dunkles Haar fiel dabei nach vorne und verbarg somit ihr Gesicht. Geheimnisvoll . . . irgendwie abenteuerlich-gewagt auf unschuldige Art und Weise. Es war diese Mischung von verführerisch und süß, die Cole in ihren Bann gezogen hatte, und manchmal hielt er mit einem Bier in der Hand inne und starrte das Bild minutenlang an.

Er überprüfte das Telefon in der Hoffnung, dass Eric zurück-gerufen hatte. Nichts! Nachdem er seine Tasche ins Schlafzimmer gebracht hatte, ließ er sie aufs Bett fallen und begann mit dem Auspacken. Aber währenddessen ließ ihn die Unterhaltung mit Luke über seine Mutter, ihre Häuser und sein eigenes, offenkun-diges Bemühen, seinen Kummer abzustreifen, nicht los, nagte an ihm und ließ ihn nicht zur Ruhe kommen. Er schloss die Augen und zählte im Geiste bis fünf, ehe er sie wieder öffnete.

Was er dann sah er, verursachte ein Gefühl von Übelkeit, das in seinem Magen rumorte.

Über die Jahre hatte er seiner Mutter für ihre Sammlung zahlreiche Schneekugeln mitgebracht. Als er vor ein paar Tagen diese Eine in San Francisco entdeckt hatte, so hübsch mit einer Miniatur-Golden-Gate-Bridge darin, hatte er nicht widerstehen können, sie auszusuchen. Und zu kaufen. Auch wenn seine Mutter tot war und sie niemals sehen würde.

Er hob das kleine Paket an, das in Papier eingewickelt und in eine Ecke seiner Reisetasche gestopft war, und packte es aus. Dann starrte er die kleine Schneekugel an, ihre eingefangenen, schimmernden Flocken aus glänzendem, weißem Plastik, wie sie in einen langsamen, winterlichen Tanz vollführten. Oh ja, seiner Mam hätte sie mit Sicherheit außerordentlich gut gefallen!

Was zur Hölle sollte er jetzt bloß mit einer kitschig-grässli-chen Schneekugel anfangen?

„Verdammt!" Er schleuderte die Schneekugel quer durchs Zimmer, wo die Glaskugel an der Wand zerbarst. Überall waren Glassplitter und Wasser, das an der Wand hinunterlief und sich in einer traurigen Lache auf dem Fußboden sammelte.

Luke hatte Recht. Er kümmerte sich nicht um die anstehen-den Angelegenheiten. Er schlief nicht. Er hatte an nichts Interesse außer wie er von einer Mahlzeit zur nächsten kam, wobei er nur eventuell etwas halbwegs Produktives in den Zwischenzeiten tat.

Er starrte auf die Sauerei, die er verursacht hatte, dann auf die karge Einrichtung seines Schlafzimmers. Seit seinem Einzug standen immer noch versiegelte Schachteln herum, die darauf warteten, geöffnet zu werden. Dieses Apartment würde nie sein wahres Zuhause werden. Zuhause war kein Ort, sondern es war dort, wo deine Familie war.

Und der einzige Mensch, der seine Familie gewesen war, war tot.

Entgegen seiner Absicht flackerte die Erinnerung an den zerrissenen Brief in der Küche durch seinen Kopf und—

„Verdammt nochmal!"

Abrupt verließ er das Schlafzimmer, schnappte sich seinen Helm und die Schlüssel seiner Harley Sportster 883, die in der Tiefgarage des Apartmentgebäudes geparkt war. Er musste eine Tour machen, um seinen Kopf frei zu bekommen.

Fünf Minuten später raste er die Schnellstraße hinunter. Sein Motorrad unter ihm gab ihm wie so oft das herrliche Gefühl von Freiheit und Sorglosigkeit, das er jedes Mal verspürte, wenn er damit fuhr. Die Luft fühlte sich kühl und erfrischend an, umso mehr, je näher er an den Strand kam. Ungefähr eine Stunde später erkannte er die Abzweigung zum Haus seiner Mutter, und er bog scharf links ab. Nach wenigen Minuten stand er vor dem Haus geparkt, stieg aber nicht von seinem Bike ab.

Das Haus war im Stil einer Ranch gebaut, hatte drei Schlafzimmer und wurde durch eine Eiche, die im grasbewachsenen Vorgarten wuchs, betont. Irgendwann war es gelb angestrichen worden, aber nun konnte man kaum mehr von einem blassen Beige sprechen. Er hatte eigentlich die Absicht gehabt, sich für seine Mutter um das Haus zu kümmern, hatte es aber irgendwie nie geschafft, die Maler kommen zu lassen. Das Gras war schon recht hoch geworden, und einige federige Büschel Unkraut sprossen hervor. Für eine Frau wie sie, die es so sehr liebte, im Garten zu werkeln, und die ein gepflegtes Heim schätzte, wäre es beschämend, es jetzt in diesem Zustand zu sehen.

Er hatte noch keinen Fuß in dieses Haus gesetzt, seit sie gestorben war, nicht einmal nach ihrem Begräbnis. Er wusste, dass das dumm war, aber ein Teil von ihm hatte das Gefühl, dass wenn er es vermied, hineinzugehen, es so wäre, als wäre sie noch nicht wirklich von ihm gegangen.

Er blickte hinüber zum Haus nebenan, dasjenige, das seiner Mutter gehörte und das sie vermietet hatte. Sie wäre glücklich gewesen, wenn sie gewusst hätte, wie sorgsam und pfleglich damit umgegangen wurde. Seit er das Haus das letzte Mal gesehen hatte, hatte jemand zusätzlich zu den Rollläden aus den siebziger Jahren weiße Fensterläden hinzugefügt und auch einen weißen Gartenzaun um den Hof, wodurch dem hellgrauen Haus ein recht ansehnliches Erscheinungsbild gegeben wurde, wie auf der Titelseite einer Schöner-Wohnen-Zeitschrift. Auf und nahe dem Eingangsvorplatz standen diverse Terracotta-Töpfe in allen Größen, die eine Vielfalt von Kakteen und Bougainvilleen zur Schau stellten.

Bevor Mam zum letzten Mal krank geworden war, hatte sie das Haus ihres Nachbarn gekauft, weil sie sich vorgestellt hatte, dass es eine gute Investition sein könnte und sie die Miete, die sie dafür erhalten würde, als zusätzliche Altersversorgung verwenden könnte, um später einmal um die Welt zu reisen. Obwohl sie Cole auch gesagt hatte, sie wolle das Haus nicht ewiglang vermieten. Ihre insgeheime Hoffnung war, dass er, wenn er einmal bereit wäre, zu heiraten–*nachdem* er all die Reisen unternommen hätte, von denen er immer geträumt hatte und zu denen er bis jetzt nicht gekommen war–hier einziehen und eine Familie gründen würde.

Sie hatte sogar versucht, ihn mit ihrer Mieterin zu verkuppeln. Ein süßes Mädchen, so hatte sie sie bezeichnet. Wunderschön und auch klug. Sie hatte gemeint, sie würden perfekt zueinander passen. Cole hatte seine Mutter einfach umarmt und lachend abgelehnt. Es war ja nicht so, dass er zu haben wäre für irgendetwas

Dauerhaftes. Er hatte genug auf dem Schirm gehabt durch die Arbeit und die Sorge um seine Mam. Er hatte ihr die größtmögliche Aufmerksamkeit schenken wollen in der Zeit, die ihnen zusammen verblieben war. Und er hatte gewusst, dass nach dem Tod seiner Mutter das Letzte, was er wollen würde, eine feste Beziehung sein würde, die ihn einschränken würde. Er würde dann endlich die Freiheit haben, das zu tun, was auch immer er tun wollte. Und eine nette Frau, die ein Vorstadtleben genießen würde, war auf keinen Fall in diesem Bild vorgesehen.

Schließlich startete Cole die Harley wieder und fuhr davon. Morgen früh würde er als Allererstes noch einmal herkommen und anfangen, Mams Sachen durchzusehen, versprach er sich selbst. Dann würde er beide Häuser verkaufen und das Geld dafür verwenden, FRONTLINE auszubauen. Das würde nicht leicht sein, aber momentan machte er es sich selbst nur noch schwerer.

Er fuhr ein paar Querstraßen weiter und hielt an einer roten Ampel an. Links von ihm befand sich der METRO PUB, eine schicke Bar, wo er schon manches Mal gewesen war. Er wusste, dass dort in erster Linie Geschäftsleute und Frauen verkehrten. Jedenfalls war es dort ganz anders als in LIQUID COOLED, der Kneipe, wo Cole und seine Motorradkumpel gerne abhingen, aber vielleicht war ein Drink an einem Ort voller Fremder genau das, was seine ruhelose Seele im Augenblick brauchte. Es wäre einen Versuch wert.

Cole stellte sein Motorrad auf einem Stellplatz ab, dann ging er hinein, und seine Augen gewöhnten sich schnell an das Halbdunkel. Er steuerte auf die Bar zu und bestellte ein Bier. Der Barkeeper–ein junger Typ frisch vom Campus–stellte die Flasche vor ihn hin und öffnete sie für ihn. Cole drehte sich auf seinem Barhocker herum und überblickte die Menschenmenge, während er einen Schluck trank.

So wie er vermutet hatte, war die Bar voller Leute, die vorwiegend Geschäftskleidung trugen, und das an einem Samstagabend.

Er mit seiner Lederweste, Jeans und den deutlich sichtbaren Tätowierungen fiel auf wie ein bunter Hund, was durch die befremd-
lichen Blicke, die ihm von einigen Kunden zugeworfen wurden,
auch belegt wurde.

Sein Blick fiel auf zwei Frauen, die an einem hohen Tisch
nicht weit weg saßen. Die Sicht auf eine der Frauen war teilweise
von zwei Leuten blockiert, aber er konnte diejenige sehen, die
am nächsten bei ihm saß. Sie war wahrscheinlich so Mitte vierzig,
hübsch-aussehend mit hellbraunem Haar, lässig gekleidet in Jeans
und einem Baumwolltop. Ganz in der Nähe jubelten und schrien
einige Kerle lautstark, während sie Darts spielten. Ihr Mangel an
Koordination war ein deutliches Zeichen dafür, dass sie bereits
ziemlich tief ins Glas geschaut hatten.

Eine plötzliche Bewegung erregte seine Aufmerksamkeit und
leitete seinen Blick zum ersten hohen Tisch zurück. Die Menschen, die seine Sicht versperrt hatten, hatten sich bewegt, und
dieses Mal hatte Cole freie Sicht auf die zweite Frau, die auch lo-
cker-leger gekleidet war in Jeans und einem anliegenden T-Shirt
mit Flügelärmel.

Er setzte die Bierflasche auf dem Weg zu seinem Mund mittendrin so abrupt ab, dass das Bier in der Flasche schäumte.

Die Frau war von zierlicher Gestalt, dunkelhaarig und hatte
große Augen. Helle Augen. Sie war keine auffällige Frau. Tatsächlich könnten einige sie als unscheinbar bezeichnen, das aber nur,
wenn sie so dumm waren, dass ihnen die köstliche Anmut ihrer
perfekt symmetrischen Gesichtszüge entging. Ihre Wangenkno-
chen waren herausragend schön. Ihr langer, graziler Hals erinnerte ihn an eine Ballerina. Und irgendetwas an der Art, wie sie mit
ihrer Freundin sprach–das Aufleuchten ihrer Augen und das wilde
Gestikulieren ihrer Hände–brachte ihn auf den Gedanken *süß und
wild*.

Während Cole sie so anstarrte, rührte sich etwas in seiner

Brust. Als würde die junge Frau spüren, dass er sie beobachtete, blickte sie für einen Moment herüber. Als sich ihre Augen quer durch den Raum trafen, rührte sich auch etwas in seiner Jeans, etwas, was sich seit ewigen Zeiten nicht mehr gerührt hatte. Mir nichts, dir nichts spürte er ein Ziehen unten in seinem Magen, ein rot-heißes Sehnen stieg in ihm auf und durchpulste ihn. Sein Schwanz zuckte und erwachte zum Leben, pochte auf eine Art und Weise, die ihn nach Luft schnappen ließ.

Es war eine gute Art der Atemlosigkeit, wie der erregende Rausch, den er immer dann erlebte, wenn er surfte, mit seinem Motorrad durch die Gegend bretterte oder fabelhaften Sex hatte. Dazu waren kein Rotschopf, keine Blondine und kein Versprechen von Sex im Flugzeug notwendig, um ihm all diese Dinge ins Gedächtnis zu rufen, sondern nur eine unauffällige Brünette, die ihn über ihren Drink hinweg mit jenen großen, hellen Augen aufmerksam musterte.

So wie sein Körper Mehrarbeit leistete, so tat es auch sein Verstand–von zwei verschiedenen Standpunkten aus. Der eine drängte ihn dazu, ja nichts zu verschieben–*verlier keine Zeit und geh zu ihr, du Schlappschwanz!*

Aber der andere Teil seines Gehirn mahnte ihn–*mach dich nicht lächerlich, du bist einfach nur müde.* Die junge Frau schien auch nicht die Sorte Frau zu sein, die ein Typ einfach so lässig-nebenbei mal in einer Bar aufgabelte, ausgenommen er wollte mehr von ihr als nur eine Nacht im Bett.

Und momentan hatte er keiner Frau mehr zu geben.

Ganz gewiss nicht in nächster Zukunft.

Wahrscheinlich nie.

Er musste sich darauf konzentrieren, die Angelegenheiten seiner Mam zu regeln. Die Häuser verkaufen. Mit seiner Firma expandieren. Und vielleicht noch herausfinden, was mit Eric los war.

Das reichte! Das war genug, womit er klarkommen musste.

Mit voller Absicht drehte er sich weg und gab dem Barkeeper ein Zeichen. Er würde sich noch einen Drink genehmigen. Dann würde er verdammt nochmal schleunigst von hier verschwinden!

KAPITEL ZWEI

„DAS WIRD EINE GUTE INVESTITION sein", erklärte Jill Jones Liz Monroe, ihrer Freundin und Partnerin ihrer Kindertagesstätte. „Wir schaffen fünf Tablets an, damit die älteren Kinder sie zum Lernen verwenden können oder gelegentlich auch mal zum Spielen. Was meinst du?"

Sie könnte bei den Tablets ein großartiges Schnäppchen machen, wenn sie diese Idee noch diese Woche verwirklichen würden. Das wäre auch recht gute Werbung–der Konkurrenzkampf im Tagesstätten-Geschäft war in diesem Stadtteil recht ausgeprägt, und sie mussten jeden Vorteil nutzen, den sie bekommen konnten. Wenn sie mehr Dienste als die anderen Zentren in der Nähe anböten, einschließlich flexible Öffnungszeiten und sogar Wochenendbetreuung, falls nötig, dann hätten sie umso größeren Zulauf.

Wenn sie mehr Anmeldungen für mehr Kinder hätten, könnten sie die zusätzliche Betreuungsgebühr für ein besseres Sicherheitssystem verwenden und mehr Kameras anschaffen. Das Haus, in dem sie wohnte, befand sich in einer guten Wohngegend, aber in letzter Zeit hatte es häufiger Einbrüche gegeben. Deshalb war es immer das Beste, vorbereitet zu sein. Ein Schritt nach dem anderen, um für ihre Kinder das Höchstmaß an Sicherheit zu gewährleisten, das sie verdienten.

„Klingt großartig", meinte Liz, während sie mit ihrer Fingerspitze langsam auf dem Rand ihres Glases entlangstrich. „Die

Kinder würden sich über die Tablets sehr freuen. Wir können die Ausgaben dafür zusammen mit den Kosten für das Internet am Jahresende abrechnen."

„Es ist also insgesamt eine recht gute Investition. Aber wenn ein Elternteil dagegen ist, diese Technologie als Lernmittel und Belohnungsmöglichkeit einzusetzen, können wir sie auch den anderen Kindern nicht anbieten. Das wäre einfach nicht fair." Jill unterschrieb die Rechnung für ihre Kreditkarte. „Bereit, zu gehen?"

„Noch nicht."

Jill reckte den Kopf. „Möchtest du noch einen Drink?"

„Nö! Aber wenn ich zehn Jahre jünger wäre, würde ich mir einen Großen, Dunklen, Tätowierten, Sexy Typen bestellen. Und ich würde mit Mister GDTS, der da an der Bar sitzt, etwas anfangen."

Jill lachte, legte aber keinen Wert darauf, den Mann nochmal anzuschauen. Sie hatte bereits einen kurzen Blick hinübergeworfen, und er war definitiv nicht ihr Typ. Jill bevorzugte einen gediegeneren Mann. „Ist GDTS wirklich um so viel jünger als du? Vielleicht mag er seine Frauen lieber wohl ausgereift und erfahren." Damit steckte sie ihre Brieftasche wieder in ihre Handtasche.

Jill hatte Lis Moreno an der Uni kennengelernt. Sie hatten sich beide relativ spät im Leben eingeschrieben. Damals war Liz vierzig gewesen, Jill einundzwanzig. Davor hatte Jill in allerlei seltsamen Jobs gearbeitet, damit sie ihrer Mutter bei der Pflege ihres Vaters helfen konnte, der einen langen Kampf gegen ein frühes Stadium von Alzheimer geführt hatte. Vor fünf Jahren war ihr Vater dann gestorben. Sowohl sie als auch ihre Mutter hatten gewusst, dass das Ende nahe bevorstand. Worauf Jill aber ganz und gar nicht vorbereitet gewesen war, war, dass ihre Mutter ein paar Monate später an einem Herzinfarkt starb. Daraufhin hatte sich Jill in ihre Studien gestürzt, hatte Freunde und Spaß ganz hinten angestellt und ihren Bachelor in Erziehungswissenschaften hervorragend abgeschlossen. Liz war erst nachdem ihre Tochter mit der High School fertig war, an die Uni zurückgekehrt. Beide hatten sich sofort gut verstanden, waren Freundinnen geworden und hatten vor sechs Monaten zusammen die Kindertagesstätte eröffnet.

„Das stimmt schon, Schätzchen, aber in diesem Fall würde ich sagen, der Kerl bevorzugt eindeutig *dein* Aussehen. Oh Mist, gerade hat er sich abgewandt, um noch einen Drink zu bestellen."

Jill wagte doch noch einmal einen Blick. Mister GDTS definierte das Wort ‚groß' neu. Seine Erscheinung wirkte wie eine Ein-Mann-Mannschaft in der Profiliga des American Football. Dunkles Haar, schwarzes, kurzärmeliges T-Shirt, das seine starken, muskulösen Oberarme voll von farbenprächtigen Tattoos wirkungsvoll zur Geltung brachte. Seine Jeans war ziemlich abgenutzt und durchgesessen, aber verdammt, sie saß auch so unheimlich gut!

Abrupt drehte er sich um, und sie sahen sich wieder an. Diesmal löste irgendetwas in seinen Augen–worüber er auch immer nachdachte–eine ganze Welle von elektrisierenden Stößen aus, die durch ihren Körper jagten. Tief in ihrem Inneren stieg siedend Hitze empor. Jill schlug die Augen nieder und schaute weg, bemühte sich, ihren Gesichtsausdruck ruhig und gelassen wirken zu lassen. Doch sie konnte nicht anders als noch einmal hinzuschauen.

Er starrte immer noch!

Dann kam sein Lächeln–langsam. Eins Spur schüchterner als dreist. An der Grenze zu widerstreitend.

Plötzlich wurde Jill von Verlangen überwältigt, dass sie nicht mehr klar denken konnte. Und dieses ganze Lust-auf-den-ersten-Blick-Ding war nicht etwas, das ihr je in . . . naja eigentlich nie passiert war. Aber da war jetzt dieser Mann, der sie ganz scharf taxierte, obwohl es den Anschein hatte, dass er es nicht einmal wollte. Sie wusste nicht, was sie deswegen tun sollte.

Seine Miene hellte sich auf, und er drehte sich auf seinem

Barhocker zurück, um wieder den Barkeeper anzuschauen. Jill setzte ihre Betrachtung fort. Ihre Überprüfung. Untersuchte sowohl seine als auch ihre eigene Reaktion.

Sein Gesicht trug einen deutlichen, dunklen Bartschatten. Dieser Kerl fügte sich ganz definitiv nicht gut in die Menschenmenge hier ein. Nicht mein Typ, dachte sie wieder. Also was war es dann, weswegen sie ihn einer erneuten Begutachtung unterzog? War es die Art und Weise, wie er dort alleine saß, nachdachte . . . vor sich hin grübelte . . .

Egal. Was er auch für ein Typ sein mochte, Eines war klar–ihr Körper reagierte auf ihn. Mit jenen erstklassigen Brustmuskeln unter seinem Baumwoll-T-Shirt strahlte er maskuline Macht aus.

Jill stellte sich vor, wie sie selbst aufstand und dort hinüberschlenderte, so wie die selbstsicheren Schauspielerinnen, die sie so oft im Kino gesehen hatte. Verdammt, so wie Liz selbst es auch machen würde! Jill hatte ihre Freundin schon ein oder zweimal beobachtet, wie sie in einer Bar auf einen Typen zugegangen war. Einfach dort hinübergehen und ihm sagen, was sie wollte, sie wollte ja niemand gefangen nehmen.

Whoa . . . dieses Bier musste ihr doch irgendwie zu Kopf gestiegen sein! Ein Typ wie der, einer, der auf die Titelseite eines heißen, stürmischen Liebesromans gehörte, würde so jemanden wie sie nicht wollen–die unscheinbare Jane Jill Jones, die eine Kindertagesstätte führte, um ihren Lebensunterhalt zu verdienen.

Sei's drum, je länger sie einander mit Blicken gefesselt hielten, desto stärker wurde ihre Vorstellung davon, wie er sie in eine dunkle Ecke der Bar mitnahm, seinen harten Mund auf ihren legte, wie ihre Finger über die Tattoos auf seinen Oberarmmuskeln strichen, wie ihre Hand hinunterwanderte über das, was sicherlich ein steinharter Waschbrettbauch sein musste und—

Jill schloss eine lange Sekunde lang die Augen in der Hoffnung, das intensive Verlangen, das sie zwischen den Beinen verspürte, würde nachlassen. Sie verstand es nicht. Klar, es war schon eine geraume Zeit her, dass sie mit einem Mann zusammen gewesen war, und sie war noch nie mit einem zusammen gewesen, der so gefährlich aussah wie dieser, aber—

„Jill?"

Beim Klang von Liz' Stimme zuckte Jill zusammen und drehte sich wieder zu ihrer Freundin. Sie hatte praktisch vergessen, dass sie da war. „Es tut mir leid . . . was hast du gesagt?"

Liz lachte. „Ist schon okay. Ich würde auch nicht mehr zusammenhängend denken können, wenn er mich so angeschaut hätte."

Jill tat den Kommentar mit einem Schulterzucken ab.

Liz zog eine Augenbraue hoch. „Wie dem auch sei, ich sagte gerade, dass ich los muss. Denk dran, dass ich morgen spät kommen werde und Monica da sein wird, um einige Stunden auszuhelfen!"

„Jaja. Aber ich glaube, ich ziehe auch los." Jills Stimme kam etwas zu munter daher, auch für ihre eigenen Ohren. Vielleicht, weil sie immer noch die Augen eines gewissen Mannes auf sich spüren konnte–hatte er sich wieder in ihre Richtung gewandt?– und weil sie sich so fühlte, als wäre sie jetzt schon auf halber Strecke zu einem Orgasmus. Und das würde jede Frau deutlich munterer klingen lassen.

„Oh nein, du willst noch nicht gehen, Tinkerbelle!" Die Nähe der männlichen Stimme überraschte und erschreckte sie gleichermaßen.

Sie drehte sich zu dem Mann um, der gesprochen hatte, ein Mann in einem teuren Anzug, mit einem überheblichen Lächeln auf den Lippen, das ausdrückte, dass er immer seinen Willen bekam. Er sah aus wie ein junger, aufstrebender Manager, attraktiv, aber überzogen. Sein Haar war kurz, borstig und glänzte aufgrund von Styling-Gel. Sein Freund war beinahe das exakte Duplikat. Sie waren beide neben Jill und Liz gestanden, wo sie während der letzten halben Stunde Darts gespielt und gelegentlich einen Kommentar in ihre Richtung abgegeben hatten. Trotz der Tatsache, dass die gediegeneren Männer eher Jills Typ waren als der Mann an der Bar, vermittelten sie ihr ein unbehagliches Gefühl. Bis jetzt war es Jill und Liz gelungen, sie nicht zu beachten.

Abgeschreckt durch seine undeutlich-lallend gesprochenen Worte und sein schiefes Lächeln, wandte sie sich ab. Doch mittlerweile hatte er einige Drinks gehabt und fühlte sich offenbar wagemutig.

„Hey, Schöne, ich rede mit dir!"

Jill sträubte sich innerlich, aber ehe sie reagieren konnte, sagte Liz: „Ich bedaure, aber die Dame ist nicht interessiert."

Jill hatte dem Kerl größtenteils den Rücken zugewandt, aber sie konnte aus dem Augenwinkel entdecken, dass er sich seitlich an ihren Tisch begab.

„Ach, komm schon! Mein Freund hat mit mir gewettet, dass ich es nicht schaffen würde, dich dazu zu bringen, mich zu küssen."

„Das war eine kluge Wette seinerseits", sagte Jill, während Unbehagen in ihr hochstieg.

Der Mann grinste unverschämt, legte einen Zwanzig-Dollar-Schein vor sie auf den Tisch und sagte: „Nachdem wir uns geküsst haben, gehört er dir."

Erschrocken und abgestoßen tauschten Jill und Liz Blicke aus, dann sah sie dem Mann direkt ins Gesicht. „Ich würde es sehr zu schätzen wissen, wenn Sie Ihr Geld nehmen und gehen würden. Hier gibt es nichts zu verkaufen."

Der Mann, der dies als Herausforderung verstand, trat näher neben sie. Jill konnte den Whiskey in seinem Atem riechen. „Komm schon! Bloß ein kleiner Kuss—"

„Sie hat mehr als einmal ‚nein' gesagt, aber ich könnte zwanzig Dollar gut gebrauchen", ertönte eine tiefe, männliche Stimme von der anderen Seite. „Komm her, und ich werde dich küssen!"

Jill wirbelte herum. Der groß gewachsene, tätowierte Mann von der Bar hatte sich zu ihnen begeben. Sein Augenmerk lag auf dem Whiskeyatem-Typen. Trotz seiner scherzenden Worte sah er mehr als verärgert aus, und das schon bevor Whiskeyatem schnauzte: „Verpiss dich!"

Guter Gott, der Mann musste wahrlich betrunken sein! Jeder konnte sehen, dass Mister GDTS mit nur einem Fingerschnipsen den betrunkenen Manager zu Boden gehen lassen und fertigmachen könnte. Aber seltsamerweise gab ihr irgendetwas in dessen Augen ein Gefühl von Ruhe. Ein Gefühl von Sicherheit.

„So, jetzt hast du aber meine Gefühle verletzt", sagte ihr Retter in recht gedehnter Aussprache. Seine Augen–ein warmer schokoladenbrauner Farbton mit goldenen Einsprengseln–trafen kurz auf Jills, ehe er sich wieder seiner Beute zuwandte. Das war die einzig mögliche Weise, wie Jill es beschreiben konnte. Er war ein Raubtier, das es geschafft hatte, sich selbst möglichst stark zu beherrschen, aber dennoch mit seinen angespannten Muskeln und seinem finsteren Ausdruck in seinen Augen mehr als bereit war, loszustürzen.

Gedanklich drängte Jill den Mann, der sie belästigt hatte, dazu, sich umzudrehen und davonzugehen. Wenn er das nicht täte, würde er sich echt eine ganze Menge Ärger einhandeln.

Beinahe als würde sie den Vorgang in Zeitlupe ablaufen sehen, beobachtete Jill, wie Whiskeyatem um ihren Stuhl herumkam und einen Schlag auf Mister GDTS setzte, der die Faust dieses Kerls aber mitten in der Luft abfing. In zwei Sekunden war Whiskeyatem Kopf voraus auf dem Tisch festgenagelt und sein Arm hinter seinen Rücken gedreht worden.

Mister GDTS schaute erst Jill, dann Liz an. „Es tut mir leid wegen all der Unannehmlichkeiten hier, meine Damen. Manche Leute wissen einfach nicht, wie man sich in der Öffentlichkeit zu benehmen hat."

Der Freund des betrunkenen Kerls war bereits zur Tür

hinausgeeilt. Mister GDTS fischte die Autoschlüssel des Typen aus dessen Tasche. „Du wirst dir ein Taxi rufen. Die Schlüssel werden hier an der Bar hinterlegt, wo du sie abholen kannst, wenn du wieder nüchtern bist." Er schleppte den Mann zur Tür hinaus, während mehrere Menschen um sie herum applaudierten und Beifall zollten.

Jill starrte ihnen nach und schloss schließlich ihren vor Verwunderung offenstehenden Mund. Mister GDTS sah aus wie das personifizierte Übel, handelte aber wie ein Märchenprinz. *Das gefällt mir*, dachte sie, und dabei stellte sie sich vor, wie er sie in seine Arme nahm, herumwirbelte und *sie* auf dem Tisch festnagelte. Ihr Herzschlag beschleunigte sich, und Adrenalin rauschte durch sie hindurch. Das löste eine eigenartige Empfindung in ihr aus, ähnlich wie ein Summen, aber doch etwas gänzlich Anderes.

„Wow!" Voller Bewunderung starrte Liz den Männern nach. „Ich kann es kaum erwarten, zu sehen, was passiert, wenn er wieder hereinkommt."

Wenn Liz bloß die so gar nicht jugendfreien Bilder sehen könnte, die Jill gerade durch den Kopf gingen . . .

Dieser schöne, tapfere Mann sollte sie am besten gleich über seine Schulter werfen und zu einem ungestörten Ort bringen, damit sie ihm für seine Hilfeleistung angemessen danken könnte, doch das würde ihre Dankbarkeit nicht einmal ansatzweise beschreiben.

„Hast du nicht gesagt, dass du gehen musst?", stichelte Jill, um Liz von der Fährte abzubringen. Ihr Atmen hatte sich beschleunigt, und sie spürte, dass durch heftiges Erröten Hitze in ihre Wangen gestiegen war. Gott sei Dank war die Beleuchtung schummrig.

„Habe ich das?", lachte Liz. „Okay, gut, ich gehe. Sei du bitte auch gut! Und mit ‚gut' meine ich: Lerne den Mann besser kennen, weil ich mir sicher bin, er wird *sehr* gut sein." Dann wurde ihr Gesicht ernst. „Aber sei vorsichtig! Vielleicht sollte ich doch lieber bleiben."

Jill schüttelte den Kopf. „Geh nur! Mir geht's gut. Ich werde nichts Dummes anstellen, das verspreche ich."

Liz seufzte. „Zu dumm nur, dass ‚sicher' und ‚dumm' selten dasselbe bedeuten." Sie umarmte Jill. „Ruf mich an, damit ich weiß, dass du sicher nach Hause gekommen bist. Und so kannst du mich dann auch informieren." Sie zwinkerte.

„Es wird nichts geben, worüber ich dich informieren müsste. Ich werde mich bei dem Mann, der uns geholfen hat, bedanken, und dann ab nach Hause."

„Sicher. Aber kein Spaß." Liz warf Jill einen Luftkuss zu und machte sich auf den Weg.

Kurz nachdem Liz zur Tür hinaus war, kam Mister GDTS zurück in die Bar und steuerte geradewegs auf Jill zu. Schon raste ihr hämmerndes Herz noch schneller. In kurzer Entfernung zu ihrem Tisch blieb er stehen. Obwohl sie aufrecht stand, musste sie ihren Kopf etwas zurücklegen, um ihn anzuschauen.

„Geht es dir gut?", fragte er, während seine Augen über sie schweiften. Er musterte sie wirklich, ob ihr etwas fehlte, nicht um sie einzutaxieren, aber das ganze Blut ihres Körpers rauschte sofort direkt in ihr bereits sehnsuchtsvoll schmerzendes Zentrum.

„Vielen Dank", sagte sie zu ihm. „Du warst . . . erstaunlich."

Er zuckte die Achseln. „Ich bin froh, dass ich helfen konnte. Dieser Knalltyp war betrunken. Ich bezweifle, dass er den Nerv hätte, irgendetwas in der Art zu tun, wenn er nüchtern wäre."

„Ja, er war ziemlich besoffen", stimmte Jill zu. „Das sieht man normalerweise hier nicht."

Er schaute sich an der (nun) friedlich-harmlosen Bar um, nickte und wandte sich ihr zu. „Ich bin Cole", stellte er sich vor und streckte ihr die Hand entgegen.

„Ich bin Jill." Gut, dass sie sich wenigstens an ihren eigenen Namen erinnern konnte, das war ein Anfang. Sie legte ihre Hand in seine, schwelgte in der trockenen Härte seiner Haut und schüttelte sie vielleicht einen Augenblick zu lang.

Er zögerte kurz. „Deine Freundin ist schon gegangen. Musst du auch los oder kann ich dir noch einen Drink ausgeben?"

Jetzt war es Jill, die zögerte. Es war nicht sehr wahrscheinlich, dass sie irgendetwas gemein hätten. Aber der Gedanke, allein nach Hause zu gehen, erschien ihr plötzlich schrecklich deprimierend. Warum sollte sie nicht bleiben und seine Gesellschaft noch etwas genießen? Wann würde sie je wieder die Chance haben, mit einem großen, verführerischen Mann zu flirten, der offensichtlich noch dazu freundlich und charmant war?

Cole grinste, und sie vermutete, dass ihre widerstreitenden Gefühle ziemlich deutlich in ihr Gesicht geschrieben standen.

Ach, zum Teufel nochmal, dachte sie. Sie fühlte sich aus dem Gleichgewicht gebracht wegen dem, was mit Whiskeyatem passiert war. Und ihre Nerven knisterten vor Aufregung wegen der Anziehungskraft des Mannes, der da vor ihr stand. Sie könnte dies also eigentlich auch genauso gut so lange genießen wie es möglich war.

„Ich hätte sehr gern noch einen Drink. Vielen Dank!"

✿

GALANT ZOG COLE FÜR JILL den Stuhl hervor, nahm dann selbst Platz und zeigte der Bedienung per Handzeichen an, dass sie weitere Drinks wollten. Während sie warteten, fragte er: „Bist du sicher, dass du okay bist?" Das schien sie zu sein, und sie hatte sich auch recht gefasst verhalten, als dieser betrunkene Arsch sie belästigt hatte. Dennoch, als der Mann nicht sofort zurückgewichen war, hatte Cole ein vertrautes Gefühl des Beschützenwollens ergriffen. Er verabscheute es, Kerle zu sehen, die sich verhielten wie dummdreiste Arschlöcher, vor allem gegenüber Frauen. Er hatte alles in seiner Macht Stehende getan, um diesen Kerl nicht in Stücke zu reißen.

„Es geht mir gut. Dank dir hat er mich nicht angefasst." Jill lächelte. *So natürlich! So hübsch!* Die Getränke kamen, und Jill fragte: „Es sah so aus, als wärst du dieser Konfrontation mit dem Mistkerl gut gewachsen. Bist du Polizist oder sowas?"

Das war eine vollkommen vernünftige Frage, aber Cole mochte nicht über sich selbst reden. Über seinen Job zu reden würde das Gespräch dann womöglich auf andere Dinge lenken, vielleicht sogar zu seiner Mam, und das war das Letzte, was er wollte. Er nahm einen Schluck Bier. „Sowas in der Art. Was ist mit dir?"

„Ich führe eine Kindertagesstätte", sagte sie.

Er hob eine Augenbraue. Eine Tagesstätte. Das passte zu ihrem Aussehen des netten Mädchens von nebenan, und andererseits auch wieder nicht. Wie er vorhin schon bemerkt hatte, schien da mehr unter der Oberfläche zu liegen als das, was augenfällig war. Etwas, das er bestätigt gesehen hatte, als sie mit diesem Kerl, der sie belästigt hatte, auf Tuchfühlung gegangen war. Ihre Worte waren ruhig und klar gesprochen gewesen, und dennoch war das Recken ihres Kinns irgendwie trotzig gewesen, und in ihren Augen hatte ein unübersehbares Feuer geglommen. Alles, woran er denken hatte können, war, wie dieses Feuer auf ihn gerichtet wäre, auf eine Art und Weise, bei der es nur um reines Vergnügen ging. Eine Art und Weise, die ihre Stimme vor Lust erzittern ließe.

Verdammt, worüber hatten sie gerade gesprochen?

Über die Tagesstätte. Über Kinder.

Er konnte sich nicht vorstellen, den ganzen Tag mit Kindern zu arbeiten. Sie machten ihm nicht wirklich Angst, aber es hatte schon den Anschein, als bedeuteten sie eine Menge Arbeit. Und vielleicht machten sie ihm doch zu einem gewissen Grad Angst, zumindest wenn es darum ging, selbst welche zu haben. Was wäre, wenn er der Verantwortung nicht gewachsen wäre? Was wäre, wenn er sich durch sie angebunden fühlen würde? Seine

Interessen und sein Beruf waren ja nicht gerade die Garantie für den Fußball-spielenden-Super-Papa. Und weiß Gott! Sein eigener leiblicher Vater war auch nicht gerade ein wohlklingendes Empfehlungsschreiben über elterliche Hingabe und Leistungsfähigkeit. Die Tatsache, dass Cole nicht einmal den Namen seines Erzeugers kannte, war dafür Beweis genug.

„Du arbeitest also den ganzen Tag mit Kindern. Das ist tapfer." Er wand sich beinahe, weil sich das so lahm anhörte, aber Jill schien es nicht zu stören.

Sie kicherte. „Ja, das kann manchmal schon ein wenig angsteinflößend sein. Bist du aus L.A.?"

„Geboren und aufgewachsen. Was ist mit dir?"

„Dasselbe."

Er nickte, wobei er all ihre hübschen Gesichtszüge und die glatte Haut ganz genau betrachtete. Dann merkte er, dass er sie schweigend angestarrt hatte und sie errötet war. Da er hinter ihrer Schulter die Dart-Zielscheibe erblickte, räusperte er sich und fragte: „Hast du jemals einen Dart geworfen?"

„Ein- oder zweimal." Ihr Mund zuckte, als würde sie ein Geheimnis nicht verraten wollen. Dann stand sie auf und stolzierte mit so einem Selbstvertrauen zur Dart-Zielscheibe, dass Cole instinktiv wusste, dass sie nicht nur einmal einen Wurfpfeil geworfen hatte, sondern wahrscheinlich verdammt gut in diesem Spiel war.

Wie er schon vermutet hatte, war sie nicht nur süß und zuckrig, sondern auch ein wenig scharf und würzig.

Gott, nur zu gern würde er groß und lange von ihr abbeißen!

Cole schob seinen Stuhl zurück, ging zur Dart-Zielscheibe und zupfte die Wurfpfeile einen nach dem anderen heraus. Die drei mit den roten Federendstücken reichte er Jill, die mit den blauen behielt er für sich. „Ladies first!"

Als sie die Wurfpfeile entgegennahm, berührten sich kurz ihre Finger, und sofort fing sein Kopf an, sich all die Dinge auszumalen, die er ihr mit seinen Fingern antun könnte. Und was sie ihm antun könnte–nachdem sie sich von den vielfachen, irrsinnigen Orgasmen erholt haben würde, die er ihr verschafft hätte, hieß das.

„Wenn du willst, kann ich dir zeigen, wie man sie wirft", bot er an, während ein leichtes Lächeln seinen Mund umspielte.

Jill leckte sich die Lippen, dann nickte sie. „Gern. Das wäre— das wäre großartig!"

Er positionierte sich hinter ihr, legte einen Arm um ihre Taille und umfing ihre andere Hand mit seiner, um ihr beim Zielen behilflich zu sein. Natürlich kümmerte er sich weder um den Wurfpfeil noch um das Spiel, und sie natürlich auch nicht. Er wollte bloß seinen Körper noch enger um ihren schmiegen, und wenn möglich würde er wollen, dass sich ihr Körper um seinen schmiegte. Und der Art und Weise nach zu urteilen, wie ihr Körper beinahe unmerklich an seinem erbebte, meinte er, dass sie vielleicht, nur vielleicht, dasselbe wollen könnte wie er.

„Alles, was du tun musst, ist, dich zu fokussieren. Bist du fokussiert?"

Sie nickte.

„Hast du ein klares Bild vor Augen, was du willst, Jill?", fragte er, und sein warmer Atem streifte ihr Ohr.

Denn *er* hatte das verdammt klar vor Augen. Er stellte sich vor, sie nackt auszuziehen. Ihr die Jeans abzustreifen. Dieses enge, pinkfarbene Shirt hochzuheben, um diesen–wie er sich ausmalte–prachtvollen Körper zu entblößen. Mit seiner Zunge an jedem Zentimeter von ihr entlangzustreichen. Mann, es war herrlich, sich wieder normal zu fühlen!

Als Antwort nickte sie.

„Sag es!", befahl er, denn er wollte die Bestätigung, dass sie genauso auf Touren gebracht war wie er.

Sie schluckte hörbar. Er blickte sie an und sah zu, wie sich ihr Brustkorb ruckartig hob wegen der Bemühungen, genug Luft einzuatmen. „Ja, ich habe ein klares Bild vor Augen, was ich will."

Ihm fielen fast die Augen aus dem Kopf, als sie ihren Hintern leicht an ihn drückte und dann zurückwich. Hatte sie das absichtlich getan?

„Gut", raspelte er mit rauer Stimme. „Alles, was du tun musst, ist, das Ziel zu treffen. Spüre, wie sehr du es willst und schnapp es dir! Bereit?"

Sie gab einen kleinen, wimmernden Ton von sich, und er stellte sich vor, was sie wohl gerade dachte. Ja, bitte! Ich bin bereit, dass du mich fickst. Ich bin bereit, zu kommen. Sie zielte und warf. Der erste Wurfpfeil landete ganz knapp neben der Mitte der Zielscheibe. Jill jubelte triumphierend.

Cole trat einen zittrigen Schritt zurück. „Ich glaube, ich bin gerade von einem Könner geschlagen worden." Er lachte.

Jill wackelte bedeutsam mit den Augenbrauen. „Technisch gesehen bist du nicht geschlagen worden, weil wir ja um nichts spielen."

Oh, wie sehr er doch von ihr geschlagen werden wollte. „Heißt das, du willst um etwas spielen?", fragte er.

Hitze loderte in ihren Augen auf, und er merkte, wie zur Antwort ein Gefühl der Wärme durch seinen gesamten Körper strömte. Oh ja, seine Libido war mit einem Mal zurück—und wie! Starke, unleugbare Erregung pochte durch ihn hindurch. Machte ihn hart. Erfüllte ihn mit dem verzweifelten Wunsch, sie herumzudrehen, abzubeugen und zu ficken, bis ihr Hören und Sehen verging.

Das musste ihm alles deutlich ins Gesicht geschrieben stehen. Sah sie das? Fühlte sie, was er fühlte?

Langsam stieß Jill den Atem aus. „Vielleicht."

„Bist du dir nicht sicher?"

„Es ist bloß so . . . ich bin eigentlich nicht besonders abenteuerlustig. Aber ich habe das Gefühl, als ob ich das vielleicht . . . vielleicht für eine Nacht einmal ändern möchte."

Cole wollte ihr sagen, dass sie Unrecht hatte. Dass er die

ungebändigte Wildheit in ihr sehen konnte. Den meisten würde das nicht auffallen, aber ihre Wildheit war da, kämpfte darum, freigelassen zu werden. Jill bestätigte das, indem sie auf seinen Mund starrte. Dann ließ sie ihren Blick an seinem Hals hinunterwandern und weiter über seinen Körper.

„In Ordnung", sagte er und hob eine Augenbraue. „Wenn du heute Abend mit dem Feuer spielen willst, bin ich mehr als bereit, verbrannt zu werden."

KAPITEL DREI

MIT EINEM HALBLÄCHELN WANDTE SICH Cole wieder der Zielscheibe zu, aber Jill bemerkte sein Von-Kopf-bis-Fuß-Abtasten von ihr, und das sandte an ihrem Körper einen heißen Feuerstrahl hinauf. Durch die Musik und die Unterhaltung an der Bar fühlte man sich hier, in diesem Bereich mehr im hinteren Teil, etwas abgesondert–dankenswerterweise. Sie könnte sich nicht so verhalten, wenn sie das Gefühl hätte, dies hätte etwas mit ihrem wirklichen Leben zu tun. Nein, dies hier war irgendein seltsamer Traum!

Sie sah zu, wie er seinen Wurfpfeil warf. Er landete nicht ganz so nah am Zentrum wie ihrer, aber er war auch keine Niete. Einen erhitzten Moment lang trafen sich ihre Blicke.

Er beugte sich nah heran, um leise zu sagen: „Es ist noch nicht vorbei."

Jill nahm wieder das Ziel ins Visier und warf. Diesmal traf sie genau ins Schwarze. „Jetzt aber schon!" Siegestrunken reckte sie die Faust in die Luft, aufgewühlt von all den Gefühlen, die in ihr tobten.

Sie zog ihre Wurfpfeile heraus und wartete auf ihn. Als er zielte, sagte sie: „Wir haben einmal in der Woche ein Dart-Turnier in der Tagesstätte. Die armen Kinder sind immer sehr enttäuscht, wenn es vorbei ist."

Cole lachte genau in dem Moment, als er seinen nächsten Pfeil warf. Er landete komplett außerhalb der Zielscheibe.

„Das war nicht fair. Du erfindest einfach Geschichten, um mich abzulenken."

Jill warf ihren nächsten Pfeil. Zwar nicht ins Schwarze, aber immer noch gut. „Ich, soll Dinge erfinden? Du solltest mal sehen, wie gut die Kinder im Billard-Spielen sind."

Cole lachte wieder, und Jill wurde ganz schummrig zumute, weil sie die Fähigkeit besaß, ihn dazu zu bringen, sich zu lockern. Ein großer, knallharter Kerl wie er lächelte und lachte bei ihren Witzen. Das erfüllte sie mit einem gewissen Gefühl der Macht. Als er wieder dran war, nahm er das Ziel erneut genau ins Visier. „Ich weiß nicht, ob ich gewinnen oder verlieren will. Weil ich nicht weiß, worum wir spielen."

„Naja, vielleicht fällt uns etwas ein, wobei wir beide als Gewinner hervorgehen." Die Worte purzelten einfach so aus ihrem Mund. Sie wollte sich selbst schon anerkennend auf den Rücken schlagen, weil sie flirtete wie ein Champion, aber gleichzeitig wollte sie auch schreiend zur Tür hinausrennen. Was zum Teufel fiel ihr da eigentlich ein, es mit einem Kerl wie Cole aufzunehmen?

Er zog seine Augenbraue hoch, ehe er den Pfeil warf. Dieses Mal war er ganz daneben gegangen, traf die Holzvertäfelung neben der Zielscheibe und klackerte auf den Fußboden. „Hoppla", sagte er, hielt seine Augen auf sie gerichtet und beugte sich ein wenig näher. „Da du die Gewinnerin bist, ist es nur fair, wenn du den Preis auswählst. Also sag mir . . ." Sanft nahm er ihre Hand und legte sie in seine riesengroße. „Was willst du, Jill?"

Jill hoffte, die Musik übertönte ihr Nach-Luft-Schnappen. *Dich! Überall auf mir!*

„Vielleicht noch einen Drink?", fragte Cole mit weit-aufgerissenen-Augen, aber harmloser Miene.

Ihr ganzer Körper schmerzte vor Verlangen—eine Berührung von ihm, und sie würde im größten Orgasmus der Geschichte zusammenbrechen. *Was ist nur los mit mir? Oje! Reiß dich zusammen!*

dachte sie. „Nein, ich glaube . . . ich will . . .‟

Wie könnte sie ihm mitteilen, dass sie ihn so unbedingt wollte? Sie hatte keinerlei Erfahrung in solchen Dingen. Er beobachtete sie, und verschiedene Emotionen lebten sich in seinen Augen aus. Sie wünschte, sie könnte sie lesen. Wenn sie ihn nur besser kennen würde. Aber das war ja der Punkt! Sie kannte ihn nicht. Sie wusste bloß, er war galant. Charmant. Und heiß.

Sag es einfach, Jill . . . „ . . . ich will gehen. Mit dir.‟

Er starrte sie eine ganze Minute lang an. Sie wand sich schon. Dann nickte er, als hätte sie lediglich das bestätigt, was er ohnehin schon wusste. Mit einer Hand umfasste er ihr Kinn. „Das ist einfach. Und das zählt nicht als dein Preis. Du denkst weiterhin darüber nach, was du willst. Überhaupt, warum denkst du dir nicht *drei* Dinge aus, die du von mir willst, nachdem wir zur Tür hinausgegangen sind?‟ Blitzartig schoss er ihr ein Lächeln zu.

Sie nagte an ihrer Unterlippe. „Du bist also so eine Art Flaschengeist, der mir drei Wünsche schenkt?‟

„Nein‟, sagte er, während er die Hand ausstreckte und mit seinen starken Fingern sanft durch ihr Haar strich; eine Geste, die sie veranlasste, die Augen zu schließen, um die vibrierende Empfindung zu genießen, die sie verursachte. „Ich bin ein Mann, der dich will‟, flüsterte er, „und der alles tun wird, was nötig ist, um dich dazu zu bringen, dass du vor Vergnügen schreist.‟

Sie schnappte nach Luft und lehnte sich an ihn, aber anstatt sie zu küssen, ließ er sie frei, ging mehrere Schritte rückwärts, drehte sich dann um und ging Richtung Bar. Kurz blitzte sowas wie Verärgerung durch sie. Aber oh, er wusste wirklich, was er tat! Dadurch, dass er die Dinge so in die Länge zog, wurde sie nur umso schärfer auf ihn. Sie sah ihm zu, wie er zahlte, während sie eiligst ihre Jacke und ihre Handtasche holte. Dann kam er zurück, legte ihr sanft eine Hand auf den Rücken und geleitete sie Richtung Ausgang. Ihr war seine Hand auf ihr nur allzu bewusst. Sie malte sich aus, wie sich diese Hand überall auf ihrem übrigen Körper anfühlen würde.

Die Tür schloss sich hinter ihnen, schnitt die Musik ab. Auf einmal standen sie in der Stille draußen. Ihr Herz schlug wild. Was tat sie denn da, einfach so mit einem Fremden mitzugehen? Das war so ganz untypisch für sie. Sie schauten einander an, und Coles Hand legte sich in ihren Nacken, hielt sie sanft fest. Dann hob Cole nochmal Jills Kinn, aber dieses Mal brachte er seine Lippen auf ihren Mund.

Der Kuss war heiß, aber süß, süßer als sie es erwartet hätte von so einem Muskelpaket wie ihm, aber andererseits war ja genau das das Berauschende an ihm—diese Mischung aus Sanftheit und knallhartem, robustem Kerl. Langsam glitt seine Zunge durch das Innere ihres Mundes, erforschend, und er nahm sich Zeit, ihre Zunge und ihre Lippen kennenzulernen und zu verstehen. Jill merkte, wie ihre Beine nachgaben. Ihr Herz hämmerte in ihrer Brust, und ihr Bauch war so voller Schmetterlinge, dass es sich anfühlte, als würde sie gleich abheben, um zu fliegen. Sie konnte nicht atmen, aber sie wollte auch nicht, dass dieses Gefühl jemals endete. Sie betete darum, nicht gleich auf dem Gehsteig zusammenzubrechen. Sie stöhnte auf und packte mit einer Hand fest sein Hemd. Aber dann, gerade als sie sich für einen längeren, leidenschaftlicheren Kuss enger an ihn schmiegen wollte, entzog er sich ihr auf behutsame Weise und platzierte einen weicheren, unschuldigeren Kuss mitten auf ihre Lippen, und einen weiteren auf ihre Wange.

Verdammt nochmal!, dachte sie. Sie war ein einziger Haufen bebende, zitternde Masse Weiblichkeit.

Er schaute ihr tief in die Augen. Sie waren braun, warm und so einladend. „Letzte Chance. Bist du sicher, dass du mit mir kommen willst?"

„Versuchst du, es mir auszureden?"

„Hölle, nein! Ich will nur sicherstellen, dass du mir nicht für etwas danken willst, was da vorhin passiert ist. Du schuldest mir gar nichts, Jill. Ich war froh, helfen zu können."

„Oh, das ist nicht meine Art, wie ich Menschen danke, Cole",
sagte sie schnell. „Das ist wegen dir, weil du der Grund bist, dass
ich mich so fühle, wie ich mich schon seit langem nicht mehr gefühlt habe. Vielleicht sogar nie."

„Wie zum Beispiel?"

„Wild und frei. So, als könnte ich irgendjemand sein. Alles tun.
Deshalb ist die Antwort ja, ich will immer noch mit dir kommen."

Seine Augen schimmerten auf so heiße Art und Weise, dass sie
instinktiv wegschaute. Sie hatte Angst, sie würde sonst zu einem
Feuerball explodieren. Da erregte eine glänzende schwarz-rote
Harley-Davidson-Maschine ihre Aufmerksamkeit, die dort am
Straßenrand stand wie ein schmollender Bulle. Es hatte den Anschein, als flüsterte er von Gefahr und von wilden Zeiten, so sehr
genau das, was Cole verströmte. „Ist das deine?", fragte Jill.

Er steckte ihr eine Haarsträhne hinters Ohr, und sie bemerkte,
dass seine Hand nicht ganz ruhig war. Die Vorstellung, dass sie
diesen wuchtigen, verführerischen Mann bewegte, so sehr wie er
sie bewegte, steigerte noch ihre ohnehin schon mächtige Begierde nach ihm. „Gut geraten. Offensichtlich bin ich nicht so sehr
der Typ für die sportliche Limousine."

„Naja, ich weiß, dass du Motorrad fährst und Mädchen vor
widerwärtigen Trunkenbolden rettest. Was sollte ich sonst noch
von dir wissen?"

Er ließ seine großen Hände leicht auf ihrer Taille ruhen. Sie
mochte deren Gewicht, die Art, wie sie anscheinend perfekt dort
hinpassten. Guter Gott, sie brauchte mehr davon!

„Ich bin der Typ, der es vorzieht, lieber zu zeigen als zu
reden."

„Was wirst du mir zeigen?", fragte sie schüchtern-kokett, errötete wegen ihres eigenen Wagemutes.

„Alle möglichen Dinge. Du musst einfach nur abwarten, dann
wirst du es schon sehen." Er senkte seinen Kopf und küsste auf

federleichte Weise ihren Hals. Ihre wurde schwindelig von dieser Empfindung. „Wenn ich dich erst einmal komplett ausgezogen habe."

Während sie die Augen schloss, kippte sie den Kopf zurück und sagte: „Ich bin definitiv ganz dafür."

„Und du bist auch dafür, dass es nur eine Nacht ist?", fragte er. Er lehnte sich zurück, um ihre Antwort abzuwarten.

Seine Worte überraschten sie—so weit hatte sie nicht gedacht. Aber natürlich wollte sie nichts anderes von ihm. Sie konnte ja auch nichts Weiteres erwarten. Dies war ein Traum. Eine Fantasievorstellung. Und das Großartige an einem Traummann war, dass er dir all das Vergnügen schenkte, das man gerade noch aushalten konnte, und dann auf recht angenehme Weise verschwand, sodass man sich nicht mit irgendwelchen ekligen Konsequenzen herumschlagen musste.

Werde ich das wirklich durchziehen können? fragte sie sich. *Ja, ja, ja!* schrie jede Faser ihres ganzen Seins. *Dieser Typ gibt dir das Gefühl, lebendig zu sein. Außerdem ist er auch noch unglaublich süß und absolut in dich verknallt. Du wirst nie wieder so eine Chance bekommen, deshalb lass sie nicht ungenutzt vorüberziehen!*

Cole stieß einen gequälten Atemzug aus. „Ich will, dass du weißt . . . dass du fantastisch bist. Ich begehre dich so sehr. Aber ich muss ehrlich sein. Momentan bin ich nicht an weiteren Verabredungen interessiert. In meinem Leben ist gerade sehr viel los. So viele Dinge, die—"

Jill legte ihre Fingerspitzen auf seinen Mund. „Das ist okay. Du musst keine Entschuldigungen anbringen. Ich will einfach nur, dass du mich berührst", sagte sie, erstarrte dabei beinahe in Ehrfurcht, dass diese Worte aus ihrem Mund gekommen waren. „Überall", fügte sie hinzu. „Bald! *Jetzt!* Eine Nacht ist perfekt, sofern wir sie mit Bedeutung füllen, damit die Nacht auch zählt!" Und das meinte sie ernst.

Nur Cole schaute noch immer unsicher drein. Als könnte er

nicht glauben, dass eine Frau wie sie nicht mehr von ihm wollen würde, und wahrscheinlich hatte er auch Recht. Aber selbst wenn sie danach auch mehr wollen würde, so würde sie doch so klug sein und gehen.

„Ich bin bereit für meinen ersten Wunsch", sagte Jill. Blitzartig warf sie ihm ein schnelles Lächeln zu. Ihr Körper summte vor Verlangen, vor allem seit er angefangen hatte, mit seinen Fingerspitzen an ihrer Taille entlangzustreichen. Sie bemerkte sein keuchendes Atmen. *Sie* war es, die das bei ihm auslöste! Diese Erkenntnis machte sie nur noch schärfer und gleichzeitig auch kühner. Sie langte hinüber und berührte ihn. Sein Körper zuckte in ihre Richtung.

Er küsste sie leidenschaftlich und gierig. Sie stöhnte. Vage dachte sie daran, sie sollte versuchen, es ruhiger angehen zu lassen, aber an diesem Punkt war ihre Selbstbeherrschung schon völlig dahin. Widerstrebend zog sie sich zurück.

„Ein paar Querstraßen weiter ist ein Hotel", sagte sie. „Mein erster Wunsch ist, du fährst uns dorthin. Auf deinem Motorrad!"

„Du magst Motorräder, wie?"

„Keine Ahnung. Ich bin nie zuvor auf einem mitgefahren."

„Wie das?"

„Es gab nur wenig Gelegenheiten, und wenn, dann hatte ich immer zu viel Angst."

„Doch jetzt hast du keine Angst?" Verwundert hob er eine Augenbraue.

„Nein", hauchte sie. „Mit dir nicht."

„Gut. Weil ich auf dich aufpassen werde, Jill. Das verspreche ich."

Cole nahm ihre Hand, führte sie zur Harley, wo er ihr den einzigen Helm gab. Sie könnten von der Polizei angehalten werden, und wäre das nicht echt Scheiße? Aber das war eine Übung fürs wagemutig und sorglos sein, deshalb warf sie alle Vorsicht über Bord und setzte den Helm auf. Er schwang sich auf sein

Motorrad, ließ den Motor aufheulen und klopfte auf den Sitz hinter sich. Sie schwang ein Bein über das brüllende Biest, machte es sich bequem und schlang ihre Arme um ihn.

Das Motorrad vibrierte unter ihr, löste in ihrem Körper nur noch mehr Kribbeln aus. Sie hielt sich nur noch enger an ihm fest, nicht aus Angst, sondern weil sie ihre Aufregung kaum mehr unterdrücken konnte. Cole bedeckte ihre Hände mit seinen, um ihren Griff zu überprüfen, dann brauste er los. Die Geschwindigkeit packte sie, während der Wind um sie herum peitschte. Sie fühlte sich so, als stünde sie an der Kante einer Klippe, jedes Nervenende war in höchster Alarmbereitschaft. Sobald sie in angenehmem Tempo dahinfuhren, ließ die Aufregung nach. Sie fühlte sich komplett wohl . . . bis er an einer Ecke abbog und das Motorrad in Richtung Gehsteig kippte.

Jill kreischte.

In ihrem Magen rumorte und rebellierte es, und ihr Herzschlag verdoppelte sich, doch zu keiner Zeit fühlte sie sich irgendeiner Gefahr ausgesetzt. Sie rasten eine Straße hinauf, die andere hinunter, legten sich in die Kurven, während Jill ihre Brüste in seinen Rücken presste. Sie würde einen One-Night-Stand haben, also warum nicht jetzt gleich alles auskosten?

Und noch dazu so ein wunderschöner Tag! Obwohl die Abenddämmerung hereinbrach, wärmte die Sonne immer noch Jills Schultern. Überall um sie herum standen die dünnen, hoch aufragenden Palmen von Los Angeles. An roten Ampeln sahen ihnen die Passanten zu. Sie gab sich dem Tagtraum hin, dass Cole ihr fester Freund wäre und dass dies bloß eine Fahrt von vielen wäre, die sie miteinander unternahmen. Welch ein berauschendes Gefühl!

Und viel zu schnell vorbei! Gerade als sie die beste Zeit ihres Lebens hatte, verlangsamten sie das Tempo und hielten neben dem AVENUE PALMS HOTEL an. Sie nahm den Helm ab und bemühte sich nicht einmal, ihr Lachen zu unterdrücken. „Das war einfach toll!"

Ein sündhaftes Grinsen leuchtete auf seinem Gesicht auf. Er nickte kurz in Richtung Hoteleingang. „Ich werde einchecken. Ich bin sofort zurück."

Sie nickte und nutzte die Zeit allein, ihr zerzaustes Haar etwas zu ordnen, tiefe, beruhigende Atemzüge zu holen und ihren Mut zusammenzunehmen. Schneller als gedacht war Cole zurück. Er führte sie durch einen Seiteneingang zum Hotelaufzug und dann zu ihrem Zimmer.

Als er die Schlüsselkarte in das Schloss einführte, holte sie noch einmal tief Luft, die sie dann langsam entweichen ließ. Die etwaige Gefährlichkeit der Situation ließ sie einen Moment innehalten, aber dann, als würde er ihre Furcht spüren, hielt Cole inne, wandte sich ihr zu und schenkte ihr ein bezauberndes Lächeln. Sie nickte, wie um zu sagen, dass es ihr gut ging.

Sie traten ein. Das Zimmer roch frisch und sauber. Die Laken auf dem Bett waren strahlend, blütenweiß. Gott sei Dank! Sie hätte es verabscheut, ihre gemeinsame Zeit in irgendeinem schäbigen Motel zu verbringen.

Er schloss und versperrte die Tür hinter ihnen. Sie schauten einander nur einige Sekunden lang an, ehe er seine Hände um ihre Taille legte und sie an sich zog. „Immer noch okay?"

„Ja, ich will das. Wunsch Nummer Zwei? Küss mich nochmal! Bitte!"

Er beugte sich vor, um sie zu küssen, und Jills Verstand verwandelte sich zu Brei, als seine Lippen auf so sanfte Weise auf ihren landeten. Trotz der Küsse, die sie draußen vor der Bar geteilt hatten, war dieser zunächst zaghaft und weich. Könnte es sein, dass er auch nervös war? fragte sie sich. Nein, unmöglich! Cole war der Typ Mann, der jede Frau bekam, die er wollte. Er nahm sich die Zeit, sie einzuatmen und jede Rundung ihrer Taille und ihres Hinterns langsam zu erspüren. Coles Hände wurden immer neugieriger, während ihre Zungen sich miteinander verwoben.

Dann strich er an ihren Seiten hinauf und nahm ihr Shirt dabei mit.

Das war eine gute Idee, dachte Jill. Eine fantastische. Wo hatte dieser Mann bloß gelernt, so zu küssen? *Einfach großartig . . .*

Sie hielt ihre Arme hoch, sodass er ihr das T-Shirt ausziehen und beiseitewerfen konnte. Ihre Brustwarzen drückten sich gegen den Innenstoff ihres BHs, schoben sich vor, wuchsen vor Aufregung. Sein Kuss wurde drängender, während seine Hände an ihren Jeans entlang streiften und zwischen ihre Beine glitten. Sie keuchte leicht. Er knöpfte ihre Jeans auf und zog den Reißverschluss herunter. Dann unterbrach er den Kuss lang genug, um sie herunterzuziehen, und als er bei ihren Füßen angelangt war, stieg Jill heraus.

Sie fühlte sich komplett entblößt, wie eine nackte Statue, die auf einem Sockel steht. Und dadurch, dass er sanft einen ihrer Füße anhob und heiße Küsse überall darauf verteilte, gab er ihr auch das Gefühl, bewundert zu werden. Sie schloss die Augen, zitternd vor Verlangen. Er liebkoste ihre Beine von unten bis oben, hielt dabei kurz an ihrem winzigen seidenen Slip inne. Als er wieder aufrecht stand, langte er nach hinten, um ihren BH aufzumachen. Mit seinen Lippen berührte er die Seiten ihres Halses, was sie erbeben ließ.

Jill zerrte an seinem Shirt, bis Cole zurückwich und es auszog. Sie brauchte einen Augenblick, um seinen Körper auf sich wirken zu lassen–der breit und stark war und sich deutlich abzeichnende Brustmuskeln zeigte. Sie wollte mit ihren Händen über jede Erhebung streichen. Indem er eine Hand auf ihren Rücken legte, zog er sie an seinen breiten, warmen Brustkorb heran, sodass ihre Brüste sich an ihn drückten. Jill war in viel größerer Eile, Cole auszuziehen als er es gewesen war. Sie öffnete den Reißverschluss seiner Jeans, zog die Hose herunter und legte seinen harten Unterleib und die beeindruckende Wölbung in seinen Boxershorts frei.

Schamlos umfasste sie ihn und genoss sein überraschtes Auf-
keuchen. Sie hatte ihre damenhaften Manieren mittlerweile komplett vergessen, *aber wen sollte das scheren?* Sie waren die einzigen
zwei Menschen auf der Welt, nichts anderes existierte, nur welches Gefühl er ihr gab.

„Du bist die Allerschönste, die ich je gesehen habe." Er legte
einen Arm um ihre Taille, den anderen um ihren Nacken, wobei
seine Finger in ihrem Haar spielten, um gleichzeitig ihren Kopf
an Ort und Stelle zu halten. Wieder fanden seine Lippen ihre, und
er drängte Jill Richtung Bett. Die Hitze seiner Erektion drückte
durch die Short und an ihre Hüfte. Jill war zwischen ihren Beinen feucht und heiß und sehnte sich danach, zu spüren, wie seine
Hände ihren übrigen Körper erforschten.

„Cole . . ." Mit der Rückseite ihrer Knie stieß sie ans Bett. Sie
setzte sich, und er schob augenblicklich ihre Oberschenkel auseinander und kniete sich dazwischen. Sanft fasste sie seinen Hinterkopf, durchkämmte mit ihren Fingern sein festes Haar und leitete
seine Lippen zu ihren Brüsten. Cole leckte und saugte an einer
Brustwarze, bis sie nass und zart war. Jill stöhnte vor Wonne auf.
Cole bewegte sich von der einen zur anderen Brustwarze und
brachte Jill zum Erbeben. Während er mit ihren Brüsten spielte,
schlüpfte er mit seinen Fingern unter den Gummizug ihres Slips
und zog ihn langsam aus.

Cole führte sie wieder nach hinten und hielt ihre Beine weiterhin an der Bettkante auseinandergespreizt. Jill erbebte in freu-
diger Erwartung, da sie wusste, was nun kam. Cole schaute zu Jill
auf, und in seinen Augen spiegelte sich Begehren. *Oh mein Gott . . .*

Jill wimmerte, dann trennte sie ihre heiße Haut von seiner
und gab ihm freie Sicht auf ihren Körper. Mit einem glücklichen
Seufzen atmete Cole ein, tauchte ein und durchbohrte sie mit seiner heißen Zunge. Ihre harte, geschwollene Klitoris bettelte po-
chend um seine Aufmerksamkeit.

„Bitte!", keuchte Jill.

Er wusste anscheinend genau, was sie brauchte. Leicht verlagerte er sein Gewicht, als würde er sich vorbereiten, sich in die richtige Lage begeben, den richtigen Winkel suchen, dann saugte und knabberte er an ihrer Klitoris, während er gleichzeitig mit einem Finger in sie schlüpfte. Als sie vor Wonne aufstöhnte, tauchte er noch mit einem weiteren Finger ein. Er bewegte sie hinein und heraus, erkundete, kitzelte, reizte und trieb Jill gnadenlos auf einen sich aufbauenden Höhepunkt zu. Ihre Atmung wurde schneller und schneller, und ihr Herz schlug so wild, dass es sich anfühlte, als würde es jeden Moment aus ihrer Brust heraus explodieren. Aber Jill wollte noch mehr. Mehr von diesem Mann, mehr von seinem Duft, mehr von seinem Geschmack.

„Warte!", bat sie. „Bitte, warte!"

Mit Besorgnis in den Augen schaute er zu ihr auf. „Bist du okay? Habe ich dir weh getan?"

„Nein. Ich will bloß . . . nicht jetzt schon zum Höhepunkt kommen. Nicht, ohne dich auch geschmeckt zu haben."

„Dazu werde ich nicht nein sagen." Er kicherte leise.

„Heißt das, dass ich immer noch einen Wunsch frei habe?"

„Du hast so viele Wünsche frei, wie nötig sing, um dich vollständig zufriedenzustellen."

„Gut!", schnurrte sie. „Denn das wird eine ganze Menge Anstrengung beiderseits erfordern. Angefangen mit . . ." Sie setzte sich auf und langte zu seiner Short. Er stand auf, erlaubte ihr, sie hinunterzuziehen, und der Beweis seines Begehrens pulsierte nun direkt vor ihrem Gesicht, wenige Zentimeter entfernt. Sie streichelte nochmals über seinen Waschbrettbauch, dann ließ sie ihre Hände weiter hinuntergleiten, um seinen erigierten Penis zu umfassen. Cole sog einen tiefen Atemzug ein, als sie ihn sanft streichelte.

Dann glitt sie vom Bett, begab sich auf die Knie und liebkoste die Innenseite seiner Oberschenkel, während sie zu ihm aufblickte.

„Mmm, ich mag das", sagte er. „Schau mich bitte weiterhin an!" Er spielte mit ihrem Haar, während sie mit ihren Fingern an seinem Schaft entlangstrich und dann das empfindsame Fleisch hinter seinen Hoden erreichte. Während ihre Hände forschten, nahm sie seine steinharte Erektion in ihren Mund. Coles gesamter Körper zitterte leicht, und Cole stöhnte auf.

Jill verlagerte sich, damit der vordere Teil seines Schwanzes möglichst weit in ihre Kehle vorstoßen konnte. Dann ließ sie ihn wieder herausgleiten, wobei sie mit ihrer Zungenspitze an der Unterseite seines Schaftes entlangstrich und mit ihren Lippen die Eichel umkreiste, ehe sie zuließ, dass er wieder tief in ihren Mund eintauchte. Dies tat sie wieder und immer wieder, wobei sie jedes Mal den Winkel ihres Kopfes oder die Position ihrer Zunge veränderte. Cole knurrte und ächzte und bewegte seine Hüften. Gott, ihr gefiel das über alle Maßen, und seinem Gesichtsausdruck nach zu schließen, ihm auch!

Von Zeit zu Zeit zog sie sich auch von der Basis seines Schwanzes zurück, um jeden Zentimeter zu erspüren, fest und langsam an ihm zu saugen, dann weich und schnell. Cole beobachtete sie wie hypnotisiert, was sie da tat, höchste Wonne stand in seinem Gesicht geschrieben, die ihre Leidenschaft befeuerte. Mit ihren Händen glitt sie an der Rückseite seiner Beine hinauf und ließ sie auf seinem Hintern zur Ruhe kommen. Während sie drückte und knetete, leckte und saugte sie und hörte zu, wie er stöhnte.

Seine Atemzüge kamen nun in kurzen Abständen, und sie spürte, wie sein Glied, das schon ganz rutschig durch ihren Speichel war, anfing, noch größer und härter zu werden. Mit ihrer Zunge machte sie kleine, schnelle, schnipsende Bewegungen an der Schaftunterseite, während sie seine Hüften packte und ihn tief in ihren Mund zog.

„Halt!", keuchte er. „Das fühlt sich fantastisch an, aber ich will in dir zum Höhepunkt kommen."

Sie hielt ihn fest an seinem Platz, ehe sie ihn widerstrebend aus ihren geschwollenen Lippen herausgleiten ließ. Mühelos nahm Cole sie in die Arme und platzierte sie so aufs Bett, dass ihr Kopf auf einem Kissen lag.

Der Lufthauch der Klimaanlage fühlte sich gut an ihrem erhitzten Körper an, da sie sozusagen in Flammen stand. Cole senkte sich auf sie herab, und sie wickelte ihre Beine um seine Hüften, wobei sie sich an seinen starken Schultern festhielt. Sie spürte seine Muskeln und Wölbungen nach, während seine Hände ihre Taille umfassten und dann weiter hinunter und unter sie glitten, um ihren Hintern zu packen und zu liebkosen.

„Fick mich, Cole!"

Er nickte. „Aber ja, Madam!"

Er positionierte die Eichel an ihrem Eingang, neckte sie, trieb sie beinahe dazu, zu betteln, ehe er auf wundersame Weise ein Kondom hervorzauberte. Sie hatte nicht einmal gesehen, wann er die Packung geöffnet hatte, schon zog er es über seinen harten Schwanz. Oh ja, er war ein meisterhafter Liebhaber! Er ließ nur einen Bruchteil seines Gliedes in sie schlüpfen; sie spannte ihre Muskeln an, um zu versuchen, ihn weiter hereinzuziehen. Er glitt tiefer hinein, und während sie noch spürte, wie sie sich dehnte, um sich an ihn anzupassen, staunte sie, wie perfekt er sich anfühlte. Er war alles, was sie brauchte.

Die Hitze seines Körpers drängte gegen ihre Brüste, die immer noch rau von seinen Zähnen und Lippen waren. Er stieß mit der vollen Länge in sie hinein und begann sofort mit einem gleichmäßigen, hämmernden Rhythmus. Die Peniswurzel glitt an ihre geschwollene Klitoris, als seine Stöße härter und drängender wurden. Ihre Fingernägel gruben sich in seinen Rücken, und er gab ihr das zurück, indem er in ihre Schulter biss, was sie vor Vergnügen in Zuckungen versetzte.

Zuerst merkte sie, wie sich ihre Beine anspannten; dann verkrampften sich ihre Scheidenmuskeln um seinen Schwanz. Ihr Atem ging schwer. Ihre Brustwarzen standen vollkommen aufrecht, während er in sie hineinbohrte.

„Wie findest du dies?", fragte er.

„Perfekt. Hör nicht auf!"

Er stieß und zog heraus, wieder und wieder, härter und schneller. Dabei benutzte er sein Knie, um ihre Beine weiter auseinanderzubringen. Sie rutschte mit ihren Beinen an seinem Rücken höher hinauf, damit er tiefer in sie eindringen konnte.

Aufmerksam betrachtete sie sein Gesicht, als die Spannung in ihrem Körper immer weiter anstieg und sie an den Rand des Orgasmus brachte. Einen Moment lang wartete sie noch, nahm die Intensität seines Gesichtsausdrucks in sich auf, schwelgte in der unbändigen Hitze, die seine Augen ausstrahlten. Er hatte den Blick eines Mannes, der wusste, wie mächtig und sexy eine Frau sein konnte. Er war ein Mann, der es wertschätzen konnte, wenn diese Frau die Kontrolle verlor und ihren Körper ganz seiner sicheren Verwahrung und seinen Talenten hingab.

Sie ertrank in dem Rausch der Glückseligkeit, der auf seinem Gesicht ablesbar war. Ihr Körper begann durch eine innerliche Explosion zu brennen und zu zittern. Sie spürte, wie sich eine Welle aufbaute und sich in ihrem Zentrum auftürmte, und Jill stieß einen Ton aus, der gleichermaßen ein Stöhnen und ein Schrei war. Er fuhr fort, sie zu ficken, ritt sie durch ihren Höhepunkt und verlangsamte seine Stöße allmählich, bis er sich kaum noch bewegte. Schließlich hörte er ganz auf, strich ihr Haar zurück und küsste sie zärtlich, um ihr Zeit zu geben, die Nachwirkungen ihres Höhepunkts zu genießen. Ihre Atmung und ihr Herzschlag beruhigten sich, und als sie die Augen wieder aufschlug, starrte er sie voll Zufriedenheit, aber auch Hunger an.

„Bringe es zu Ende, Cole!", bat sie. „Ich will sehen, wie du deinen Höhepunkt hast."

Mit einem Knurren küsste er sie nochmals, ergriff dann ihre Fußknöchel und platzierte sie auf seinen Schultern. Er begann sich wieder zu bewegen. Langsam. Dann schneller. Fester.

Während der ganzen Zeit beobachtete er ihr Gesicht, und sie fand das verführerischer als alles, was er sonst noch getan hatte.

Schließlich explodierte er mit einem lauten Ächzen und brach auf ihr zusammen. Ihre Gliedmaßen waren hoffnungslos miteinander verworren. Und sie beide zitterten, als sie versuchten, wieder genug Luft in ihre Lungen einzuatmen.

Die Zeit verging, und Jill bemerkte wieder den flüsternden Hauch der Klimaanlage auf ihrer Haut. Das Geräusch von Coles heftigem Atmen an ihrem Ohr. Das wilde Pochen seines Herzens, das ihr eigenes wiedergab.

Als er die Kontrolle über seinen Körper wiedererlangt hatte, rutschte er mit seinem Gewicht von ihr herunter und vergrub sein Gesicht in ihrem zerzausten Haar. „Wow!"

„Genau!" Sie seufzte und aalte sich in der plötzlichen Stille des Zimmers.

Jill versuchte, einen Sinn darin zu erkennen, was gerade passiert war. Sie hatte sich monatelang mit Männern verabredet, die es nicht geschafft hatten, sie auch nur einen Bruchteil dessen fühlen zu lassen, was Cole sie gerade fühlen hatte lassen. Er hatte sie zu einem Orgasmus gebracht, klar, aber auf eine Weise, die alles übertroffen hatte, was sie je erlebt hatte. Wie war das geschehen? War das einfach die Rückmeldung ihres Verstandes und ihres Körpers auf die Unanständigkeit, mit einem Fremden zu schlafen? Das musste es sein, oder? Es konnte keinen anderen Grund für diese heftige, intensive Reaktion ihres Körpers geben.

Mental kicherte sie—sie konnte die Tatsache nicht verharmlosen, dass er ein ausgezeichneter Liebhaber war. Kunstfertig-geschickt, mit bester Technik und unglaublich scharf durch sein Bad Boy-Aussehen mit seinen Biker-Tattoos.

Inmitten ihrer Gedanken merkte sie, wie er sich hochhob und ihre Lippen suchte. Sie traf seinen Mund mit ihrem und gab sich einem langen, leidenschaftlichen, wunderbaren Kuss hin.

Sie lagen schweigend da, schwelgten einfach nur in den

Nachwirkungen des Hochgefühls, das immer noch durch ihre Körper strömte. Als Jill schließlich den langsamen Rhythmus seines Atmens hörte, merkte sie, wie sie selbst schläfrig wurde. Sie musste gehen. Sie wollte nicht, aber sie musste. Sie waren überein gekommen, einmal zusammen zu sein. Das schloss nicht mit ein, zu übernachten. Sie manövrierte ihren Körper zur Bettkante und merkte, wie die nun feuchte Bettdecke von ihrem Rücken rutschte, als sie sich aus deren Umhüllung befreite.

Er sah zu, wie sie ihren Slip anzog und die übrige Kleidung vom Fußboden zusammensuchte, die sie in ihrer Eile im ganzen Zimmer verstreut hatten. Als sie vollständig angezogen war, sagte er: „Das war fantastisch. Danke."

Sie lächelte. „Ich würde ja sagen, lass uns das noch einmal irgendwann anders wiederholen, aber . . ."

Er legte die Stirn in Falten. „Liebling—"

„Jill", sagte sie.

Verstört hob er eine Augenbraue. „Ich weiß."

Sie spürte, wie ihre Wangen heiß wurden. „Tut mir leid. Es ist nur so, ich habe das Gefühl, dass du andere Frauen genauso nennst, und ich will bloß nicht mit denen in einen Topf geworfen werden."

„Das wird auf gar keinen Fall jemals passieren", sagte er ruhig.

Naja, jedenfalls hat er es nicht abgestritten, dachte Jill humorlos. „Gut. Denn dies war wunderschön. Und ich bedaure gar nichts, Cole." Sie kniete sich ans Bett und platzierte ihre Lippen auf seine. „Steh bitte nicht auf! Ich nehme mir ein Taxi zu meinem Wagen."

„Das ist doch lächerlich. Lass mich dich—"

„Nö. Mir geht's gut, ehrlich. So will ich es. Pass auf dich auf, Cole!"

Cole umfasste ihre Wange, erkannte den entschlossenen Ausdruck in ihren Augen und gab widerwillig nach. „Gut. Aber ich werde dich noch hinausbegleiten und warten, bis du ins Taxi steigst."

„Cole—"

Er zog sie nochmal an sich für einen weiteren Kuss, der sich schnell zu mehr entwickelte. Da sie wusste, dass es umso härter für sie werden würde, ihn zu verlassen, wenn sie es noch länger hinausschob, wich sie schließlich zurück und seufzte. „Begleite mich hinaus!"

Er grinste. „Erst nach noch einem Kuss!"

KAPITEL VIER

SEIT MEHREREN MONATEN HATTE COLE nicht mehr so tief und fest geschlafen. Nach der Nacht mit Jill wachte er erst auf, als die Sonne durch die Hotelvorhänge fiel und ihn im Gesicht kitzelte. Und er wachte ausgeruht auf.

Er wachte auf und dachte an Jill.

Nicht bloß an den intensiven, wahnsinnigen Sex, ihren süßen Mund oder ihren traumhaften Körper, sondern auch an den Ausdruck auf ihrem Gesicht, als sie den Motorradhelm abgenommen und so freudig gestrahlt hatte. Sie hatte ihre Schwingen ausgebreitet und war geflogen trotz ihrer Ängste, und die Erregung, die sie erlebt hatte, hatte sich irgendwie auf ihn übertragen, sodass er sich lebendiger als je zuvor gefühlt hatte. Diese Lebensfreude hatte sich im Bett noch intensiviert.

Vielleicht war es, weil sie ihn verlassen hatte, als er sich so verdammt gut gefühlt hatte oder weil er einfach durch ihre Kühnheit so inspiriert war, aber das Zusammensein mit Jill trug dazu bei, dass Cole seinen Tag mit neuer Entschlusskraft beginnen konnte. Heute würde er sich um die Angelegenheiten seiner Mam kümmern.

Während er duschte und sich fertig machte, merkte er, dass er Jill mehr als einmal vermisste. Dass er sich wünschte, sie möge noch bei ihm sein. Obwohl er klargestellt hatte, dass sie nur eine Nacht zusammen sein konnten, hatte er nicht einmal annähernd seinen ausreichenden Anteil bekommen. Und das nicht nur von ihrem Körper! Sie hatten ja kaum Gelegenheit gehabt, genug miteinander zu sprechen. Er wollte mehr von ihr wissen. Wer sie war. Wie viel weiter sie gehen würde, auf ihrem Abstecher ins Abenteuer, wenn sie die Chance dazu hätte.

Er könnte immer noch anrufen und fragen, ob sie sich wiedersehen wollten.

Aber dann erinnerte er sich . . .

Er hatte sie nicht einmal nach ihrer Telefonnummer gefragt. Er wollte sich selbst in den Hintern treten! Er knurrte und machte sich auf den Heimweg. Dort angekommen, in seinem halb-leeren Apartment, packte er genug Zeug zusammen, um sich für ein paar Tage im Haus seiner Mam einzuquartieren. Wenn er abfuhr, ehe die Aufgabe erledigt war, könnte es wieder drei Monate dauern, bis er sich selbst soweit überzeugt hatte, wieder hinzufahren. Der Ehemann der Reinigungskraft hatte in der Garage Kartons für ihn aufgehoben. Er brauchte also nur hineingehen, alles einpacken und wieder fahren.

Leider schwand seine Entschlusskraft auf dem Weg zum Haus seiner Mutter. Als er dort ankam, hatte er es sich beinahe anders überlegt. Sich von ihren Sachen zu trennen, würde bedeuten, sich von ihr zu trennen. *Nein, das wäre nicht so, Cole*, redete er sich ein. Die Erinnerung an seine Mutter lebte in seinem Herzen fort, nicht in ihren Besitztümern.

Wieder einmal saß er auf seinem Motorrad auf der anderen Straßenseite und starrte das Haus an, das sein ganzes Leben lang das Heim seiner Mutter gewesen war. In dessen Wänden war er aufgewachsen, hatte Mist gebaut, hatte sich geformt, und seine Mutter war die ganze Zeit sein fester Anker gewesen. Alles an diesem Haus erinnerte ihn daran, dass sie nicht mehr da war. Je länger er starrte, desto tiefer wurde der Schmerz in seinem Herzen. Während er dort saß und all seine Kraft zusammennahm, um mit seinem Motorrad in die Seiteneinfahrt zu fahren und es in der rückwärtigen Garage zu parken, in der zeitweilig der kleine

Kombi seiner Mutter gestanden war, sah er einen dunklen Kopf um die Hausecke lugen.

„Was zum Teufel?" Inspizierte da jemand das Haus? Er schaltete den Motor aus, schwang sich von seinem Bike und überquerte die Straße. Nun konnte er den Körper sehen, der zu diesem Kopf gehörte. Es war bloß ein kleiner Junge, eigentlich sogar ein sehr kleiner. Er konnte nicht älter als vier oder fünf Jahre sein. Warum zum Kuckuck war irgendein Kind im Garten seiner Mutter?

Cole sah hinüber zum vermieteten Haus daneben. Ein Mädchen im Teenageralter mit einem blonden Pferdeschwanz saß in der Einfahrt, die mit einem weißen Gartenzaun und einem Tor abgegrenzt war. Um sie herum spielten fünf Kleinkinder verschiedener Nationalitäten. Es sah so aus, als zeichneten sie etwas auf den Gehsteig mit einem Sortiment farbiger Kreiden. Das Mädchen war bestimmt nicht die Frau, von der seine Mutter ihm erzählt hatte. Vielleicht deren Tochter? Oder eine Babysitterin? Da Sonntag war, konnte es ja keine Tagesstätte sein. Oder öffneten Tagesstätten heutzutage auch an Wochenenden?

Gestern Nacht hatte Jill ihm gesagt, sie würde eine Tagesstätte leiten. Die abenteuerfreudige Jill mit ihrem dunklem, nerzbraunem Haar und den wunderschönen grünen Augen. Jill, die sich für ihn ausgebreitet hatte, damit er sie genießen konnte, und die ihn in ihren Mund und Körper aufgenommen hatte. Jill, die ein Lächeln auf sein Gesicht gezaubert hatte. Mehrere Male.

Verdammt, Cole! Hör auf, an sie zu denken! Was vorbei ist, ist vorbei. Sie hatten sich auf eine Nacht geeinigt, und er musste sich auf das Hier und Jetzt konzentrieren. Das Kind in seinem Hof hatte sich offenbar streunend von der Gruppe nebenan entfernt. Cole ging an der Seite des Hauses entlang und wartete, dass der Junge wieder um die Ecke spähte.

Nach einem oder zwei Augenblicken tauchte das Gesicht wieder an der einen Hausecke auf.

„Du betrittst unbefugt privates Eigentum", sagte Cole, und

seine Stimme klang strenger als er beabsichtigt hatte.

Der kleine Junge erstarrte und starrte hinauf zu Cole, unsicher, ob er kapitulieren oder weglaufen sollte.

„Stanley Baker! Wo bist du? Komm sofort zurück, bitte!" Die Stimme, in der ein Hauch von Panik mitschwang, gehörte anscheinend dem Mädchen, das die Kinder nebenan beaufsichtigte.

Stanley Baker rannte los, warf Cole ein breites, schelmisches Grinsen zu, als wolle er sagen: *Du kannst mich nicht erwischen!*

Unwillkürlich musste Cole lächeln. Er behielt Stanley im Auge, bis er sich seiner Gruppe nebenan wieder angeschlossen hatte. Erst dann holte Cole sein Motorrad und fuhr es zum rückwärtigen Teil des Hauses, zur Garage seiner Mutter. Der Toröffner für die Garage lag in seiner Tasche, aber er beschloss, sein Motorrad draußen stehen zu lassen. Er packte seine Reistasche, hängte sie sich über die Schulter und sperrte die Eingangstür auf. Mit einem tiefen Atemzug betrat er seine Vergangenheit.

Er stand da und starrte lange auf die Schwelle. Das Haus roch nicht mehr so wie sonst. Als seine Mam noch am Leben war, hing immer der Duft frischer Blumen oder von etwas, das gerade im Ofen gebacken wurde, in der Luft. Jetzt roch es muffig. Leer. *Hallo Mam, ich bin zu Hause!* Cole ließ seine Tasche fallen und schloss die Tür hinter sich, versuchte sein Bestes, sich zusammenzureißen.

Von der Eingangstür kam man sofort ins Wohnzimmer. Cole ging zur großen Glasvitrine hinüber, die eine ganze Wandseite einnahm. Darin fanden sich alte Teekannen, Geschirr, Schneekugeln und Figuren. Seine Mam hatte Antiquitäten geliebt. Als Cole ein Kind war, hatte sie ihn oft am Samstagmorgen in aller Früh aufgeweckt und zu einer Tauschbörse oder zu einem privaten Flohmarkt geschleppt. Sie hatte nie irgendwelche Antiquitätengeschäfte besucht oder die Sachen direkt gekauft, weil sie so gerne auf Schnäppchenjagd gegangen war. An einigen Tagen waren sie auf zehn Flohmärkten gewesen und mit leeren Händen zurückgekommen. An anderen Tagen waren sie nur zu einem gegangen und seine Mutter hatte einen weiteren Schatz gefunden, den sie dann stolz in der riesigen Glasvitrine ausstellte, die Coles Großvater gebaut hatte, ehe er verstorben war.

Cole öffnete die Vitrine und nahm eine der Teetassen heraus. Mit seinen großen Händen konnte er den zierlichen Griff kaum fassen, und schnell stellte er die Tasse wieder zurück, besorgt, sie zu zerbrechen.

Was verdammt nochmal sollte er bloß mit dem ganzen Zeug anfangen?

Er würde es natürlich nicht irgendwo in seinem Apartment aufstellen. Aber jede elegante Teetasse erinnerte ihn an seine Mutter, deshalb wäre es unerträglich, wenn er sie einfach wegwerfen würde. Da beschloss er an Ort und Stelle, dass er alles verpacken würde und die für ihn und seine Mutter wertvollsten Sachen in ein Lager bringen würde, den Rest würde er verschenken.

Er verließ das Wohnzimmer und ging den Gang hinunter zu seinem alten Zimmer. Er lächelte, als er die Tür aufstieß. Cole hatte schon seit er achtzehn Jahre alt war selbstständig gelebt, aber dieses Zimmer sah immer noch so aus wie beim letzten Mal, als er die Nacht hier verbracht hatte. Er trat ein und setzte sich aufs Bett. Ihm war, als würde ihm das Herz aus der Brust gerissen werden. Obwohl seine Mutter ihn allein aufziehen hatte müssen, hatte sie dafür gesorgt, dass er alles hatte, was er brauchte, und den Großteil dessen, was er wollte.

Auf den Regalen über seinem alten Schreibtisch fand er das verblichene Foto von ihm im Football-Trikot—*Auf geht's Mavericks!* Er dachte an die Zeit zurück, als er dieses grün-und-goldene Trikot zum ersten Mal getragen hatte. Damals war er so stolz gewesen. Seine Mutter hatte sich Sorgen wegen Verletzungen gemacht. Erst später war er zu seiner vollen Größe herangewachsen und hatte seine Muskelmasse durch lange Stunden, die er schwitzend im Fitness-Studio verbracht hatte, aufgebaut. Als er jedoch dreizehn Jahre alt gewesen war, war er noch zwölf Zentimeter kleiner und fünf Kilo leichter als seine Klassenkameraden gewesen. Der Trainer hatte ihn während des ganzen ersten Spiels auf der Bank sitzen lassen.

Nachdem Cole und seine Mutter an jenem Abend vom Spiel nach Hause kamen, erkannte sie, wie aufgebracht er war. Sie legte ihre eigenen Ängste bezüglich des Football-Spielens mit Jungs, die um so viel größer waren, beiseite, setzte sich an den Küchentisch und nahm einen Bleistift und eine Serviette zur Hand, um ihm das Einmaleins des Football-Spielens zu erklären. Seine Mam war in ihrer Jugend Cheerleaderin gewesen und verliebt in den Anführer des Football-Teams ihrer Schule. Anscheinend hatte sie dem Spiel viel Aufmerksamkeit gewidmet.

Nachdem sie ihm eine Lektion erteilt hatte, hatte sie ihm gesagt, er solle, wenn das Spiel am nächsten Samstag losging, neben dem Trainer an den Seitenlinien bleiben und ‚die Nervensäge spielen‘. „Natürlich musst du wissen, was du tust, aber die beste Methode, um zu lernen, ist, dort rauszugehen und Erfahrung zu sammeln, nicht wahr? Jedes Mal wenn es danach aussieht, dass er jemanden einwechseln will, erinnerst du ihn daran, dass du da bist und bereit bist", sagte sie ihm.

Cole hatte ihren Rat befolgt.

Beim nächsten Training hatte er den *Offensive Coach* beeindruckt, um wie viel besser er das Spiel verstand. Und beim Spiel am Samstag folgte Cole dem Trainer an den Seitenlinien auf und ab wie ein Schatten. Dabei sagte er ihm ständig, dass er bereit sei. Schließlich setzte der Trainer ihn ein, wenn auch nur um Ruhe vor der Nervensäge zu haben. An jenem Tag spielte Cole wie ein Champion, und von da an wurde er auch nie wieder auf der Bank sitzen gelassen.

Nun stellte Cole das Foto auf das Regal zurück. Er holte tief Luft. Er musste genau dies auch jetzt tun.

Er wollte gerade in die Garage gehen, um einige Kartons zu holen, als die Türglocke ertönte. Stirnrunzelnd begab er sich zur

Eingangstür.

Er machte sie auf, bereit, irgendeinen nervenden Vertreter abzuweisen. Stattdessen schnappte er kurz nach Luft, als er sie sah. Und Schock durchfuhr ihn.

Jill?

Sein One-Night-Stand stand auf dem Eingangsvorplatz—ihr Gesicht noch im Profil, sie hatte ihn also noch nicht bemerkt. Sie hatte ein purpurfarbenes Shirt und Jeans an, die von Kreide, Farbe und etwas, das wie Mehl aussah, befleckt war. Egal! Sie sah wunderschön aus! Erinnerungen daran, wie sich ihre Rundungen angefühlt hatten und wie ihr Haar geduftet hatte, prasselten auf ihn ein.

Sie war absolut erstaunlich gewesen im Bett. Das Beste, das er je gehabt hatte. Aber die Frage blieb bestehen—was zum Teufel nochmal machte sie hier?

❦

BEIM GERÄUSCH DER SICH ÖFFNENDEN Tür drehte Jill den Kopf. Sie spürte, wie sie vor Schreck und Überraschung jegliche Farbe verlor. Doch genauso schnell heizte tiefes Erröten ihr Gesicht wieder auf. Sie starrte den tätowierten-Motorrad-fahrenden-Sexgott von letzter Nacht an und konnte kaum ihren Augen trauen. Was machte der in Stellas Haus?

Oh Gott, dachte sie. *Jetzt habe ich wirklich ein Problem! Ich hatte einen One-Night-Stand mit einem Stalker.*

Aber konnte er wirklich als Stalker betrachtet werden, angesichts der Tatsache, dass sie an *seiner* Tür aufgetaucht war? Ja, entschied sie. Wenn er sie beobachtet hätte. Auf sie gewartet hätte . . .

Nein, es musste eine vernünftigere Erklärung für seine Anwesenheit in diesem Haus geben. Stella war seit ein paar Monaten tot, und Jill fühlte sich immer noch entsetzlich, dass sie sich gerade zu dem Zeitpunkt von Stellas Tod wegen einer ihrer seltenen Reisen außerhalb des Landes befunden hatte, da sie zur Hochzeit einer Cousine in Kanada eingeladen war. Jill hatte es nicht einmal geschafft, zur Beerdigung zu kommen. Heute war zum ersten Mal jemand in dieses Haus gekommen. Sie wollte sichergehen, dass alles in Ordnung war. Natürlich hatte sie nicht erwartet, dass ihr One-Night-Stand ihr die Tür aufmachen würde. War er ein Handwerker, der in dem Haus Reparaturen vornehmen sollte, ehe es zum Verkauf angeboten würde?

Langsam dämmerte ihr, dass Cole immer noch dort stand, mit einer Hand am Türrahmen angelehnt. Verblüffung stand ihm ins Gesicht geschrieben. Als sie merkte, dass er darauf wartete, dass sie zuerst sprach, holte sie tief Luft und beruhigte ihre Nerven.

„Ähm, was machst du hier?", fragte sie, wobei sie sich bemühte, ihre Stimme ruhig und ausgeglichen klingen zu lassen.

Er schaute nicht gerade erfreut drein, sie zu sehen. Vielmehr blickte er recht wachsam, als würde er denken, *sie* wäre der Stalker . . . „Du bist an *meiner* Tür aufgetaucht", sagte er. „Was machst *du* hier?"

Er glaubte *wirklich*, sie sei die Verrückte!

„Ich wohne nebenan", sagte sie schnell und fragte sich, wie bloß alles so schnell so schief hatte gehen können. „Oder . . . hast du das schon gewusst?"

Cole sah verwirrt aus. „Nein, das wusste ich tatsächlich nicht. Aber dies ist ja auch das Haus meiner Mam."

Seiner Mutter?

„Dann bist du Stellas Sohn? Colton? Derjenige, mit dem sie mich verkuppeln wollte?" Colton. *Cole!* Verdammt! Schockwellen durchfluteten ihr Inneres. Ihr einmaliges-sexuelles-Abenteuer war genau der Mann, von dem Stella behauptet hatte, dass er für Jill der Perfekte Partner wäre. Jill hatte immer höflich abgelehnt, wenn Stella sie eingeladen hatte, ihren Sohn kennenzulernen. Jill war zu diesem Zeitpunkt in ihrem Leben nicht bereit, irgendeine

Art von Beziehung einzugehen–das würde sie vielleicht auch nie sein. Nicht weil sie keinen Partner wollte, mit dem sie ihr Leben teilen könnte, sondern weil sie den besagten Partner nicht damit belasten wollte, mit einer Frau zusammenzuleben, die das Gen ihres Vater für eine frühe Alzheimer-Erkrankung geerbt haben könnte.

Coles Blick traf den ihren und hielt ihn fest, und auf einmal flammte das Feuer, das sich dort angesammelt hatte, wieder auf. Die Eiseskälte des Schocks wurde durch Hitze ersetzt. Da Jill niemals ein Foto von Stellas Sohn gesehen hatte–weil sie diese ganze Idee des Verabredens komplett aus ihrer Agenda gestrichen hatte–hatte sie die ganze Zeit nicht gewusst, welch gute Gelegenheit sie sich da entgehen hatte lassen.

Wow! Aber wie sollte sie jetzt mit dieser Situation zurechtkommen?

„Ich . . . ähm . . .", stotterte sie. „Letzte Nacht wusste ich nicht, dass . . . ähm . . ."

„Warte mal, du hast also meine Mam gekannt?" Schmerz flackerte in seinen Augen auf, dann schloss er sie und strich sich mit einer Hand durchs Haar. In diesem Moment sah er trotz seiner Statur, seiner Tätowierungen und Bodybuilder-Muskeln überhaupt nicht mehr aus wie der knallharte Typ. Er sah . . . irgendwie verloren aus.

Instinktiv wollte sie ihn berühren, doch sie ließ inmitten der Bewegung ihre Hand sinken. Abrupt öffnete er seine Augen und trat einen Schritt zurück.

„Du bist die Mieterin von nebenan. Natürlich!" Er lachte, als handelte es sich um einen Insiderwitz. Es klang nur eher bitter denn humorvoll. „Meine Mam sprach recht viel von dir. Sie mochte dich . . . sehr."

„Ich mochte sie auch. Mir tut es sehr leid, dass du sie verloren hast." Jill spürte, wie Tränen in ihre Augen stiegen, und schnell blinzelte sie sie weg. „Stella war eine so nette Dame." Mehr als nett. Trotz ihrer Krankheit war Stella stark und auf vielerlei Weise für sie da gewesen. Und sie hatte diese Stärke mit Jill geteilt, als sie sie wirklich gebraucht hatte.

Sie hatten sich kennengelernt, als sie sich beide einer Chemotherapie unterziehen mussten. Bei Jill war es aber nicht annähernd so ernst gewesen wie bei Stella. Bei Jill war ein kleiner Knoten entfernt worden. Der Arzt hatte ihr die Chemo empfohlen, um irgendwelche etwaige übersehene Krebszellen restlos abzutöten, hatte ihr jedoch versichert, dass sie sie in einem frühen Stadium erwischt hätten und Jill deshalb vermutlich okay sein würde. Dennoch war es eine Zeit voller Angst gewesen, und das war etwas, das Stella wunderbar verstanden hatte. Sie hatte ihr Bestes versucht, Jill abzulenken, indem sie von ihrem tollen Sohn erzählt hatte. Dann war sie sogar so weit gegangen, Jill das Haus nebenan zu vermieten, da Jill ihr erzählt hatte, dass sie ein größeres Objekt bräuchte, um eine Tagesstätte zu eröffnen.

Jill schaute Cole wieder an. Ihr Herz sehnte sich schmerzend nach ihm. Demnach zu urteilen, wie Stella von ihm erzählt hatte, hatten sie ein recht inniges Verhältnis gehabt. Mehr als einmal hatte Stella erwähnt, wie schuldig sie sich fühlte, dass Cole schon mit sechzehn seine Flügel gestutzt und seine Träume aufgegeben hatte, die Welt zu bereisen, nachdem bei ihr Krebs diagnostiziert worden war. Er hatte nicht zu weit von ihr entfernt sein wollen. Nun lagen die Dinge anders. Aber bevor er anfangen konnte, sein eigenes Leben zu leben, musste er mit der Tatsache klarkommen, dass seine Mutter in Zukunft kein Teil mehr davon sein konnte.

„Jedenfalls . . ." Jill rang die Hände. „Ich—ähm—kam vorbei, um mich zu entschuldigen wegen des kleinen Jungen, der dich vorhin gestört hat. Es wird nicht wieder vorkommen—ich habe mit der Hilfskraft gesprochen. Und, ähm, ich gebe zu, ich war neugierig und wollte sehen, wer hier ist."

„Aha. Das ist kein Problem. Ich mag Stanley." Er lächelte. „Du leitest also die Tagesstätte nebenan." Er lehnte sich am

Türrahmen an, musterte sie immer noch, lud sie aber nicht ein, hereinzukommen.

„Du erinnerst dich doch, dass ich eine Tagesstätte führe."

Er schaute sie auf seltsame Weise an. „Natürlich! Ich erinnere mich an alles von gestern Nacht."

Sie schlug die Augen nieder und betrachtete angelegentlich ihre Fingernägel. Während sie so dastand, konnte sie den Duft seiner Haut riechen, sein Rasierwasser oder sein Deo, was auch immer. Sie erinnerte sich daran, wie er sich in ihr angefühlt hatte. Bilder von letzter Nacht durchfluteten ihren Kopf, und sie konnte nur hoffen, dass es ihm nicht genauso erging. Jene Frau in jener Nacht—das war nicht sie selbst. Sie hatte sich komplett gehen lassen in jener Nacht und nur in jener Nacht, weil sie glaubte, niemand würde je davon erfahren. Dies hier war einfach peinlich!

Wieder warf sie verstohlen einen Blick auf ihn, aber sein Blick erwischte ihren. Eine Sekunde lang brachte er sie zurück zu diesem allerersten Blick—zu diesem Moment dieser sofortigen Verbindung—in der Bar.

„Ich weiß nicht . . ." . . . *wie ich damit umgehen soll. Wie ich damit klarkommen soll, die Anwesenheit dieses Mannes in mein geregeltes Leben eindringen zu lassen.*

Cole langte zu ihr hinüber und streichelte mit seinem Daumen sanft an ihrem Kiefer entlang, eine intime Berührung, auf die sie nicht vorbereitet war. Jill schloss die Augen, genoss das Gefühl seines Fleisches an ihrem. „Was weißt du nicht?"

Sie schluckte schwer und zog behutsam ihr Kinn weg. Eine Sekunde lang hing seine Hand in der Luft, als würde er nicht wissen, was er damit tun sollte. Dann schob er beide Hände in die Hosentaschen. „Wir haben eine Praktikantin vom College, die bei uns arbeitet. Ich werde darauf achten, dass du nicht wieder belästigt wirst."

„Jill, du hast mich nicht belästigt. Stanley hat mich auch nicht belästigt. Möchtest du hereinkommen?"

Die abrupte Einladung stieß sie vor den Kopf. Dachte er etwa, sie könnten . . . ?

Aber nein! Er sah traurig aus, einsam vielleicht, aber nicht geil. Wahrscheinlich wollte er einfach nur ein wenig Gesellschaft, um ihn von dem Schmerz abzulenken, allein im Heim seiner Mutter zu sein. Und das konnte sie ihm geben. Noch einmal. Wenigstens für ein paar Minuten. Als sie vor fünf Minuten die Tagesstätte verlassen hatte, hatten Liz und Monica mit den Kindern gerade ein Kunstprojekt gestartet.

Dennoch zögerte Jill und versuchte die Tatsache auszublenden, dass sie noch vor weniger als vierundzwanzig Stunden mit Stellas Sohn Sex gehabt hatte. Dieser wuchtige, prachtvolle Mann war der ,kleine Junge', von dem Stella die ganze Zeit erzählt hatte. Sie sollte seine Einladung, hereinzukommen, ablehnen. Es war schon eigentümlich genug, weil sie bereits Sex miteinander gehabt hatten, ehe sie sich überhaupt gekannt hatten. Dies hätte eine einmalige Angelegenheit bleiben sollen. Während es schon kompliziert genug war, weil Cole Stellas Sohn und ihr neuer-und-wer-weiß-für-wie-lange-Nachbar war, sollte sie die Sache nicht noch weiter verkomplizieren.

Und deshalb ergab es auch überhaupt keinen Sinn, als sie lächelte und „Gern" sagte. Dann trat sie ein.

KAPITEL FÜNF

COLES HERZ MACHTE EINEN SATZ und hämmerte laut, als er die Tür schloss und Jill ins Gesicht schaute. Er hoffte, der Ständer, der in seiner Jeans pochte, war nicht sichtbar. Gott, er begehrte sie! Aber jetzt war nicht die Zeit, horizontal zu werden, rief er sich ins Gedächtnis. Alles hatte sich geändert, seit er die Tür aufgemacht hatte. Er fühlte sich noch immer aus dem Gleichgewicht gebracht. Und danach zu urteilen, wie ihr Gesichtsausdruck von einem zum anderen und wieder zu einem anderen wechselte, war sie genauso verwirrt und durcheinander wie er. Er lehnte sich an die Tür und wollte etwas sagen—irgendetwas—damit sie sich wohl fühlte, obwohl klar war, dass sie sich nicht wohl fühlte. Aber er wusste nicht weiter, war wieder von widerstreitenden Bedürfnissen erfüllt; einerseits wollte er auf sie zugehen, andererseits sie wegstoßen. Genauso war es ihm ergangen war, als er sie in jener Bar entdeckt hatte.

Sie verschränkte schützend die Arme vor ihrer Brust und blickte sich im Haus um.

„Jill—"

„Cole", sagte sie zur selben Zeit.

Ein nervöses Glucksen stieg blubbernd aus ihrer Kehle nach oben. „Das ist verrückt! Ich weiß nicht einmal, was ich sagen soll. Es war ausgemacht, dass wir uns niemals wiedersehen sollten. Ich finde, dies hier ist wirklich peinlich, nicht wahr?"

„Peinlich. Klar, das ist auch eine Möglichkeit, es zu

beschreiben." Er straffte sich und bemühte sich um ein Grinsen, massierte stattdessen seinen Hals. „Folge mir!" Er führte sie durch das Wohnzimmer in die Küche. Dort angekommen, setzte sie sich erst mal auf einen hölzernen Stuhl. Er stützte seine Ellbogen auf der Theke auf. „Ist es so furchtbar, mich zu sehen?", versuchte er einen Scherz zu machen. „Du hast letzte Nacht bei weitem mehr von mir gesehen . . ."

Ein Lächeln huschte kurz über ihr Gesicht, und ihre Wangen wurden in entzückender Weise rosa. „Nein, natürlich ist es nicht furchtbar." Dann verblasste ihr Lächeln, und die Farbe verlor ihre Leuchtkraft. Ein Schatten durchzog ihre Augen. „Naja, die Umstände sind furchtbar. Der Grund, warum du hier bist, ich meine, ich nehme an, du bist hier, um . . ."

Die Sachen deiner toten Mutter durchzusehen.

Die unausgesprochenen Worte hingen in der Luft. Cole verspannte sich wieder.

„Oh, Gott. Es tut mir leid", sagte sie. „Ich sehe doch, dass es schlimm für dich ist, und ich mache es nur noch schlimmer."

„Es ist okay", sagte Cole und meinte es auch so. Während es ihn aufgebracht hatte, über seine Mutter nachzudenken, schien es durch Jills Anwesenheit hier ein klein wenig besser zu werden. „Mach dir deswegen keine Sorgen!" Er strich sich mit der Hand durchs Haar. „Hättest du gerne einen Drink?"

Letzte Nacht hatte er ihr auch einen Drink angeboten, und schau, wozu das geführt hatte.

Jill errötete, als hätte sie denselben Gedanken gehabt, zog dann den Kopf ein.

„Ich meinte Wasser, oder vielleicht ist auch noch etwas Limonade in der Vorratskammer übrig."

Ein kurzes Lächeln blitzte über ihr Gesicht, und Jill blickte wieder zu ihm auf. „Oh nein, aber danke. Ich sollte wahrscheinlich zurückgehen. Meine Geschäftspartnerin Liz–die mit mir gestern Nacht in der Bar war–kümmert sich gerade um die Kinder, aber mein Dienst geht bis 17:30.“

„In Ordnung. Haben die meisten Tagesstätten auch sonntags geöffnet?“

„Nein. Aber unsere ist ein wenig anders.“

„Wie das?“

„Einige der Eltern, um deren Kinder wir uns kümmern, haben besondere Bedürfnisse. Sie arbeiten am Wochenende. Oder sie brauchen ungewöhnliche Öffnungszeiten, weil sie gerade eine schwere Zeit durchmachen.“

„Welche Art von schwerer Zeit?“

„Ähm . . . wir kümmern uns auch um Familien, die gerade irgendeine schlimme Krankheit durchmachen.“

„Wie Krebs zum Beispiel?“ Die Worte waren heraus, ehe er nachdenken konnte. Warum war er bloß auf dieses Thema eingegangen?

Um ihren Mund ließ sich ein leichtes Zucken ausmachen, aber sie antwortete leise: „Manchmal. Krankheiten halten sich nicht an einen Stundenplan von neun bis fünf. Wir haben zwar nicht sieben Tage die Woche offen, aber wir versuchen, so flexibel wie möglich zu sein.“

„Das ist wirklich großartig. Das wird sicher hilfreich sein“, meinte er und fragte sich, was er wohl gesagt hatte, wodurch sie sich unbehaglich fühlte. „Hast du so meine Mam kennengelernt? Kannte sie jemanden, der krank war und eine Kinderbetreuung brauchte?“

Jill zögerte einen Augenblick. „Sie hat mich niemandem vorgestellt. Ich brauchte bloß einen Ort, wo ich meine Tagesstätte eröffnen konnte, und es kann schwierig sein, etwas zu mieten zu finden und all das zu tun, vor allem in einem Wohngebiet wie diesem. Versicherungen und Bezirksbestimmungen und dergleichen. Aber Stella stand der Sache offen gegenüber, sie wollte helfen. Sie war wundervoll.“ Als sie den Namen seiner Mam erwähnte, hatte sich ihre Miene aufgehellt.

Jill hatte seine Frage nicht genau beantwortet, aber er sah keinen Grund, sie deswegen ins Kreuzverhör zu nehmen. „Naja, ich bin froh, dass du die Chance hattest, sie zu kennen."

„Ich auch. Es war schön, dich wiederzusehen, Cole."

Er unterdrückte den Drang, sie zu bitten, noch zu bleiben oder später wiederzukommen. Das wäre ihr gegenüber nicht fair. Was er ihr letzte Nacht gesagt hatte, war die Wahrheit gewesen. Es war zu viel bei ihm los. Er hatte zu viele Probleme, als dass er einer Frau irgendetwas bieten konnte. Außerdem war er ein Beschützer; das war mehr als nur ein Job . . . es war seine Identität. Sie fühlte sich zu dem Typen in der Bar hingezogen, der eingegriffen hatte, als sie Hilfe gebraucht hatte, nicht zu einem wehleidigen Jammerlappen, der seine Mutter vermisste und am liebsten losheulen wollte, immer wenn er daran dachte, dass er sie nie mehr wiedersehen würde.

„Na dann", sagte Jill und stand von ihrem Stuhl auf.

„Na dann." Er folgte ihr zur Vordertür, dann öffnete er sie für sie. „Danke, dass du hereingekommen bist." Er verspannte sich, als Jill ihre Hand auf seinen Arm legte. Einen Augenblick lang starrte er ihre Hand an.

Dann in ihre blassgrünen Augen.

Bevor er wusste, was geschah, trat Jill näher heran und warf ihre Arme um ihn. Instinktiv erwiderte er die Umarmung und zog sie an sich. In dieser einfachen Umarmung verebbten seine Sorgen, beschleunigte sich sein Pulsschlag, und seine Atmung passte sich dieser erhöhten Geschwindigkeit an. Er roch das süßliche Shampoo in ihrem Haar und erinnerte sich, wie er in ihrem Duft eingehüllt war, als er jeden ihrer Körperteile erforscht hatte. Sein Körper verhärtete sich, und ein Bauchkribbeln ging durch seinen Magen, wie es neuerdings immer nur Jill gelang hervorzurufen.

Und mir nichts, dir nichts zog Jill sich zurück.

„Deine Mam hat die ganze Zeit von dir gesprochen, Cole. Sie war wirklich unendlich stolz auf dich."

Er nickte. Die plötzliche Erregung versickerte, wurde ersetzt von der nun so vertrauten schweren Last der Traurigkeit. Und doch, das merkte er, war die Last nicht mehr so schwer wie zuvor. „Ja?" Er freute sich, dass seine Mam gut von ihm gesprochen hatte. Wirklich. Doch momentan war seine Mutter nicht in seinen Gedanken. Der leichte Windhauch draußen wehte Jills Duft wieder an seine Nasenflügel. „Möchtest du später vorbeikommen? Mir all die tollen Sachen sagen, die sie dir von mir erzählt hat?", platzte er neckend heraus. *Was ist mit deiner Absicht, dich nicht auf mehr einzulassen, Cole?* Er wusste, er hätte Jill einfach davongehen lassen sollen, aber sein Körper brannte vor Verlangen, und sein Verstand wurde vollkommen überstimmt.

„Ich—ich bin nicht sicher, ob das eine so gute Idee ist", sagte Jill, während sie ihre zappligen Hände betrachtete, dann wieder zu ihm aufblickte. „Diese Frau, die du letzte Nacht getroffen hast, das war nicht ich. Nicht mein wahres Ich. Du und ich, wir haben ein Übereinkommen getroffen, dass wir nur diese eine Nacht miteinander verbringen wollen, und dabei sollten wir es auch belassen. Du bist großartig, Cole. Wirklich! Und mir tut dein Verlust sehr leid, aber die Sache zwischen uns sollte nie mehr als ein kurzes Phänomen sein, ein Leuchtpunkt in der Zeit. Außerdem nehme ich nicht an, dass du auf Dauer hierher ziehen wirst . . ."

„Ich bin nur ein paar Tage hier, um die Sachen meiner Mam einzupacken. Dann ziehe ich nach Nordkalifornien."

Erleichterung und Traurigkeit gleichermaßen flackerten über Jills Gesicht. „Gut. Angesichts unserer . . . ähm . . . Chemie . . . ist es wahrscheinlich das Beste, wenn wir uns voneinander fernhalten. Findest du nicht?" Sie lächelte ihn hoffnungsvoll an.

Er zögerte kurz, ehe er nickte. „Klar." Dann zwang er sich zu einem breiten Grinsen. „Obwohl die Chemie ja wirklich großartig war!"

„Ja, also . . . pass auf dich auf, Cole!" Sie bedachte ihn mit einem letzten, verweilenden Blick.

„Du auch, Jill!", sagte er leise, als sie sich umwandte und aus seinem Leben verschwand.

❧

JILL ZWANG SICH, FOKUSSIERT ZU bleiben.

Schau nach vorn . . . auch wenn er die Tür geschlossen hat! Sie überquerte die Rasenfläche zwischen den beiden Häusern. Sie schaute die ruhige Straße hinunter und dachte darüber nach, wie sehr es ihr hier gefiel. Dieser Ort . . . eine behagliche Wohngegend im Vorstadtbezirk war genau die Art von Umgebung, die für Menschen wie Jill gemacht war und die Menschen wie Jill mochten und zu schätzen wussten. Sie konnte sich nicht vorstellen, dass Cole den Rasen sprengen würde oder mit seinem Motorrad hier die Gegend unsicher machen wollte. Dennoch war es seltsam genug, dass als der Schock über das Wiedersehen erst einmal abgeklungen war, es doch irgendwie natürlich schien, ihn zu sehen, wie er sich in Stellas Haus bewegte. Natürlich, aber keinesfalls belanglos.

Jill merkte, dass sie innerlich zitterte.

Letzte Nacht hatte er sie gewarnt, dass es in seinem Leben Schwierigkeiten gab, und damit hatte er ihr offensichtlich die Wahrheit gesagt. So wie er offensichtlich immer noch um seine Mutter trauerte. Und nun, da Stella verstorben war, war Cole ihr neuer Vermieter? Die Mieteinzahlungen gingen auf ein Konto einer Eigentümergesellschaft, die sämtliche Mieten sammelte. Würde sich ihr Mietverhältnis ändern? Es wäre natürlich äußerst ungünstig, wenn sie umziehen müsste, aber sie würde auch das schaffen, wenn es notwendig sein sollte. Das Letzte, was sie wollte, war, dass er sich irgendwie schuldig fühlen würde, wenn er sie rausschmeißen würde, falls es das war, was er vorhatte.

Als sich Jill wieder bei der Betreuung einklinkte, saßen Liz und die Kinder gerade auf dem Teppich, um sich eine Geschichte vorlesen zu lassen. Monica war dabei, sich zu verabschieden, und Jill ergriff die Gelegenheit, sie darauf hinzuweisen, die Kinder besser zu beaufsichtigen, vor allem Stanley. Monica entschuldigte sich und versprach, dies zu tun.

„Vielen Dank, dass du an einem Sonntag hergekommen bist", sagte Jill, als sie Monica zur Tür brachte. „Genieße die nächste Woche, die du ja frei hast! Willst du mit Trevor immer noch diese Reise nach San Diego machen?"

Trevor war Monicas Freund, und obwohl Monica ständig von ihm gesprochen hatte, als sie angefangen hatten, sich zu verabreden, redete sie jetzt eher widerwillig über ihn. Jill vermutete, dass sie Probleme hatten. Sie war nicht überrascht. Monica war eine recht engagierte Schülerin mit stets vergnügter Laune. Jill hatte Trevor nur einmal getroffen, aber er war mürrisch bis zum Grad der Unhöflichkeit gewesen. Soweit sie wusste, hatte er weder einen Job noch hatte er vor, seine Ausbildung fortzusetzen.

Monica lächelte. „Ja, wir wollen morgen nach San Diego. Danke nochmals, dass ich frei bekomme."

„Natürlich, Schätzchen. Bis dann, wenn du zurück bist!"

Jill machte hinter Monica die Tür zu. Während Liz gerade *Wenn du einer Maus einen Keks gibst* vorlas, sammelte Jill Spielsachen auf und wischte Tische ab, ihre Gedanken aber waren mit Cole beschäftigt.

Stella hatte die ganze Zeit viel von ihrem ‚süßen, netten Jungen' erzählt. Sie hatte nie erwähnt, dass er über eins achtzig groß und wie ein Bodybuilder gebaut war, oder dass er Augen hatte, bei denen Frauen in Ohnmacht fielen, wenn er sie ansah, oder ihre Höschen Feuer fingen. Okay, das wäre jetzt schon sehr eigenartig gewesen, wenn sie *das* erzählt hätte, aber dennoch . . . Stella hatte erzählt, dass er gern Haferkekse mochte, Brettspiele und Harry Potter. Aber da war er jünger gewesen. Jetzt, da er wie ein heißer Darsteller aus der Serie *Sons of Anarchy* aussah, musste Jill einfach lächeln. Sie stellte sich vor, wie er mit seinen tätowierten

Armen und seiner wuchtig-muskulösen Erscheinung Scrabble spielte und *Der Gefangene von Azkaban* las.

Während gestern Nacht war er ein Sex-Gott gewesen. Heute war er nur ein Mann, der einen großen Verlust erlitten hatte. Das machte sie total kopfscheu. Sie wollte umkehren, zurückgehen und Cole in ihre Arme schließen. Mit der einzigen Absicht, ihn zu trösten.

Sie musste sich mehr als einmal ins Gedächtnis rufen, dass sie seine Einladung, später nochmal zurückzukommen, aus gutem Grund abgelehnt hatte. Aus mehreren Gründen sogar. Einer davon war, dass es, da sie sich sowieso schon sehr stark zu Cole hingezogen fühlte, nur logisch war, dass je mehr Zeit sie mit ihm verbrachte, es umso schlimmer für sie werden würde, wenn er dann abfuhr. Und zweitens, selbst wenn sie ihren Fantasien freien Lauf lassen würde–selbst wenn Cole noch eine gewisse Zeit hier bliebe und sie ihre Beziehung über diesen One-Night-Stand hinaus vertiefen würden–was hätte das für einen Zweck? Er hatte schon einen Großteil seines Lebens damit zugebracht, seine Träume zu opfern für jemanden, den er liebte. Er brauchte solche Belastungen nicht, die sich ergeben würden, wenn er sich langfristig auf Jill einlassen würde. Ehrlich gesagt, kein Mann brauchte dies, aber besonders nicht so ein lebenssprühender Mann wie Cole.

„Fräulein Jill!" Eines der Kinder riss sie aus ihrer Tagträumerei. Die Geschichten-Erzählzeit war vorbei, und Liz bereitete ein Bastelprojekt für später vor.

„Ja, Anaya?"

Das kleine, brünette Mädchen zerrte an ihrer Hand. „Wer ist der Mann nebenan?"

Die Frage überraschte Jill. Anaya war sonst nicht so neugierig. Aber ehe Jill antworten konnte, sagte Stanley: „Er ist ein böser Riese. Er wurde aus seinem Land hierhergeschickt, um uns auszuspionieren. Er frisst Kinder!"

„Stanley!", sagte Jill und verbiss sich ein Lächeln. Sie nahm an, dass für jemanden, der noch nicht mal einen Meter zwanzig groß war, Cole wirklich wie ein Riese wirken könnte. „Erstens ist es nicht schön, wenn du versuchst, deine Freunde zu verängstigen, und zweitens sagen wir keine gemeinen Dinge über Menschen, bevor wir sie kennengelernt haben. Das ist nicht nett."

„Mir erschien er mürrisch", schmollte Stanley.

Aus einem Augenwinkel sah Jill, wie Liz ein Kichern unterdrückte, aber sie schaute sie nicht an. Wenn sie das täte, müsste sie sicherlich lachen. Außerdem hatte sie keine Ahnung, wie viel von ihrem Abenteuer mit Stanleys Riesen sie Liz erzählen sollte. Bis jetzt war sie ihren Fragen nach dem, was geschehen war, nachdem sie letzte Nacht die Bar verlassen hatte, immer geschickt ausgewichen. Sie hatte nur gesagt, dass sie mit Cole geredet hätte, ehe sie nach Hause gegangen wäre. Aber Liz hatte sie mit diesem vielsagenden Blick angeschaut, den nur eine beste Freundin drauf hat–als würde sie wissen, dass Jill ihr Informationen vorenthielt. Jill war nicht bereit, über ihre Nacht mit Cole zu sprechen–vielleicht würde sie auch nie bereit dazu sein–aber sie konnte die Tatsache nicht für sich behalten, dass Cole Stellas Sohn war und momentan das Haus nebenan besuchte.

Sie musste es Liz sagen.

Aber nur wenn sie etwas Privatsphäre hatten.

Sie ging vor Stanley in die Hocke. „Manchmal, wenn du mal einen schlechten Tag hast, scheinst du auch mürrisch zu sein, oder? Du würdest aber nicht wollen, dass wir denken, du seist immer so, auf Grundlage von nur einem Tag, oder?"

Stanley blickte zu Boden. „Nein, Fräulein Jill."

„Gut. Jetzt sage ich dir, was wir vor der Spielzeit machen wollen. Wir gehen im Kreis und sagen jedem unserer Freunde eine Sache, die uns an ihm gefällt. Kennt ihr das alle?" Sie murmelten und nickten, nur ein paar kleinere Kinder starrten sie weiterhin an, weil sie keine Ahnung hatten, wovon Jill sprach. „Stanley, du fängst an."

Stanley machte ein mürrisches Gesicht, aber er bot ihr selten die Stirn. Er stand auf und sagte: „Mir gefällt Michaels blondes Haar. Mir gefällt Anayas purpurfarbenes Kleid. Mir gefällt Adams braune Haut, und mir gefällt Chloes rote Haarspange. Und mir gefällt das Motorrad des Riesen . . ."

Jill lächelte den kleinen Jungen an. „Viel besser."

Jeder kam an die Reihe, und als das letzte Kind fertig war, erlaubte Jill ihnen, ihre Spielsachen herauszunehmen, bevor sie mit dem Bastelprojekt anfingen. Kontrolliertes Chaos war die Folge, und langsam verschwanden ihre Gedanken an Cole. Einmal jedoch meinte sie, eine Bewegung am Wohnzimmerfenster wahrgenommen zu haben, aber als sie hinüberging, war niemand draußen. Könnte es Cole gewesen sein? Sie hoffte es, denn die Vorstellung, dass ein Fremder außerhalb der Tagesstätte herumlungern könnte, beunruhigte sie und bestärkte sie nur noch in ihrer Entschlossenheit, ein besseres Sicherheitssystem für das Haus anzuschaffen.

Während die Zeit verging, kamen nach und nach die Eltern, um die Kinder abzuholen und nach Hause zu bringen. Schließlich war nur noch Stanley übrig. Er lebte bei seinem Papa, einem alleinstehenden Vater Ende dreißig, dessen Ex-Frau vor mehreren Jahren gestorben war. Jill war anfangs recht beeindruckt von Jason Baker gewesen, da er ein hart arbeitender Mann war, der seinen Sohn anscheinend sehr liebte. Neuerdings löste er aber ein ungutes Gefühl bei ihr aus. Da gab es nichts Bestimmtes, das sie genau benennen könnte, und eigentlich fühlte sich Jill deswegen ein wenig schuldig, vor allem angesichts der Tatsache, wie wundervoll Stanley war.

Stanley saß auf dem Boden und spielte mit ein paar Bauklötzen, als Liz sich bei Jill einhakte und flüsterte: „Ich weiß, dass wir nicht vor unserem Kleinen hier reden können, aber ich werde dich später anrufen, damit wir über den Riesen von nebenan lästern können." Sie zwinkerte. „Gleich nachdem du mir reinen

Wein eingeschenkt hast, wie lange du und dieser Typ von gestern Nacht ‚geredet' habt.“

Jill versuchte ihr Lächeln zu verbergen. „Da gibt es nichts zu bereden.“

Liz warf ihr einen ‚Ach bitte'-Blick zu, und Jill biss sich auf die Lippe. „Okay“, sagte sie so leise, dass Stanley sie nicht hören konnte. „Da gibt es nichts zu bereden außer dem *riesigen* Zufall, dass der Riese derselbe Mann ist, der uns gestern Nacht in der Bar zu Hilfe gekommen ist: Stellas Sohn und wahrscheinlich unser neuer Vermieter.“

„Was?“, kreischte Liz. „Das ist . . .“

„Ein Zufall“, warnte Jill sie mit hochgezogener Augenbraue.

„Du meinst ein *glücklicher* Zufall. Heiliger Strohsack!“ Liz fächelte sich selbst Luft zu. „Naja, ich hab da so ein Gefühl, wenn es jetzt keine Story zu erzählen gibt, dann aber doch sehr bald.“ Sie stieß Jill mit dem Ellbogen an.

Jill blickte hinüber zu Stellas Haus, fühlte sich etwas verunsichert, weil Cole sie hören könnte. „So ist es nicht. Er trauert um seine Mutter.“

„Dann ist es sehr schade, dass er ganz alleine trauern muss“, flüsterte Liz. Bevor Jill antworten konnte, fügte sie hinzu: „Macht es dir etwas aus, wenn ich heute ein paar Minuten eher gehe?“

„Nein, überhaupt nicht“, erwiderte Jill. „Ich werde mit Stanley eine Ladung Kekse backen, während wir auf seinen Vater warten.“

Fünf Minuten später gingen Jill und Stanley in die Küche und mischten Mehl, Eier, Zucker, Vanille, Hafermehl und Gewürze, dann schwelgten sie in dem himmlischen Duft des Backens, bis Stanleys Vater kurz vor 18 Uhr auftauchte. Nachdem Jill für Stanley und seinen Papa ein Dutzend Kekse eingepackt hatte und den kleinen Jungen nach Hause geschickt hatte, ging Jill zurück ins Haus. Sie ging ins Schlafzimmer und erhaschte einen Blick auf sich selbst in dem bodenlangen Spiegel.

„Oh mein Gott!" Überall auf ihrer Kleidung war Kreide und Farbe. Normalerweise machte ihr das nichts aus. Schließlich brachte dies die Arbeit in einer Kindertagesstätte mit sich, aber war sie tatsächlich so nach nebenan gegangen?

Sie ging unter die Dusche, und anstatt sich in Joggingklamotten oder einen Pyjama zu werfen, wie sie es sonst an einem Abend Zuhause tat, zog sie ein eng sitzendes Top und Jeans an. Dann tupfte sie etwas Parfum hinter die Ohrläppchen und auf ihren Ausschnitt, wobei sie daran dachte, wie sich Coles Mund an diesen beiden Stellen angefühlt hatte. Nachdem sie ihr Haar getrocknet und nur ein klein wenig Makeup aufgelegt hatte, begutachtete sie sich nochmals im Spiegel.

Sie hatte nicht vorgehabt, nach nebenan zu gehen. Ehrlich nicht! Vielmehr hatte sie vorgehabt, sich von Cole fernzuhalten—darauf hatten sie sich jedenfalls geeinigt. Keine Interaktion mehr.

Aber jetzt . . .

Jetzt war alles, woran sie denken konnte, das, was Liz gesagt hatte—dass Cole nicht alleine trauern sollte. Dass sie Cole in ihre Arme nehmen und seinen Schmerz wegküssen wollte. Und an all die verschiedenen Möglichkeiten, wie Cole sie jetzt, da sie frisch geduscht und sauber war, wieder grandios zerzausen, schmutzig machen oder sonst wie durcheinander bringen könnte.

KAPITEL SECHS

COLE STÖBERTE DURCH DIE SCHRÄNKE seiner Mutter auf der Suche nach Konserven, die er essen könnte, als es an der Haustür klopfte. Jill? Sie waren überein gekommen, sich nicht mehr zu treffen, aber er konnte nicht anders als zu hoffen, dass es *sie* wäre. Er konzentrierte sich darauf, nicht an die Tür zu rasen, ließ sich Zeit, aufzumachen, dann tat es ihm leid, sich überhaupt Zeit gelassen zu haben. Ohne Farbe und Kreide stand Jill vor ihm, sah frisch und wunderschön aus und hielt einen Teller vor sich. Der süße Duft von Backwaren wehte durch die Luft, zusammen mit einem leichten Blumenparfum.

Verdammt, sah sie gut aus! Ihr dunkles Haar glänzte, und ihre hellen Augen strahlten, sowohl mit Zögern als auch Entschlossenheit. Warum machten ihre Widersprüchlichkeiten ihn nur so verdammt scharf? Und warum war sie zurückgekommen?

Schick sie weg—hör auf, mit dem Feuer zu spielen! sagte ihm die eine Hälfte seines Gehirns.

Erkunde jeden Zentimeter ihres Körpers und finde die geheimen Orte ihres Parfums! widersprach die andere Hälfte.

„Hallo nochmal!", sagte sie etwas zu freudig. Wollte sie ihre Aufregung überspielen? Das machte sie nur umso begehrenswerter. „Ich weiß, dass ich sagte, wir sollten nicht . . . und dass wir nicht . . . aber ich bin eben nebenan, und wir haben vorhin mit den Kindern Kekse gebacken. Und ich dachte, du magst vielleicht welche." Sie hielt ihm den Teller entgegen.

Wie passend—ihn mit ihren Keksen zu verführen. *Schlimme Frau,* sagte er schmunzelnd zu sich.

Doch er sah die Leckereien nicht einmal an. Nein, er hatte zu viel damit zu tun, sich daran zu erinnern, wie ihr Gesicht ausgesehen hatte, als sie letzte Nacht ihren Höhepunkt erreicht hatte. Zum wiederholten Male hatte er sich das vorgestellt, seit er heute Morgen aufgewacht war. Genau genommen war es sogar so, dass er an nichts anderes als an Jill denken konnte, wenn er nicht gerade an seine Mutter dachte.

Soviel zum Thema ‚beschissene Lage'.

Wider besseres Wissen trat Cole einen Schritt zurück und zeigte ihr mit einer Handbewegung an, hereinzukommen. „Ich hungere mir gerade meinen Arsch weg!"

Ihre Augen strahlten auf. „Naja, da hast du ja Glück. Ich mache die besten Haferkekse der Welt. Du wirst also deinen Arsch nicht verlieren."

Cole lächelte. Schlagfertig war sie, kein Zweifel! Er bezweifelte jedoch, dass sie bessere Haferkekse backen konnte als seine Mam, weil niemand in all seinen neunundzwanzig Jahren es bisher geschafft hatte, seine Mutter vom Thron zu stoßen, was ihre Backkünste betraf.

„Oh, vielen Dank. Die nehme ich gerne", sagte er, nahm den Teller in Empfang und stellte ihn auf einen recht beladenen Kaffeetisch. „Nimm doch Platz! Das Haus hat kaum Vorräte zu bieten, aber ich habe eine Flasche warmen Wein."

Jill lachte und setzte sich. „Nein danke. Heb dir deinen Wein für eine besondere Gelegenheit auf! Setze dich lieber zu mir", meinte sie und klopfte auf den Platz neben sich auf dem Sofa.

Cole dachte einen Moment darüber nach. Vor ein paar Stunden hatte Jill ihm gesagt, sie sollten Abstand voneinander halten, trotzdem war sie hier, saß gemütlich im Haus seiner Mutter, hatte Parfum und ein Lächeln aufgelegt. Trieb sie irgendwelche Spielchen mit ihm? Das glaubte er nicht. Eher hatte er das Gefühl, dass ihr Gesinnungswandel auf ihren eigenen widerstreitenden Gefühlen beruhte. Sie wollte sich fernhalten, aber sie fühlte sich genauso zu ihm hingezogen wie er sich zu ihr. Zumindest war das das Szenario, das er gerne glauben wollte.

Es gab jedoch noch eine andere Option: Da Jill nun wusste, dass er seine Mutter verloren hatte, wollte sie einfach nur nett sein. Gott, er hoffte, dass das nicht der Fall war! Anteilnahme verstand er und konnte er respektieren—Mitleid jedoch brauchte und wollte er nicht. Unwirsch stieß er den Atem aus und gesellte sich zu ihr aufs Sofa.

Jill hielt ihm den Teller hin. „Möchtest du einen probieren?"

„Verdammt, ja!", sagte er. Er nahm einen Keks und biss hinein. Er schloss die Augen und schmeckte Zimt, Muskat und Piment. „Ach du liebe Zeit!"

„Was?", Jill blickte besorgt drein.

Höchster Genuss breitete sich in ihm aus. „Die sind ja köstlich. Wahnsinn! Ich muss zugeben, als du gesagt hast, du machtest die besten Haferkekse der Welt, war mein erster Gedanke, dass es unmöglich war, dass sie besser schmecken könnten als die von meiner Mutter."

Jill warf ihm blitzartig ein Lächeln zu. „Naja . . . ich hab etwas geschummelt. Deine Mutter hat mir das Rezept gegeben."

„Ach ja?"

Jill nickte, während sie den Kopf einzog. „Sie hat immer wieder welche gebacken und sie für die Kinder rübergebracht. Sie waren ganz verrückt danach. Als es dann zu Ende ging . . . ich meine, als sie anfing . . . Also jedenfalls hat sie mir das Rezept gegeben, damit ich weiterhin welche für die Kinder backen könnte." Sie biss sich auf die Lippe. „Jetzt hab ich's schon wieder gemacht. Es tut mir leid."

„Nein, nein. Es braucht dir nicht leid tun. Meine Mam liebte Kinder. Ich bin sicher, es hat ihr große Freude gemacht, euch nebenan zu haben."

„Ja, sie saß gerne auf der Veranda und hat ihnen beim Spielen zugeschaut."

Wie sie es auch getan hatte, als Cole ein Kind war. Er stand auf. „Möchtest du etwas Wasser? Ich denke, ich gehe mal und hole etwas Wasser."

„Gern, Wasser wäre großartig", sagte sie.

Cole ging in die Küche und schenkte zwei Gläser Eiswasser ein. Er trank die Hälfte seines Glases, bevor er wieder ins Wohnzimmer zurückkehrte.

„Bitteschön!" Er setzte sich wieder neben Jill. „Also aus welchem Teil von Los Angeles stammst du?"

„Ich wuchs in Orange County auf."

„Aha, ein O.C.-Girl. Ist Papa Arzt?"

Ein seltsamer Ausdruck huschte über Jills Gesicht. Doch sie erholte sich schnell und sagte: „Nein, er war Künstler."

„War?"

„Ja. Er ist vor einigen Jahren gestorben."

Cole verrenkte seinen Hals, um ihren niedergeschlagenen Blick zu erreichen. „Jetzt bin ich derjenige, dem es leid tut."

Sie zuckte die Achseln. „Schon okay."

Er merkte, dass es das nicht war, aber sie war genauso wenig daran interessiert, über ihren Vater zu reden wie Cole über seinen Mutter reden wollte. Deshalb ließ er es bleiben.

„Also, was machst du, Cole?" Jill faltete ihre Hände in ihrem Schoß.

Sie hatte sich auf alltägliches Terrain begeben, die jetzt-wollen-wir-uns-mal-kennen-lernen-Art von Diskussion. Entschieden anders als die Jill, die er gestern Nacht kennengelernt hatte . . . die Frau, die ihm ganz einfach befohlen hatte, sie zu ficken. War diese Frau wirklich so anders als die Jill, die ruhig und sittsam auf seiner Couch saß?

Das spielte wirklich keine Rolle. Er hatte sie die Geschwindigkeit sehen lassen, in dem sich zwischen ihnen was auch immer entwickeln konnte. Freundschaft? Nachbarn? Sein Verstand war der Sache gegenüber neu und dynamisch aufgeschlossen, aber verdammt–sein Körper begehrte sie immer noch, und wie. „Ich bin selbstständig. Zusammen mit einem Mitarbeiter habe ich mein eigenes Sicherheitsunternehmen."

„Sicherheit? Wie zum Beispiel für Hochzeiten und Partys? Sowas in der Art?"

Er kämpfte darum, nicht mit seinen Fingern durch ihr Haar zu streichen. Einfach in ihren seidigen Strähnen zu schwelgen. „Nein, eher für die Reichen und Berühmten. Rockstars, Filmstars, Politiker . . ."

„Echt? Toll! Wer war die berühmteste Person, die du jemals bewachen musstest?"

„Ich kann dir ihren Namen nicht sagen, das ist alles vertraulich." Dramatisch blickte er sich um, als würde er sich vergewissern, dass niemand zuhörte, dann sagte er in verschwörerischem Tonfall: „Was ich dir allerdings sagen kann, ist, dass sie ziemlich berühmt ist wegen ihrer . . . *Vorzüge*. Mein Partner und ich mussten das Doppelte verlangen, um das–ich meinte *sie*–zu beschützen–wenn du verstehst, was ich meine."

Jill lachte. Dieser Klang lockerte Coles Muskeln. *Konzentrier dich, Cole! sagte er sich. Entspann dich! Genieße die Gesellschaft dieser Frau und nimm sie, wie sie ist, und nicht wegen des Gefühls, das sie dir gibt.* Er nahm noch einen Keks und biss hinein.

„Warum bist du ins Sicherheitsgeschäft eingestiegen?", fragte sie.

Er zuckte mit den Schultern. „Wir leben in L.A. Das ist ein Tummelplatz für Berühmtheiten und große Tiere, nicht wahr? Ein Freund von früher stimmte mit mir überein, dass es wahrscheinlich ein lukratives Geschäft werden könnte, und das wurde es auch. Vielmehr läuft das Geschäft sogar so gut, dass wir eine Zweigstelle in San Francisco eröffnen werden."

„Ach ja, richtig. Du hast vorher mal erwähnt, dass du nach

Norden ziehen wirst."

„Das ist der Plan. Zumindest bis sich die Firma dort etabliert hat."

Sie nickte und nippte an ihrem Wasser.

Cole beobachtete ihr Gesicht. Bildete er sich etwas ein, oder schien es ihr etwas auszumachen, dass er L.A. verlassen würde? Sie kannten sich kaum, deshalb ergab das keinen Sinn. Genausowenig wie seine eigene Reaktion auf die Vorstellung, sie nicht mehr wiederzusehen.

Scheiße! Warum gab er vor, dass er sie nicht mehr wiedersehen wollte, obwohl alles, was er wollte, war, sie zu nehmen, sie zu liebkosen, zu berühren, zu necken und in Versuchung zu führen? Vielleicht gab es einen Grund, warum sie hier war. Vielleicht sollten sie doch mehr als eine Nacht zusammen haben.

Vielleicht.

Sein Körper schmerzte sehnsuchtsvoll vor Begehren und schaltete zusammenhängendes Denken aus. Er langte zu ihr hinüber und berührte ihr Gesicht. Einige Augenblicke lang starrte sie ihn an, und ihre Augen verdunkelten sich. Ihre Zunge schoss heraus, um ihre Lippen zu befeuchten. Ihr Blick fiel auf seinen Mund, und sie flüsterte „Cole" mit unsicherer Stimme.

Er sagte nichts, überbrückte ganz einfach den Abstand zwischen ihnen und bedeckte ihren Mund mit seinem. Er legte jeweils eine Hand auf jede ihrer Wangen. In einem flüster-leichten Kuss streiften ihrer beider Lippen vor und zurück, ehe er stärker drückte und ihren Mund mit seiner Zunge aufbrach.

„Mmm . . ." stöhnte sie angenehm berührt durch den Kuss.

Jill schmeckte frisch und süß, und er genoss es mit wahrer Lust, wie die Hitze sich in seiner Magengrube ausbreitete. Mit seiner Hand glitt er seitlich an ihrem Gesicht hinab zu ihrem Hals, dann über ihre Schulter und an ihrem Arm hinunter. Er spürte, wie sich auf ihrer seidenen Haut Gänsehaut bildete.

„Warte! Halt!" Außer Atem stieß sie ihn zurück.

Cole war genauso atemlos. Atemlos und verwirrt. Warum hatte sie ihn gestoppt?

„Ich kann das nicht tun." Abrupt sprang sie auf.

Cole stand auch auf. „Okay, das ist okay. Darf ich fragen, warum?"

„Ich kann einfach nicht, es tut mir leid. Ich fühle mich wirklich zu dir hingezogen, Cole. Offensichtlich. Aber du musst gerade so viel durchmachen. Wenn ich das letzte Nacht gewusst hätte, hätte ich nie . . ."

„Was hättest du nie? Mich ausgenutzt? Denn wenn das so ist, dann muss ich dir sagen, ich hätte nichts dagegen, wenn du mich nochmal ausnutzt."

„Wir sind jetzt Nachbarn", sagte sie.

„Nicht lange."

„Das stimmt. Du wirst alles zusammenpacken und nach San Francisco ziehen. Wirst du das Haus, in dem ich lebe, auch verkaufen?" Ihre Augen waren randvoll gefüllt mit Betrübnis.

Der abrupte Themawechsel der Unterhaltung brachte Cole aus dem Gleichgewicht. Er konnte nicht glauben, dass er nicht in Betracht gezogen hatte, wie sich der Verkauf des vermieteten Hauses auf sie auswirken würde. Aber er hatte tatsächlich vor, das Haus zu verkaufen–beide Häuser–um das Geld in die Expansion von FRONTLINE zu stecken. Das bedeutete, dass Jill ein anderes Objekt finden musste, wo sie ihre Tagesstätte führen konnte.

Ein unwillkommener Verdacht durchströmte ihn. Nochmals betrachtete er ihren Gesinnungswechsel, doch zu ihm herüberzukommen.

War etwa die Möglichkeit, dass er das Haus verkaufen würde, der wahre Grund, warum sie hier war? War sie herübergekommen, um zu versuchen, ihm den Verkauf auszureden? Die Vorstellung, dass ihre Motivation ihr eigener Vorteil gewesen sein könnte und nicht der ehrliche Wunsch, mit ihm zusammen zu sein, ließ ihn ins Wanken geraten. Und unglaublich dumme

Dinge sagen.

„Warum willst du das wissen, Jill? Hoffst du, dass ich meine Entscheidung ändere? Denn dafür müsstest du mehr tun als nur Kekse zu backen. Oder hast du deshalb meinen Kuss erwidert?"

Ihre Augen wurden groß und größer. Ihr Gesicht blass. Ihre Miene . . .

Jesus, sie sah aus, als hätte er sie gerade ins Gesicht geschlagen. „Hast du das allen Ernstes gerade zu mir gesagt?"

Ja, hatte er. Weil er ein Idiot war. „Scheiße! Ich war wirklich ein Arschloch, das zu sagen."

„Da hast du Recht", sagte sie steif, ehe sie aufstand. „Tschüss, Cole."

„Warte! Es tut mir leid. Ich habe es nicht so gemeint."

Aber das kaufte sie ihm nicht ab. Sie machte die Tür auf und ging hinaus. Sie blieb an der Treppe zum Hauseingang stehen, um sich umzudrehen und ihm ins Gesicht zu schauen. „Vor letzter Nacht hatte ich nie—und das, wessen du mich nun beschuldigst, das würde ich nie . . ." Sie schüttelte den Kopf. „So eine bin ich nicht. Aber woher solltest du das auch wissen? Du kennst mich nicht einmal. Und ich kenne dich eigentlich auch nicht wirklich, oder?"

„Das ist nicht wahr. Bitte, Jill! Komm wieder herein, damit wir reden können!"

„Nein. Das will ich nicht mehr. Momentan glaube ich, dass ich dich nie mehr wiedersehen will, Cole!"

Damit war sie fort. Und dieses Mal, da war er sich ziemlich sicher, würde sie nicht wieder zurückkommen.

KAPITEL SIEBEN

AM NÄCHSTEN TAG BRANNTE IN Cole noch immer die Schuld wegen dem, was er Jill am Abend an den Kopf geworfen hatte. In seinem alten Zimmer hatte er ruhelos geschlafen und danach ein brutales Training in einem Fitness-Studio in der Nähe absolviert. Er war ein Narr gewesen, solch voreilige Schlüsse zu ziehen. Ohne sich beherrschen zu können, hatte er einfach einen unbegründeten Verdacht geäußert. Mehr als einmal während letzter Nacht hatte er es gerade noch geschafft, sich davon abzuhalten, zu ihrem Haus hinüberzugehen. Er würde heute hinübergehen und sich entschuldigen, obwohl er warten würde, bis ihr Arbeitstag vorbei war, ehe er sie belästigte.

Er ließ die Sporttasche in der Diele stehen und machte sich sogleich an die Arbeit. Bis auf die Sammelstücke seiner Mutter packte er alles, was sich im Wohnzimmer befand, ein.

Nachdem er mehrere Umzugskartons vollgemacht hatte, nahm er die gerahmten Fotos und die Bilder von den Wänden, Dinge, die ihm so vertraut waren, dass er sie kaum mehr bewusst wahrgenommen hatte. Nun schien der Raum übermäßig groß und leer, wirkte eher wie eine Hülle als ein Heim.

Noch immer vermied er es, die Nippsachen in der Glasvitrine in Angriff zu nehmen, und begab sich deshalb lieber in das Schlafzimmer seiner Mutter. Sofort landete sein Blick auf der alten Truhe am Fußende des Bettes. Immer wenn er aus der Schule Werke aus dem Kunstunterricht oder Zeugnisse mit nach Hause gebracht hatte, hatte Mam sie zunächst am Kühlschrank aufgehängt, um sie eine Zeitlang auszustellen. Wenn sie sie dann entfernt hatte, um Platz für etwas Anderes zu schaffen, hatte sie alles mit in ihr Zimmer genommen und in dieser Truhe aufbewahrt.

Schweren Schrittes begab Cole sich dorthin und setzte sich neben der Kiste auf den Fußboden. Dann hob er den Deckel an. Die braune Truhe war voll mit Schuhschachteln, Spiralblöcken, Schnellheftern und kleinen Tüten voller Zeug–den Erinnerungen eines ganzen Lebens. Ohne sich zu erlauben, die einzelnen Gegenstände genauer zu untersuchen, begann er unvermittelt, die Dinge in einen Karton zu packen.

Er hielt inne, als er etwas entdeckte, das wie eine Ankündigung für den Abschlussball seiner Mama am Ende der High-School-Jahre aussah, und seine Hände zitterten leicht. Die Ankündigung fiel ihm zusammen mit weiteren Papieren aus den Händen und flatterte zu Boden. „Verdammt!" Er bemühte sich, das, was in seiner Nähe lag, wieder aufzuheben. Es war ein Zeitungsausschnitt, der an einer Postkarte angeheftet war. Der Ausschnitt war von 1985, eine Berichterstattung von einer ‚Versammlung der Jungen Republikaner' in Long Beach.

Cole versteifte sich.

Das Letzte, das ihm seine Mutter gesagt hatte, ehe er sie informiert hatte, dass er von seinem Vater nichts wissen wollte, war, dass sie ihn auf einer politischen Zusammenkunft getroffen hatte. War dies die besagte Zusammenkunft? Er hatte es nicht wissen wollen. Aber seine Mam war jetzt verstorben. Deshalb . . . könnte er seine Meinung nun ändern . . . falls er das wollte.

„Scheiße!" *Nein!* Der Mann war nichts weiter als ein Samenspender gewesen, niemals ein Vater. Cole wollte nichts zu tun haben mit dem Arschloch, der die Frau im Stich gelassen hatte, die sein Kind zur Welt gebracht hatte . . . mit dem Mann, der sein eigenes Kind im Stich gelassen hatte. Cole warf den Zeitungsausschnitt in die Schachtel, dann begab er sich ins Wohnzimmer, um sich seine Schlüssel zu schnappen. Das vertraute Bedürfnis, raus zu müssen und sich frischen Wind um die Nase wehen zu lassen, der Wunsch, wahrlich frei zu sein, verschlang ihn. Er steuerte auf die Tür zu und machte sich auf den Weg zur rückwärtigen Garage. Einen kurzen Augenblick hielt er inne, um zu Jills Haus hinüberzublicken, ehe er sich auf sein Motorrad schwang und losfuhr.

Er brauchte einfach eine Ablenkung, bevor er komplett durchdrehte. Einige Zeit brauste er in südlicher Richtung, bevor er die Ausfahrt zu LIQUID COOLED nahm. Als er auf dem Parkplatz anhielt, auf dem schon viele Harleys standen, stieß er einen Seufzer der Erleichterung aus–wenigstens änderten sich einige Dinge nie. Das Schild LIQUID COOLED hatte noch immer ein ausgebranntes ‚e' und ‚d'. Die hässliche braune Farbe des Gebäudes war vor Kurzem aufgefrischt worden, aber die neue Farbe war einfach auf die alte draufgestrichen worden, sodass sie an einigen Stellen uneben und klumpig war oder gleich abblätterte.

Er bahnte sich seinen Weg durch die Menge an Maschinen vor der Tür. Dort hörte er den Refrain von *Witchy Woman* aus der Jukebox kommen und bis auf den Parkplatz schallen. *Witchy Woman*, ja *hexenartige Frau, in der Tat!* dachte er. Die wuchtige Holztür ächzte in den Angeln, als er sie aufzog. Sogleich erkannte er mehrere vertraute Gesichter, und die beklemmende Enge wich aus seiner Brust.

Das Beste an LIQUID COOLED war, dass es abseits ausgetretener Pfade lag. Fünfundneunzig Prozent der Gäste waren Biker durch und durch–Männer wie Frauen. Die meisten von ihnen fuhren jeden Tag und würden mit den Händen am Lenker oder Kieselsteinen im Rücken sterben. Einige waren zu stark an Arthrose erkrankt, um noch fahren zu können; die saßen herum und erzählten von den guten, alten Zeiten, als sie noch fahren konnten, welche Orte sie gesehen hatten, in welche Unfällen sie verwickelt waren und wie sie sie überlebt hatten, um darüber berichten zu können. Die letzten fünf Prozent waren hauptsächlich

Frauen, die Motorradfahrer liebten.

In der matten Beleuchtung standen heruntergekommene Vinylhocker an der Bar entlang aufgereiht. Cole nahm auf einem freien Hocker am Ende der Reihe Platz und bestellte ein Bier. Der Man neben ihm mit wettergegerbtem Gesicht debattierte mit dem Kerl an seiner anderen Seit darüber, ob Harley im Jahr '76 oder '77seine Motoren auf 700 Kubik umgestellt hatte.

„Hey, da hol mich doch der Teufel!"

Cole grinste, drehte sich langsam um und sah sich einem kahlköpfigen, massigen Mann von nahezu eineinhalb Zentnern Fleisch gegenüber, der einen langen, grau melierten Bart und eine sechs Zentimeter lange Narbe auf seiner rechten Wange zur Schau stellte, die zu seinem Hals hinunter verlief und unter seinem T-Shirt verschwand.

„Wie zur Hölle geht's dir, Cole?"

„Geht so einigermaßen, Smash."

„Wo warst du? Vor Kurzem haben wir noch von dir gesprochen, nicht wahr, Stitch?", rief Smash. Ein älterer Typ an einem Tisch an der gegenüberliegenden Wand blickte auf, grinste und gesellte sich zu ihnen.

„Ja, ja, da ist ja dieser kleine Bastard!" Stitch war ungefähr eins vierundsechzig klein, aber er konnte achtzig Kilo stemmen, und deshalb würden sie ihn auch glauben lassen, er wäre eins achtzig groß, falls er das wollte.

„Wie zur Hölle geht's dir, Stitch?"

„Is' doch eh scheißegal, wie's mir geht", war seine Standardantwort.

„Hmm . . ." Cole nahm einen langen Zug seines Biers. Er starrte darauf, auch wenn er die prüfenden Blicke der anderen Männer auf sich spürte.

„Was hast du denn im Schilde geführt?" Smash packte Coles Schulter mit eisernem Griff, schlug ihm dann so kräftig auf den Rücken, dass er beinahe sein Bier ausspuckte.

„Nichts Gutes", antwortete Cole gedehnt. „Hättet ihr es gerne anders?"

„Nö, aber vielleicht kannst du mal mit uns zusammen nichts Gutes im Schilde führen. Wie wär's mit dem RIDE HOME?"

Cole hatte keine Ahnung, wovon er sprach, und anscheinend war seine Ahnungslosigkeit in seinem Gesicht ablesbar, weil Smash noch einen weiteren Typen im Vorübergehen am Ärmel zog. „Hey, Viper, erzähl dem netten Jungen hier mal was vom RIDE HOME!"

Viper erkannte, dass der ‚nette Junge' Cole war und wurde munter. „Hey, Kumpel! Was is'n los?"

„Dasselbe wie immer", äußerte Cole. „Was ist denn der RIDE HOME, von dem Smash da plappert?"

„Das ist eine coole Motorrad-Tour quer durch die Staaten von Glendale nach Milwaukee", erklärte Viper. „Ich bin die im Jahr 2008 gefahren, und wir hatten eine höllisch gute Zeit!"

„Klingt so", meinte Cole. „Wann macht ihr die?"

„Wir starten in einigen Monaten. Du musst mitkommen, Mann! Wir halten unterwegs bei allen wichtigen Sehenswürdigkeiten an, und auch bei allen Harley-Verkaufsvertretungen. Party jede Nacht. Aber vor allem genießen wir die Fahrt. Es ist einfach unbeschreiblich", sagte Viper und bekam einen verklärten Ausdruck in seinen Augen.

„Warum nennt man sie RIDE HOME?"

„Wir kommen am Schluss in Milwaukee an, wo die erste Harley erfunden und gebaut wurde. Es ist eine Pilgerfahrt, mein Freund, die wir im Jahr 2008 zum hundertfünften Geburtstag der Harley begonnen haben, aber jetzt machen wir sie jedes Jahr."

„Klingt großartig", sagte Cole, und das meinte er auch ehrlich so. Zu schade, dass er sich ihnen nicht anschließen konnte. „Aber ich kann nicht mitfahren."

„Warum nicht, verdammt nochmal?", fragte Smash, indem er ihm sehr nah kam. „Hast du 'ne alte Lady zuhause, die wir nicht kennen, und die die Fäden zieht? Ha'm wir dich deshalb so lang' hier nich' mehr geseh'n?"

Cole dachte an Jill, dann verbannte er augenblicklich ihr Bild aus seinem Gedächtnis. Er sollte nicht einmal darüber nachdenken, dass sie mehr als eine gemeinsame Nacht haben könnten. Jetzt erwähnt einer eine alte Lady, und als erstes taucht ihr Gesicht in seinem Kopf auf? „Nein, aber ich muss so bald als möglich die neue Zweigstelle in San Fran eröffnen."

Smash rieb Daumen und Finger aneinander. „Plapper-plapper-plapper. Wir ha'm alle irgendwelche Jobs und irgendwelchen Scheiß zu tun. Man kann bloß nich' die ganze verdammte Zeit lang arbeiten."

Auf einmal erinnerte sich Cole an das, was Luke gesagt hatte, darüber, Spaß zu haben, dass er sich etwas Urlaub nehmen könnte, um wieder mit sich ins Reine zu kommen. Cole hatte schon immer mehr reisen wollen. Seine Mutter hatte ihn ermutigt, dies zu tun während er noch jung genug war, um es zu genießen. Obwohl er über die Jahre in zahlreiche Abenteuer hineingeschnuppert hatte, hatte er sich nie wohl dabei gefühlt, lange weg zu sein. Niemals hatte er so eine lange Tour auf seinem Motorrad gemacht. Er musste es zugeben: Je länger er darüber nachdachte, desto besser klang so ein Road Trip mit den Jungs auf den Bikes. Vielleicht wäre es sogar genau das, was er brauchte: Eine Pause zwischen dem Verkauf der Häuser seiner Mutter und der Zweigstelleneröffnung in San Francisco. Damit könnte er den Kopf frei bekommen. Könnte die Bilder einer nackten und sich windenden Jill aus seinen Gedanken vertreiben.

„Du hast Recht, Smash. Ich sag dir was: Ich werd' ernsthaft drüber nachdenken und dich nächste Woche anrufen."

„Na gut", meinte der große Biker. „Und jetz' kauf' mir schon 'nen gott-verdammten Drink!"

Cole bestellte zwei weitere Bier, und alle tranken gemeinsam, während die Jukebox zwei weitere Lieder spielte. Nach einer

Weile fragte Smash: „Wie geht's so, seit deine Ma nicht mehr lebt?"

Cole trank sein zweites Bier aus. Er konnte mit Smash den ganzen Tag lachen und scherzen oder übers Harley-Fahren reden, aber über so etwas Ernstes zu sprechen wie seine Mam und die Dinge, die er ordnen musste, war schon etwas anderes. Er schüttelte den Kopf, als der Barkeeper fragte, ob er noch ein weiteres Bier wollte. „Nur Wasser", erwiderte er, dann wandte er sich wieder an Smash. „Größtenteils ist es okay. Aber manchmal . . ."

„Ja, würd' ich wetten. Es is' zwar schon länger her, dass meine nich' mehr lebt, aber ich erinner' mich, als wär's gestern gewesen. Meinen alten Vater hab' ich auch vor ein paar Jahren begraben müssen."

„Dein Vater war auch ein guter Kerl."

„Ja, war er. Scheiß drauf!" Smash haute mit der Faust auf die Theke und kicherte. „Deine Mam andererseits . . . sie war genau die Richtige. Eine dieser bezaubernden Ladys wie du sie nur in Filmen siehst, aber die du nie im wirklichen Leben triffst. Die Sorte, die du heiraten wollen würdest und mit der du Kinder haben würdest. Ich weiß noch, wie sie immer ihre Haferkekse gebacken hat."

Smash war der Zweite, der jetzt schon wieder diese Kekse aufbrachte. Coles Mam buk sehr gerne für alle seine Freunde, aber besonders für Smash und Viper. „Sie sind wie kleine Kinder", pflegte sie lachend zu sagen. „Sie fahren ihre Bikes und essen Kekse."

„Ihre waren die Besten", sagte Smash. „Deine Mam wird mir fehlen."

„Mir auch, Kumpel. Uns beiden."

Cole redete mit Smash weiter und trank genug Wasser, damit er problemlos Motorradfahren konnte. Als es Zeit wurde, machte er die Runde und verabschiedete sich von seinen Freunden. Bevor er abfuhr, erwähnten sie nochmal die RIDE HOME-Tour, und er versprach mindestens fünf anderen Bikern, darüber nachzudenken.

Smash und einige andere Kerle verließen die Kneipe zur selben Zeit. „Hey, Cole", sagte Smash. „Hast du noch den alten Helm, den du mir für meinen Jungen versprochen hast?"

Vor einigen Jahren hatte Cole bei einem privaten Flohmarkt einen alten Hot Rod-Helm gefunden. Er war schwarz und rot, hatte goldene und kupferfarbene Flammen und war einfach der coolste Motorradhelm, den er je gesehen hatte. Deshalb hatte er ihn gekauft und ihn in der Garage seiner Mutter an einem Nagel aufgehängt. Seitdem war er dort gewesen. Der Sohn von Smash sammelte alte Motorradausrüstung. Als Cole das erfahren hatte, hatte er ihn ihm angeboten. Dann hatte er es wieder vergessen. „Klar doch, der ist beim Haus meiner Mutter. Wollt ihr Jungs mir einfach folgen, wenn ihr nach Hause fahrt? Dann hol ich ihn für dich."

Smash schaute die anderen an, und alle nickten zustimmend. Außerhalb der Bar glühte die Nachmittagssonne. Sie stiegen auf ihre Bikes und folgten Cole in einer Schlange bis zum Haus seiner Mam. Cole erfreute sich an der Ablenkung. In der näheren Zukunft ging es nicht mehr ums Verpacken, sondern er hätte seine Kumpel um sich, die ihn noch ein wenig länger ablenkten.

Als er ankam, parkte er am Straßenrand vor Jills Haus. Jill und Stanley beschäftigten sich gerade mit Straßenmalerei auf der umzäunten Innenfläche beim Haus. Jill blickte kurz auf, sah ihn und die anderen Biker, und schaute dann schnell weg.

Durch Cole strömte Schuldbewusstsein, weil er sie letzte Nacht so sehr mit seinen Worten verletzt hatte. Er hielt auf dem Gehsteig inne, um mit ihr zu reden.

Stanley stand sofort auf, hatte ein riesiges Lächeln im Gesicht. Cole konnte nicht widerstehen, zurückzulächeln.

„Hallo, Mister", sagte Stanley.

„Hallo, Junge. Was machst du denn da?" Stanley hatte mit

blauer Kreide etwas auf die Einfahrt gemalt, das aussah wie eine Kreuzung zwischen einem Fahrrad und einem außerirdischen Baby.

„Ein Motorrad", sagte Stanley voller Stolz auf sein Werk.

„Cool! Das sieht aus wie meins. Wer ist dieser große Kerl, der daneben steht?" Neben dem Motorrad hatte Stanley eine riesenhafte Strichmännchen-Figur gezeichnet, die der Vater des außerirdischen Babys sein könnte. Um die Oberarme hatte er Kreise gemalt, damit sie muskulöser aussahen.

Stanley grinste. „Das bin ich."

„Du?" Cole lachte. „Da musst du aber noch 'ne Menge mehr Spinat essen, Kumpel."

Stanley lächelte verlegen. „Das bin ich, wenn ich groß bin."

„Ah! Hab's verstanden", meinte Cole. Er wandte sich an Jill. „Hallo!"

„Hallo", sagte sie, wich aber seinem Blick aus.

Cole seufzte. Klar, sie war noch verärgert. Wahrscheinlich sollte er lieber zurückkommen, wenn Stanley nicht da war.

„Bis später", sagte er.

„Tschüss", schrie Stanley. Jill reagierte nicht.

Cole begab sich zu Smash und den anderen Jungs. Smash starrte Jill mit zwinkernden Augen an. „Hübsche Lady."

„Stimmt", meinte Cole zustimmend.

Die Tür von Jills Haus ging auf, und das blonde Mädchen, das er gestern schon gesehen hatte–Jill hatte sie als Praktikantin bezeichnet–kam heraus. Sie rief Stanley, der einen letzten Blick auf Cole warf, ehe er hineinlief. „Wollt ihr Jungs reinkommen?", fragte Cole Smash.

Smash schüttelte den Kopf. „Danke, aber wir überlassen dich lieber wieder deiner Arbeit. Wir seh'n uns später."

Cole nickte. „Bin bald zurück!" Er ging zur Garage, um den Helm für Smash zu holen. Als er zurückkam, standen seine Freunde auf der einen Seite von Jills Gartenzaun, sie auf der anderen. Sie schauten alle Jills hübscher Praktikantin nach, wie sie die Straße hinunterging und anfing, mit einem nach Punk aussehenden Typen zu reden, der tiefsitzende Baggy-Jeans und eine schwarze Baseball-Cap trug. Zuerst wirkte das Mädchen zurückhaltend, aber sie entspannte sich schnell, als der Junge sie umarmte. Dann winkte sie Jill zu. Zusammen mit dem Typen stieg sie in einen vergammelten Pickup, und sie fuhren davon.

Smash blickte auf und sah ihn. „Hey, Cole. Wir haben uns gerade Jill vorgestellt."

Cole überquerte den Hof, um sich ihnen anzuschließen. Er kam gerade bei ihnen an, als er hörte, wie ein Typ namens Juicy sie ‚Ma'am' nannte.

Jill lachte leicht, was durch Cole einen Schauer hindurchjagte. „Oh, auf keinen Fall bin ich schon eine ‚Ma'am'. Aber ja, das ist Monicas Freund. Sie wollten heute eine Reise antreten, aber sie haben sich gestritten. Monica war aufgebracht und fragte, ob sie vorbeikommen könnte, aber dann rief er an. Ich schätze, sie haben sich wieder versöhnt." Jill zuckte die Achseln. „Ich mag ihn nicht besonders, aber sie sieht offensichtlich etwas in ihm, das ich nicht sehe."

Jill sah Cole noch immer nicht an. Das Lächeln, das sie den anderen Männern zuwarf, war jedoch bezaubernd. „Ich freue mich, euch alle kennenzulernen. Ist es nicht ein herrlicher Tag für eine Fahrt?"

„Wunderschön, Ma . . . ähm, Jill", sagte Smash im Aufblicken. „Ein wunderschöner Tag. Fährst du auch?"

„Nein. Also, ich war auf einer Harley . . . einmal." Sie schaute schnell zu Cole und gleich wieder weg.

„Dann solltest du es nochmal versuchen", meinte Rod.

„Vielleicht werde ich das", sagte sie mit einem gutmütigen Lächeln. „Naja, habt einen schönen Tag! Liz und die Kinder warten auf mich." Mit einem Winken ging sie zurück ins Haus.

Smash schaute Cole an. „Hübsch *und* süß. Genau die

Richtige."

Cole musste einfach lächeln. „Sie und meine Mam haben sich gut verstanden."

Smash hob eine Augenbraue. „Ach, tatsächlich? Deine Mam hatte schon immer einen guten Blick für Charakter. Schließlich hat sie mich überaus gern gemocht."

Cole lachte und händigte Smash den Helm für seinen Sohn aus. Er flachste noch mehrere Minuten lang mit den Jungs herum, bevor sie mit ihren Bikes wieder davonbrausten. Sie waren gerade weg, als Jill nochmal herauskam und anfing, die Spielsachen und Malutensilien einzusammeln.

Cole holte tief Luft und überquerte noch einmal den Hof. Gerade als sie sich umdrehte, um wieder ins Haus zu gehen, rief er ihr zu: „Jill, kann ich dich eine Minute sprechen?"

Sie zögerte und schaute ihn über die Schulter an. Ihr Gesichtsausdruck war mitfühlend, doch sie schüttelte den Kopf. „Ich glaube, du hast schon genug gesagt", sagte sie ruhig. „Guten Tag, Cole!" Damit ging sie hinein und machte die Tür leise hinter sich zu.

⁓⸎⁓

JILL WUSSTE, DASS STANLEY NOCH immer an Cole dachte, weil der Junge die ganze Zeit aus dem Fenster sah und zu Coles Haus hinüberschaute. Sie verstand ihn vollkommen. Den ganzen Tag hatte sie versucht, sich davon abzuhalten, dasselbe zu tun.

Der Biker von nebenan war wie die Sonne, eine magnetische Kraft, die sie anzog und dazu brachte, in seinem Umkreis bleiben zu wollen. Eine Sonne, die manchmal unhöflich-brutale Dinge sagte, als wäre es ein neugeborener, unreifer Stern. Aber trotzdem zog er sie an. Sie wusste, wenn sie zu nah heran kreiste, wenn sie zu lange bliebe, würde sie verbrennen und sich selbst auflösen. Daran konnte sie sich nur allzu leicht erinnern, wenn sie auf ihn wütend war, weil er dämliche Dinge gesagt hatte. Aber seit er sich mehrfach entschuldigt hatte, wurde es zunehmend schwieriger, die Anziehungskraft, die sie spürte, zu bekämpfen. Deshalb hatte sie so unbedingt versucht, an ihrer Wut von letzter Nacht festzuhalten; das war ihr beinahe unmöglich geworden angesichts der Art und Weise, wie er Stanley nach seiner Zeichnung gefragt hatte, wie er gelächelt hatte und dem Jungen Komplimente gemacht hatte.

Einen Augenblick lang hatte sie gemerkt, wie ihr Herz sich geweitet hatte. Coles Wärme war durch sie geströmt, hatte sie wieder gefährlich nah an die Sonne gezogen. Sie hatte sich gezwungen, zurückzuweichen und seine Entschuldigung abzulehnen. Sie würde seiner magnetischen Anziehungskraft nicht zum Opfer fallen, würde nicht so am Boden zerstört sein, wenn er beschloss, sie wieder zu beleidigen. Oder auch, wenn er wegging. Denn er *ging* ja weg. Das musste sie sich ins Gedächtnis rufen. Und deshalb musste sie handeln, nicht mit Emotion und Begierde, sondern mit kühler Logik, die ihr riet, sich fernzuhalten. Einfach ausgedrückt–es war in jedermanns Interesse.

Sie bereitete gerade das Mittagessen, als Stanley sie am Shirt zog. „Fräulein Jill? Ich glaube, er ist traurig."

„Wer ist traurig, Schätzchen?"

„Der Riese von nebenan."

Sie neigte den Kopf zur Seite. „Warum sagst du das?"

„Ich habe aus dem Fenster geschaut und ihn gesehen. Warum glaubst du, dass der Riese traurig ist?"

Sie wusste nicht, was sie sagen sollte. Sie könnte Stanley erzählen, dass Coles Mutter gestorben war, was bedeutete, dass der Mann trauerte, aber sie hielt das nicht für die beste Idee. Sie könnte ihm auch die Wahrheit sagen–dass der Riese einige gemeine Sachen gesagt hatte und sich deshalb jetzt schlecht fühlte. „Ich weiß es nicht genau", sagte sie stattdessen.

„Vielleicht solltest du mit ihm sprechen. Wenn ich traurig

wäre, würdest du mit mir reden, nicht wahr?"

„Natürlich. Bist du traurig?" Jill hockte sich vor Stanley hin, damit sie direkt in Stanleys braune Augen schauen konnte. Er schüttelte den Kopf. „Bist du sicher? Denn du weißt, dass du immer mit mir reden kannst."

Er schaute sie an und nickte. „Du solltest mit diesem Mann reden, weil er traurig ist." Er wirbelte herum. „Ich gehe jetzt spielen."

Und mir nichts, dir nichts hopste er davon, um mit den anderen Kindern im Wohnzimmer Lego zu spielen. Jill beneidete seine Fähigkeit, die Dinge einfach so abzuschütteln und weiterzumachen, als wäre nichts geschehen. Wenn sie das doch bloß auch könnte!

Sie dachte an wieder Stanleys Vater Jason–die Art und Weise, wie er bloß eine Minute lang draußen verweilte, immer wenn er Stanley abholen kam. Manchmal hatte sie das Gefühl gehabt, Jason könnte in sie verknallt sein. Das ignorierte sie, vor allem weil er ihr nicht geheuer war, aber mehr als einmal hatte sie jemanden nach den Öffnungszeiten draußen herumlungern sehen und sich gefragt, ob es womöglich er gewesen war. Sie hatte keinen Grund, anzunehmen, dass es Jason war. Sie hatte jedoch eine Menge Gründe, anzunehmen, dass Cole traurig war. Das hatte nichts damit zu tun, wie sie ihn vorher abserviert hatte, obwohl es wahrscheinlich auch nicht gerade hilfreich gewesen war.

Besorgnis und Schuld, meine zwei ältesten Freunde.

Sie hatte so viel Zeit in ihrem Leben, damit verbracht, diese Gefühle zu empfinden. Schuld, als sie miterlebt hatte, wie sich der Zustand ihres Vaters zusehends verschlechterte, von einem lebensfrohen jungen Mann zu einem verwirrten Invaliden, praktisch über Nacht. Besorgnis, dass sie nicht genug für ihn tun konnte oder dass er nicht wusste, wie sehr sie ihn liebte. Besorgnis, dass sie eines Tages denselben Weg beschreiten würde, den ihr Vater gegangen war.

Sie blickte aus dem Fenster von Stellas Haus und fragte sich, was Cole wohl gerade tat. Wahrscheinlich packte er die Dinge seiner Mutter ein. Und vermisste sie. Es lag in der menschlichen Natur, dass man dachte, man hätte immer und ewig Zeit, die Dinge zu sagen, die man seinen geliebten Mitmenschen sagen wollte. Oder die Dinge zu tun, die getan werden mussten.

„Du solltest mit diesem Mann reden, weil er traurig ist."

Cole fühlte sich anscheinend schlecht, wegen dem, was er zu ihr gesagt hatte, und er hatte sich sofort entschuldigt, gleich danach und dann heute noch einmal. Ihr Herz schmerzte, wenn sie sich ins Gedächtnis rief, wie er ausgesehen hatte, als sie ihm seine Entschuldigung ins Gesicht zurückgeschleudert hatte. Falls er dort drüben mit Kummer und Bedauern zu kämpfen hatte, dann war es zum Teil auch deswegen, weil sie die Dinge für ihn noch schlimmer gemacht hatte.

Und das war ein Gedanke, den sie nicht ertragen konnte.

KAPITEL ACHT

C OLE SASS IN DER MITTE des Küchenfußbodens und sah den Schatten zu, die über die Wand tanzten, wenn das Licht von Scheinwerfern vorbeifahrender Autos hereinfiel. Es war früher Abend, die Sonne war bereits untergegangen. Er war sehr gut vorangekommen und hatte die Dinge des Gästezimmers komplett verpackt. Nun war er von einem Haufen Schachteln und Seidenpapier umgeben, um Geschirr und Pfannen einzuwickeln. Er hatte es nicht gewagt, ins Schlafzimmer seiner Mutter zurückzugehen, weil er sich dieses Zimmer bis zum Schluss aufheben wollte, zusammen mit der Glasvitrine.

Seine Gedanken kehrten immer wieder zu Jill zurück.

Lass sie doch einfach los, Cole! Jill hatte klargemacht, dass sie nichts mehr mit ihm zu tun haben wollte. Das musste er respektieren. Das war nicht das, was das Universum von ihnen wollte.

Ein Klopfen an der Tür riss ihn aus seiner Selbstmitleidsparty heraus. Mühsam erhob er sich. Als er die Tür aufmachte, fand er Jill dort draußen vor, die eine Tupper-Schachtel und eine Flasche Wein in Händen hielt.

„Hallo", sagte sie.

„Hey", sagte er, und grenzenlose Erleichterung durchströmte ihn.

„Ich sollte wahrscheinlich noch stinksauer und wütend auf dich sein wegen der Sache, die du gestern Nacht gesagt hast—" Sie blickte auf die mitgebrachte Essensbox.

„Bist du's noch?

„Ein wenig. Du hast wirklich meine Gefühle verletzt, weil du gedacht hast, ich würde versuchen, dich mit Sex zu manipulieren. Doch sowas tue ich ganz einfach nicht, Cole. Aber ich hab darüber nachgedacht und fand, dass es nicht dein Fehler war. Ich habe dir nicht gerade viel Gelegenheit gegeben, mich erst mal kennenzulernen."

Schwer lehnte er sich an den Türrahmen. „Dennoch war es dumm von mir. Es tut mir leid."

„Naja, ich habe beschlossen, dir zu vergeben, aber nur weil ich mich nach einer Unterhaltung mit jemandem sehne, der mindestens seit einigen Jahren stubenrein ist." Und dabei lächelte sie ganz süß.

Cole starrte sie lange an. Irgendetwas an ihrem Lächeln berührte sein Herz, und er musste tief Luft holen.

„Alsooooo . . . willst du mich nun bitten, hereinzukommen oder soll ich hier draußen stehen bleiben?", sagte sie.

„Oh nein, komm doch bitte rein!" Er sprang zurück, um den Eingang freizumachen.

„Danke. Du würdest überrascht sein, wie schwer so eine große Portion Chicken Alfredo nach einer Weile wird." Jill trat ein und sah sich um.

„Ich bin ein großer Fan von Chicken Alfredo." Cole schaltete das Licht an. „Entschuldige die Unordnung, aber ich packe gerade."

„Das sehe ich. Macht es dir etwas aus, wenn ich das aufwärme? Ich weiß nicht, ob du schon gegessen hast, aber ich bin am Verhungern."

„Klar, natürlich kannst du hier etwas zu essen aufwärmen." Er sah ihr nach, wie sie zielstrebig in die Küche steuerte, wo sie sich daran machte, das Abendessen in der Mikrowelle aufzuwärmen. Es roch geradezu köstlich, und sein Magen gab auch gleich das passende Geräusch dazu ab.

Jill öffnete den Küchenschrank; offenbar kannte sie sich mit der Ordnung hier aus, aber sie hielt dann inne. „Die Teller?"

„Ach, die sind jetzt hier drin." Cole deutete auf eine Kiste auf dem Fußboden, öffnete sie und holte zwei Teller heraus. „Das riecht ja großartig", sagte er. Er zog einen Stuhl an der Bar heraus und setzte sich. „Wann hast du noch Zeit, um zu kochen, wenn du doch den ganzen Tag die Kinder um dich hast?"

„Ich mache das, wenn sie nicht da sind. Ich hatte es satt, jeden Abend immer nur diese vorbereiteten Schnellgerichte aufzuwärmen. Deshalb koche ich an den Wochenenden und friere dann meine Gerichte für die Woche ein." Schon klingelte die Mikrowelle.

Er sah ihr zu, wie sie die Gerichte fertig machte und zwei Gläser aus dem Küchenschrank nahm. „Wein?", fragte sie.

„Wasser passt auch."

„Okay, setz dich an den Esstisch, und ich bringe welches raus."

„Ja, Madam." Cole war es nicht gewöhnt, gesagt zu bekommen, was er tun sollte oder wo er sitzen sollte, aber er tat, worum sie ihn gebeten hatte. Er nahm an, sie war immer noch im Lehrerin-Modus nach einem so vollen Tag in einer Kindertagesstätte.

Noch wahrscheinlicher war, dass sie im Ernährungsmodus war, und er musste zugeben, dass es sich gut anfühlte, wieder umhegt und ernährt zu werden.

Sie brachte die Teller und Schalen und schob einen vor ihn hin.

„Es sieht so aus, als hättest du recht viel Erfahrung damit."

„Ich muss mindestens zweimal am Tag sieben Kinder bedienen. Manchmal dreimal, wenn die Mama oder der Papa eines der Kinder zu spät zum Abholen kommt." Sie stellte ihren Teller vor sich ab und platzierte dazu jeweils ein Glas.

Cole probierte einen Bissen und schloss die Augen. Es war die perfekte Mischung von Aromen. „Wunderbar", sagte er und wusste, dass er nicht nur vom Essen sprach.

Sie unterhielten sich locker während des Essens und erzählten sich gegenseitig von ihrem Tag. Er genoss es, mit ihr auf solch einfache, entspannte Weise zusammen zu sein.

Sie war talentiert. Klug. Leistungsfähig. Süß. Wild. Und absolut scharf. Irgendwie fühlte es sich an, als würden sie sich schon ewig kennen. In ihrer Gegenwart fühlte er sich behaglich, frei und geborgen. Warm. Sicher. So hatte sich Cole noch nie zuvor mit einer Frau zusammen gefühlt. Wenn er nicht bei ihr war, dachte er an sie. Bei der Erinnerung an ihre Berührung und den Duft ihrer Haut empfand er Schmerz. Nicht nur körperlichen, sondern seelischen Schmerz. Jedes Mal wenn er sie dann tatsächlich sah, wurde der Schmerz intensiver, bis es sich so anfühlte, als würde ein Feuer in seinem Inneren toben.

Aber solch intensive Gefühle würden nicht andauern. Wahrscheinlich lag es nur daran, dass sie unerledigte Angelegenheiten hatten. Weil sie nur jene eine perfekte Nacht zusammen gehabt hatten, und er mehr davon wollte. Aber er wollte keine Beziehung. Die Vorstellung, an nur einen Ort und an nur eine Frau gefesselt zu sein, entsetzte ihn.

Zweifelsfrei wusste er, dass seine Mutter Recht gehabt hatte—jeder Mann würde sich glücklich schätzen, Jill in seinem Leben zu haben. Aber das konnte nicht er sein!

Er wollte weniger Komplikationen in seinem Leben, nicht mehr.

Und doch war sie jetzt da. Teilte ein Mahl mit ihm. Er sollte sich auf diese wunderbare Tatsache konzentrieren, solange er konnte, und sie genießen.

Als sie fertiggegessen hatten, entdeckte Cole doch noch etwas Kaffee und machte für jeden von ihnen beiden eine Tasse. Dabei erzählte sie ihm, dass Stanley sich um ihn Sorgen gemacht hatte. „Ich vermute, er konnte dich durch das Fenster sehen. Für ihn bist du der Riese von nebenan. Deshalb vermute ich, die Vorstellung, dass du womöglich traurig sein . . .“

„Das ist süß von ihm, sich zu sorgen, aber mir geht's gut", sagte Cole.

„Ich sorge mich auch, weißt du."

Überrascht blickte er auf. Dann langte er zu ihr und nahm ihre Hand. „Danke, Jill. Das bedeutet mir sehr viel." Und das stimmte. Gerade jetzt bedeutete es ihm alles. Und trotz aller Gedächtnisstützen, dass er nichts Langfristiges mit Jill haben wollte, konnte er sich nicht mit dem Gedanken anfreunden, dass sie bald wieder zu dieser Tür hinausgehen würde; er brach deswegen beinahe in Panik aus. „Du musst doch noch nicht sofort gehen, oder?"

Sie zögerte. Schließlich ließ sie leise den Atem entweichen. „Nein, ich muss nicht gehen. Genau genommen hätte ich Lust, dir ein wenig beim Packen zu helfen."

„Du musst mir nicht damit helfen."

„Ich will aber. Stella war wichtig für mich. Und ich—ich mag dich, Cole. Ich will helfen. Bitte?" Sie schenkte ihm einen treuherzigen Hundewelpenblick. „Lass mich doch?"

Er schätzte es sehr, dass sie ihm helfen wollte, obwohl sie schon einen vollen Arbeitstag gehabt hatte. Und er bat nicht oft um Hilfe. Aber Jills Hilfe anzunehmen, bedeutete etwas sehr Wichtiges—er hätte noch mehr Zeit mit ihr.

„Folge mir!", sagte er und führte sie den Gang hinunter zum dritten Zimmer, das seine Mam als Büro genutzt hatte.

Als er die Tür aufmachte, blieb Jills Mund vor Erstaunen offen stehen. „Wow!"

Cole lächelte. Rundherum an allen Wänden befanden sich vom Boden bis zur Decke Bücherregale. Da gab es einfach alles von Kinderbüchern bis hin zu Romanen von Tom Clancy. „Meine Mam hat gerne gelesen. Als ich ein Kind war, hat sie mir immer vorgelesen."

„Das ist aber mal eine Sammlung", sagte Jill. „Stella hat den Kindern einige Bücher gegeben, aber ich hatte keine

Ahnung ... Sie hat mich nie mit hier hereingebracht."

„Ja, sie war eine echte Sammlerin, von allem Möglichen. Bücher, Nippsachen, meine alten Zeichnungen, als ich ein Kind war ..." Er starrte die Bücher eine Zeitlang an. „Ich schätze, wir sollten sie einpacken."

„Naja, Bücher sind jedenfalls weniger zerbrechlich", sagte Jill.

„Ich werde einige Schachteln holen." Sie ging und kam ein paar Minuten später mit mehreren Kartons aus dem Wohnzimmer zurück.

„Danke", sagte er einfach.

Jill nickte und setzte sich neben das Bücherregal. „Oh, diese Geschichte habe ich geliebt", sagte sie und hielt ein Kinderbuch hoch.

„Willst du ein paar Bücher für die Tagesstätte?", fragte er, während er die Bücherwand betrachtete. Warum er nicht sofort daran gedacht hatte, ihr welche anzubieten, ging über seinen Verstand. Sie wären in perfekten Händen.

Jill schaute von dem Fleck, wo sie saß, auf, sah erst ihn, dann die Regale an. „Deshalb bin ich nicht hergekommen ..."

Er runzelte die Stirn. „Das weiß ich. Glaub mir, ich bedauere, was ich zu dir gesagt habe, Jill. Du bist nicht manipulativ. Genau genommen bist du ziemlich verdammt unglaublich! Alles, was du jeden Tag tust, wäre für andere Menschen die Hölle, doch du lässt dies alles so leicht erscheinen. Jene Kinder und ihre Eltern können wirklich von Glück sagen, dich zu haben."

„Also ... danke. Für das Kompliment *und* die Bücher." Sie lächelte, klappte das Buch zu und legte es in eine leere Kiste.

Während sie die Bücher wegpackte, sprachen sie darüber, welch sie beide gelesen hatten, als sie erwachsen waren, und welche ihre Lieblingsbücher gewesen waren, als sie Kinder waren. Es stellte sich heraus, dass sie denselben Geschmack hatten, was Bücher betraf, aber andererseits hätte Cole nicht so überrascht sein müssen. Er liebte Kriminalromane mit einer überraschenden

Wendung am Schluss, und Jills Augen weiteten sich vor Erstaunen, ehe sie gestand, dass sie genau solche auch sehr gerne mochte. Beide hatten auch eine Vorliebe für historische Romane und Geschichten über wahre Verbrechen. Was Cole jedoch schockierte, war, als Jill zugab, dass sie alles was mit Horror zu tun hatte, gern mochte, seien es Romane oder Filme.

„Also mein Lieblings-Horrorschocker, den ich letztes Jahr gelesen habe, war—"

„Lass mich raten, etwas von Stephen King?", sagte er.

„Nah dran. Es war *Heart Shaped Box* von Joe Hill."

„Und das ist nah dran, weil . . ." Er neigte seinen Kopf in ihre Richtung.

„Weil Joe Hill Stephen Kings Sohn ist?", sagte sie, als wäre es allgemein bekannt.

„Oh toll, jetzt hast du mir gerade etwas beigebracht."

Sie legte ein Buch in ihren Schoß und beugte sich ihm zu. Mit einer verführerischen Stimme sagte sie: „Naja, ich bin ja eine Lehrerin für Kleinkinder, Mister Cole." Einen Augenblick lang gelang es ihr noch, sich zu beherrschen, aber dann fing sie zu lachen an.

„Sehr witzig." Er lächelte sie an und liebte die Musikalität in ihrem Lachen.

Sie redeten und lachten weiterhin, und immer wieder ertappte er sie, wie sie ihren Blick über seine Arme hinauf oder seine Beine hinunter schweifen ließ. Sie begutachtete ihn genau. Sie begehrte ihn genauso sehr wie vor zwei Nächten . . . und das war genau so, wie er sie auch begehrte.

KAPITEL NEUN

ALS LIZ AM NÄCHSTEN MORGEN eine volle halbe Stunde eher auftauchte als vorgegeben, wusste Jill, dass die Stunde der Abrechnung gekommen war. Zum größten Teil war sie froh. Sogar durch das Einpacken einiger Schachteln war ihre Gefühlswelt ziemlich durcheinander gekommen. Bei dem Gedanken, dass er in ein paar Tagen abreisen würde, fing sie an, Panik zu verspüren. Was auch geschehen würde, sie würde verletzt werden. So oder so. Was also hatte es für einen Zweck, sich davon abzuhalten, ihn zu genießen, während er hier war?

Dadurch dass sie sich von ihm fernhielt, würde nichts erreicht werden. Ihre Entschlossenheit, zwischen ihnen beiden die Dinge auf freundschaftlicher Basis aufrechtzuhalten, geriet ins Wanken angesichts der Versuchung, die Cole darstellte.

Mit einer Tasse Kaffee saß Jill Liz am Küchentisch gegenüber in der Hoffnung, ein Gespräch mit ihrer Freundin würde ihr dabei helfen, die Sache zu klären. Doch anscheinend hatte Liz bereits eins und eins zusammengezählt und ihre Schlüsse gezogen. „Also, sag mir die Wahrheit! Du hast ein Auge auf den ‚Riesen' von nebenan geworfen, nicht wahr?" Sie nahm ihr Glas Orangensaft zur Hand und starrte Jill an, während sie einen Schluck trank.

Jill erzwang ein Lachen. „Es dreht sich nicht immer alles um Sex, weißt du."

„Vielleicht nicht, wenn du in deinen Zwanzigern bist und ihn regelmäßig bekommst, Schätzchen." Liz verschränkte die Arme.

„Aber wenn du eine vierzig-und-noch-ein-paar-zerquetschte-Jah-re-alte Witwe bist, wird es beinahe so etwas wie ein Ziel."

„Es tut mir leid, dich enttäuschen zu müssen, aber ich habe keinen Sex mit Cole. Das heißt, wir hatten auch gestern Nacht keinen Sex. Ich habe mit ihm zu Abend gegessen und ihm beim Einpacken geholfen. Er ist ziemlich durch den Wind wegen des Verlusts seiner Mam. Er braucht momentan einfach einen guten Freund."

Liz verstummte. „Du hattest zwar letzte Nacht keinen Sex", sinnierte sie und wollte irgendwie mehr erfahren. „Aber . . ."

Jill schaute Liz an, lächelte, dann bedeckte sie ihre Augen mit ihren Händen, wobei sie durch die Freiräume zwischen ihren Fingern hindurchlugte. „Okay, wir hatten in jener ersten Nacht Sex."

„Aha! Ich wusste es." Liz klopfte auf den Tisch und lehnte sich zufrieden zurück. Dann beugte sie sich vor. „Wie war es?"

Jill seufzte tief und senkte ihre Hände. „Unbeschreiblich! Aber das war es dann auch für uns. Bloß diese eine Nacht. Wir hatten uns darauf geeinigt. Und ich hätte ihn eigentlich nie mehr wiedersehen sollen, wenn er nicht so plötzlich nebenan aufgetaucht wäre. Bald ist er auf dem Weg nach San Francisco. Es ist vorbei."

„Glaubst du das wirklich?", fragte Liz.

„Ja." Jill schüttelte den Kopf. Sie lachte reumütig. „Nein. Ich versuche, es mir selbst einzureden, aber ich fange an, einzuknicken. Und das macht mir Angst. Wenn ich mir selbst mehr zugestehen würde, würde ich das ganze Paket haben wollen . . . und das ist etwas, was Cole mir nicht geben kann."

Liz legte ihre Hand auf Jills. „Ich weiß, dass du nicht der Typ für One-Night-Stands bist, Schätzchen. Aber ich bin doch froh, dass du diese Erfahrung machen konntest. Du hast so viel Zeit deines Lebens damit zugebracht, dich um andere Menschen zu sorgen. Zuerst um deinen Vater . . . du hast dich jeden Tag um ihn gekümmert, obwohl er sich nicht einmal mehr an deinen Namen erinnern konnte . . ." Liz erschauerte. „Ich kann mir nicht vorstellen, wie schwer das für dich gewesen sein musste. Dann musstest du stark sein für deine Mutter, bis zum bitteren Ende. Und nun kümmerst du dich jeden Tag um diese Kleinkinder. Du verdienst auch mal etwas guten alten tollen Spaß. Aber ich bin froh, dass du vorsichtig bist. Ich möchte nicht, dass du verletzt wirst."

„Ich will auch nicht, dass ich verletzt werde. Genau das versuche ich ja zu vermeiden. Er wird bald verschwunden sein. Ich will ihm bloß helfen, durch diese schwere Zeit zu kommen, aber ich muss einen klaren Kopf bewahren und Abstand halten. Auch meine Hände auf Abstand halten. Das muss ich!"

„Aber denk dran", sagte Liz, „Es ist nicht dein Job, dich um ihn zu kümmern. Er ist ein großer Junge, Jill."

Oh ja, das ist er, dachte Jill.

Der Rest des Tages verging wie im Flug. Siebenmal Rührei auf Toast und sieben Gläser Milch. Siebenmal Zähneputzen und siebenmal Händewaschen. Kurz ein wenig einen Zeichentrickfilm anschauen, bis jeder soweit fertig war, dann spielerisches Umgehen mit den Zahlen von 1 bis 10, danach Einüben des Alphabets für die älteren Kinder und Türme bauen für die Kleineren. Pause für einen Snack, das Leiterspiel, Mittagessen, ein kleines Schläfchen, Basteln, dann Märchenstunde. All das rauschte vorbei in einer verschwommenen Bewegung, bis sie schließlich alle mit einem Snack vor einem Film zur Ruhe kamen und dann ein Kind nach dem anderen abgeholt wurde.

Jill hatte Anaya auf den Schoß genommen, und Charlie drückte sich von der anderen Seite an sie. Zu einem großen, glücklichen Haufen vereint entspannten sie sich miteinander. Als es auf 18 Uhr zuging, waren nur noch Jill und Stanley übrig. Stanleys Vater kam immer später zum Abholen, ohne Erklärungen oder Vorankündigungen. Ja, angesichts der Tatsache, dass einige Kinder Eltern hatten, die ernstlich krank waren, musste Jill sehr flexibel sein. Sie würde sogar in Fällen flexibel sein, wenn ein

Familienmitglied nicht krank war, so wie es bei Stanley der Fall war. Aber die Verspätungen von Jason waren unerklärt und häufig. Das war einfach nicht richtig. Sie verabscheute es, Extrakosten zu verlangen, aber sie wollte sich auch nicht ausnutzen lassen. Sie würde mit ihm reden müssen. Aber das Allerschlimmste war ihre Besorgnis darüber, dass Stanley womöglich spüren könnte, dass sein Papa ihn nicht holen kommen wollte.

Fünfzehn Minuten nachdem der Film geendet hatte, läutete es an der Tür. Endlich! Jill öffnete die Tür, ließ Jason herein und holte Stanleys Sachen aus seinem Fach. Sie rang mit ihrem Gewissen—sie musste Jason wirklich informieren, dass er pünktlich sein müsste, aber sie wollte den Mann auch nicht vor seinem Sohn belehren. Sie würde ihn morgen anrufen, beschloss sie, dann kniete sie sich hin, um Stanley zu verabschieden. „Du wirst ein guter Junge sein, okay? Bis morgen!" Wie gewohnt umarmte sie ihn zum Abschied.

Stanley überraschte sie, indem er seine kleinen Arme um ihren Hals schlang und sie festhielt. Normalerweise war er nicht solch ein anhängliches Kind. „Wiedersehen, Fräulein Jill!", sagte er, bevor er sie losließ.

Als sie sich wieder aufrichtete, überraschte Jason sie sogar noch mehr, indem er sie an ihrem Arm berührte. Sie musste alle Kräfte mobilisieren, um nicht zurückzuzucken. „Hier geschieht ihm niemals etwas Schlimmes." Jason starrte ein ganz klein wenig zu lang in Jills Augen. „Ich sage ihm immer, wie viel Glück er hat, dass er so viel Zeit mit Ihnen verbringen kann."

Jill setzte ein höfliches Lächeln auf. „Oh, wie liebenswürdig. Vielen Dank." Sie versuchte, nicht zu glücklich zu klingen, damit er ihr nicht noch ein Kompliment machen würde. Er war nur höflich, aber sie wollte ihn auch nicht dazu ermutigen.

„‚ Abend", sagte eine männliche Stimme hinter ihnen.

Jill ergriff die Gelegenheit, um einen Schritt zurückzumachen und aus Jasons Reichweite zu gelangen. „Cole! Hallo!" Sie lächelte

Cole an und versuchte, ihm durch ihre aufgerissenen Augen tele-
pathisch bitt-hilf-mir-Schwingungen zu senden. „Komm doch
rein, und ich werde dir sogleich das bringen, was du brauchst."

Offenbar fiel Cole ihr Unbehagen in ihrer Haltung und in
ihrem Blick auf. Er bewegte sich näher heran. „Ja . . . die Sache . . . wegen der ich hergekommen bin. 'Tschuldigung", sagte
er zu Jason, damit er sich an ihm vorbeischlängeln konnte.

Jason hatte nicht aufgehört, Jill anzustarren, wandte sich aber
schließlich doch Cole zu. Stanley schoss zur Tür hinaus und mit
gesenktem Kopf an seinem Vater vorbei, doch Jason bewegte sich
nicht. Die beiden Männer standen mit gespreizten Beinen da und
taxierten einander.

„Cole Novak", stellte sich Cole mit ausgestreckter Hand vor.

Jill ließ den angehaltenen Atem entweichen, als Jason Cole die
Hand schüttelte. „Jason Baker."

Cole nickte. „Stanleys Papa nehme ich an."

Irgendeine Empfindung huschte über Jasons Gesicht, aber
Jill konnte nicht ausmachen, welche Emotion das war. Anstatt
seinem Sohn nachzuschauen, drängte sich Jason an Cole vorbei
und begab sich Richtung Tür. Auf halbem Wege hielt er inne und
drehte sich um.

Schützend legte Cole einen Arm um ihre Schultern und sagte
auf sanfte Weise: „Liebling, ich musste den ganzen Tag an dich
denken." Plötzlich beugte sich Cole zu ihr und platzierte einen
Kuss auf ihrem Mund—keinen langsamen, sinnlichen Kuss, sondern einen schnellen Appetitmacher auf mehr—dann schloss er
die Tür.

„Oh mein Gott, Cole, danke!" Ohne zu denken legte Jill ihren
Kopf an Coles Brust und holte mehrmals tief Luft.

„Was zum Teufel war das denn?" Er schubste sie weg, um ihr
in die Augen zu schauen.

„Ach, entschuldige . . . ich . . ." Augenblicklich spürte sie, wie
sich ihre Wangen erhitzten. Vielleicht hätte sie sich nicht an Cole

anlehnen sollen, um ihre Nerven zu beruhigen?

„Nein, nicht du", sagte er und schlang seinen Arm nochmals um ihre Schulter. „Ich meine, was war das für eine seltsame Schwingung zwischen dir und diesem Kerl?"

„Ach, nichts." Sie winkte ab.

„Das kaufe ich dir nicht ab. Sobald ich dein Gesicht sah, wusste ich, dass das, was auch immer geschehen würde, nicht gut wäre. Hat er schon öfter Probleme verursacht?"

„Nein, keine Probleme. Er bringt Stanley fünfmal die Woche und holt ihn immer später ab." Sie wollte nicht erwähnen, dass sie den Verdacht hatte, dass Jason an ihr interessiert war. Sie befürchtete, Cole würde meinen, sie würde versuchen, ihn eifersüchtig zu machen. Doch andererseits war wahrscheinlich alles sehr offensichtlich durch die Interaktion, die er mitbekommen hatte.

„Hmm, vielleicht sucht er nur nach einer Entschuldigung, um dich jeden Tag sehen zu können und zwar allein", meinte Cole. „Schätze, das kann ich ihm nicht mal verübeln." Mit seinen Fingerknöcheln strich er ihren Arm entlang. Die Berührung war nicht wirklich intim, aber trotzdem jagte sie ihr Schauer über die Arme und ihren Rücken. „Bist du sicher, dass du okay bist?"

„Bist du nicht wütend, dass ich einen Kuss erschlichen habe?"

„Nein. Aber nennst du das einen Kuss?", sagte sie und schnalzte mit der Zunge. Oh Mann, sie flirtete, und sie wusste es! Noch immer konnte sie seine Lippen auf ihren spüren, aber es war nicht genug. Es war nur ein Lockangebot gewesen, das sie veranlasste, sich nach mehr zu sehnen. Viel mehr!

„Ist das eine Herausforderung oder eine Einladung?" Er trat noch näher heran.

Warum musste er obendrein auch noch so gut riechen, wenn er doch sowieso schon wie ein griechischer Gott aussah? Ihr Herzschlag klang ihr in den Ohren, während sie ihn einatmete. Es sollte illegal sein, dass man als Mann so wunderbar roch. Wie sollte sie ihm da widerstehen können?

Das konnte sie nicht. Nicht mehr!

Sie wollte dies und kümmerte sich nicht mehr darum, ob es richtig war oder nicht. Cole würde abreisen. Aber er begehrte sie, und sie konnte der Chance, ihn noch einmal zu genießen, nicht widerstehen.

„Willst du, dass ich dir einen wirklichen Kuss gebe, Jill?" Er senkte die Stimme. Der Effekt war der eines Vorschlaghammers, der das letzte Stück einer Mauer niederriss . . .

Sie streckte sich nach ihm aus und legte ihre Handfläche flach auf seinen Brustkorb. Cole verstand die Einladung und überbrückte den Abstand zwischen ihnen, indem er mit einer Hand ihren Hinterkopf umfasste, um ihr Gesicht nach oben Richtung seines Mundes zu richten. Dann küsste er sie gierig, während er sie enger an sich heranzog, wobei er mit einer Hand an ihrem Rücken hinauf streifte und mit der anderen gleichzeitig von ihrer Taille aus in Richtung ihres Hinterns glitt.

Jill wich gerade so viel zurück, um zu sagen: „Letzte Nacht habe ich dich so sehr gewollt. Eigentlich seit dem Moment, als ich jenes Hotel verlassen habe. Ich weiß, dass ich sagte, wir sollten uns voneinander fernhalten, weil du abreisen wirst, aber . . . ich will mich jetzt nicht mehr fernhalten. Ich will dich nochmal, Cole, sogar wenn es wieder nur für ein weiteres Mal wäre. Aber ich möchte keine Spielchen spielen."

„Ich weiß. Glaub mir, ich verstehe dich. Ich glaube nicht, dass du Spielchen spielst. Ich weiß, dass du einfach nur versuchst, das zu tun, was das Richtige ist. Um uns beide zu schützen." Er drückte seine Hüften an ihre. „Aber, Gott, ich will dich auch nochmal in meinen Armen halten." Er küsste sie leidenschaftlich, wechselte dabei zwischen süßen, sanften Küssen und verschlingenden Küssen ab, dann knabberte er an ihrem Hals.

Mit seinen Händen vagabundierte er über ihren ganzen Körper, genau so wie sie es mochte. „Ja, ja! Mach weiter so! Ich will mehr." Sie hielt sich an seinen Armen fest und ergab sich ganz deren Stärke.

Irgendwie wusste er, was sie wollte, und erspürte er, was sie brauchte. So hob er sie in seinen Armen hoch und trug sie den Gang hinunter, auf der Suche nach ihrem Schlafzimmer. Dort angekommen warf er sie auf spielerische Weise aufs Bett. „Wenn ich mich recht erinnere, war Sex für nur eine Nacht auf der Tagesordnung. Aber nach dem zu schließen, was du gerade gesagt hast, sieht es so aus, als wäre es in Ordnung, sich zu küssen."

Völlig außer Atem schüttelte Jill den Kopf. „Nein. Ich meine, ja. Aber ich will mehr als—"

„Schsch. Lass es uns langsam angehen! Damit ich weiß, dass du bei jedem Schritt bei mir bist. Küssen ist also okay?", fragte er und entlockte ihr dabei gleichzeitig mit einem sanften Kuss auf die Oberlippe eine Antwort.

Jill nickte. Vehement.

Grinsend machte er sich daran, langsam sein Hemd über den Kopf zu ziehen, wobei er seine harten Bauchmuskeln und perfekt trainierten, straffen Brustmuskeln freilegte. Wie er nur annehmen konnte, dass sie mit *nur küssen* zufrieden sein könnte, ging über ihren Verstand, aber sie hoffte, dass sie Recht behalten würde und dass er weit über dieses Maß hinausgehen würde . . . auf lange Sicht.

Während Jill auf schamlose Weise keuchte und ihn drängen wollte, weiterzumachen, setzte sie sich auf, um ihr eigenes Shirt auszuziehen.

„Ich dachte, wir würden uns nur küssen", neckte er.

„Wir können auch andere Stellen küssen. Ich kann mir da eine besondere Stelle vorstellen, die ich küssen will, die ich schon geraume Zeit nicht mehr geküsst habe." Kühn langte sie ihm zwischen die Beine.

Seine Augen verdunkelten sich, und Cole hob eine Augenbraue. Auf bedächtig-sanfte Weise nahm er Jills Hand weg und hielt sie neben ihr auf dem Bett fest. „Nur küssen, weißt du noch?"

„Regeln sind dazu da, gebrochen zu werden!" Keuchend stieß sie die Worte hervor und war kaum imstande, sich stillzuhalten. „Wusstest du das nicht?"

„Hmm, ich dachte mir schon, dass du das sagen könntest. Naja ... ich nehme an, du kannst auch *schauen*." Er bewegte seine Hände nach unten, unendlich langsam, und machte sich an seinem Gürtel zu schaffen. Er nahm sich Zeit, den Gürtel durch die Schlaufe zu ziehen, um ihn zu lockern. Bis er endlich seine Jeans aufgemacht hatte, drückte sein steinharter Penis zeltstangenartig so gegen seine Boxershorts, dass Jills Körper sich vor Verlangen verkrampfte. „Willst du noch mehr anschauen? Mehr küssen?", fragte Cole. „Sag du es mir, Jill!"

„Hmm,hmm", war alles, was sie erwidern konnte.

Sie versuchte, sich nach ihrem Shirt zu recken, aber er nahm ihre Hände und hielt sie weiterhin fest. Dann schob er seine Boxershorts zwei Zentimeter nach unten und fragte: „Bist du sicher?"

„Ja!", sagte sie schließlich.

„Wirklich?" Er zog seine Boxershorts wieder hoch. „Denn wenn du deinen Mund auf mich legst, weiß ich nicht, ob ich nur beim Küssen bleiben könnte. Ich würde dich berühren wollen. Dich ficken wollen."

Sie stöhnte auf.

„Ist es das, was du willst?"

„Ja!"

Er krabbelte auf dem Bett zu ihr, und dieser Anblick brachte sie dazu, sofort feucht zu werden—naja, noch feuchter. Sie reckte ihren Hals nach oben, wollte seinen Mund auf ihrem spüren, aber stattdessen ging er auf ihr Ohr los. Sie spürte seine warmen Lippen auf ihrem Ohrläppchen und dann breiteten sich Schauer auf ihrem Hals und ihren Armen aus. Jill schnappte nach Luft. Ihr ganzer Körper stand in Flammen, während ihr Innerstes pulsierte.

Cole küsste ihren Hals und drehte sie blitzschnell herum, verharrte dann schwebend über ihrem Körper, ohne sie zu berühren; das rief ein Drehen und Winden ihrerseits unter ihm hervor. Seine Lippen spurten Kreise auf ihren Rücken, als sie ihre Rückseite ihm entgegen bog, um seinen Körper zu finden. Er ließ nicht zu, dass sie ihn berührte, jedoch legte er auf ihrer Wirbelsäule eine Spur von Küssen hinunter bis zu ihrem Kreuz, wo er dann in ihre Haut hinein murmelte.

Jill stöhnte auf. Was war er nur für ein schrecklicher und gemeiner Mann! Sie biss sich auf die Lippe und lächelte in ihr Kissen.

„Ich liebe es, mit meinen Lippen über dich zu streifen und zu spüren, wie du dich räkelst. Ich gebe zu, selbst wenn du mich nur dich küssen lassen würdest, dann würde ich als glücklicher Mann sterben. Frustriert, aber glücklich."

Leicht berührte er ihren Rücken, streichelte mit seinen Fingerspitzen aufwärts und abwärts und dann um ihre Taille herum bis zur Rundung ihrer Hüfte. Jill schrie beinahe auf wegen der Vorahnung und wölbte ihm unwillkürlich ihren Hintern entgegen. Mit seiner anderen Hand liebkoste Cole ihre Brust, bevor er an ihrer Jeans entlangstrich und dann entdeckte, dass Jill glitschig war und sich danach sehnte, dass er in ihren Slip kam. „Ist Berühren okay?", fragte er.

„Oh mein Gott . . ." keuchte Jill ins Bett hinein. Dabei packte sie mit beiden Händen die Bettdecke und krallte sich daran fest, als er seinen Finger hinein und heraus bewegte. Zuerst langsam, dann schneller. Auf einmal beugte er sich hinunter, dass sein Gesicht neben ihrem lag. Er küsste ihren Mund, während er sie liebkoste, und ihre Zungen verwanden und verwoben sich.

Sie hörte hinter sich ein Geräusch und merkte, dass er seine Jeans hinunterschob. Sie hoffte, dass er ein Kondom dabei hatte—sie brauchte ihn mehr als sie je irgendetwas anderes in ihrem

Leben je gebraucht hatte. Er richtete sich auf, um das Kondom anzulegen, und schickte sich an, sie umzudrehen.

„Nein!" Sie unterbrach ihn. „Genau so!"

„So?" Er positionierte sich hinter ihr und drückte seine ganze Härte an ihren Hintern, neckte, rieb und reizte sie. Als sie es nicht mehr aushalten konnte, wich sie zurück. Er ächzte und in einer abrupten Bewegung zog er ihre Jeans und den Slip komplett aus, bevor er sich gleich wieder an sie presste.

Er glitt von hinten in sie hinein, seine starke Hitze füllte ihr Inneres aus und gab ihr das Gefühl, ausgefüllter zu sein als sie es jemals zuvor empfunden hatte.

Gott, es fühlte sich himmlisch an! Sie liebte das Gefühl seiner Hände und das Gefühl von ihm in ihr, und ganz besonders das Gefühl, wenn sein Körper gegen ihren Hintern klatschte. Sie konnte nicht glauben, wie geil und zügellos er sie machte! „Fester", bettelte sie.

Er besorgte es ihr auf die Weise, wie sie es wollte, bis sie es nicht mehr aushalten konnte. Zum Glück war er auch an der gleichen Schwelle, und zusammen keuchten sie und erschauerten in einem Orgasmus. Sie brachen auf dem Bett zusammen und atmeten heftig. Durch Jills Körper rollte eine Welle von Glücksgefühl. Sie schloss die Augen, um die erotischen Empfindungen voll und ganz zu genießen.

Als sie ihre Augen wieder öffnete, merkte sie, dass Cole sie beobachtete, mit zufriedenem Gesichtsausdruck. Verausgabt und glücklich schauten sie einander in die Augen, während er mit einem Finger träumerisch an ihrem Arm entlang und über ihren Ellbogen streifte. „Du bist wirklich sehr schön", sagte er mit sanfter Stimme.

„Du bist auch schön." Sie lächelte.

„Schön genug, um mehr Zeit mit mir verbringen zu wollen?" Seine Stimme klang hoffnungsvoll, aber gleichermaßen auch bereit, eine Abfuhr zu erhalten. „Ich weiß, dass du gesagt hast, nur noch ein Mal, Jill, aber ich möchte mehr als das."

Ihr Lächeln verblasste. „Cole, das war wirklich fantastisch, aber . . ."

„Schau", sagte er leise. „Du weißt genau, wo ich in meinem Leben stehe. Dass ich dir keine Versprechungen machen kann über das hinaus, noch die nächsten paar Tage hier zu sein. Vielleicht ist es falsch von mir, dich um mehr Zeit mit mir zu bitten, aber . . . Wir harmonieren im Bett einfach großartig. Natürlich will ich mehr davon. Aber das ist nicht alles, was ich will. Ich möchte deine Gesellschaft genießen. Ich möchte dich besser kennenlernen. Es wäre Verschwendung, wenn wir die Gelegenheit verstreichen lassen würden, mehr Zeit miteinander zu verbringen, findest du nicht auch?"

Jill nagte an ihrer Unterlippe und hielt die Augen geschlossen. Sie war sich über gar nichts mehr sicher an diesem Punkt. Warum sollte sie nicht das, was ihr das Universum zuwarf, annehmen? „Was wären denn die Regeln dabei? Werden wir . . . fest miteinander gehen? Für die Zeit, die wir hier zusammen noch haben?"

Mit einem Finger strich er an ihrem Oberschenkel entlang. „Was hältst du von einer was-auch-immer-wir-tun-wollen Regel?"

„Die wann beginnt?"

„Wie wär's, wenn wir zunächst mal zu Abend essen. Dann zeige ich dir genau, was mir vorschwebt."

Sie schlug die Augen auf, schaute in seine tiefbraunen Augen und lächelte. Dabei fühlte sie sich gut, fühlte sich völlig okay und mit sich und der Welt im Reinen. Wo war der Spaß im Leben, wenn sie sich niemals ihrer Abenteuerlust ergab?

Außerdem würde sie keine andere Wahl haben, da Cole sowieso abreiste; es wäre also nicht ganz so schlimm. Sie würde sich nicht darum sorgen müssen, dass er sich in sie verlieben könnte, da sie ja doch nicht wusste, was die Zukunft für sie bereit hielt. Da sie ja nicht einmal wusste, ob sie nicht recht bald vergessen würde, wer er überhaupt war und was sie einander bedeutet hatten. Ja, sie würde mit dem Schmerz zurechtkommen müssen, wenn er letzten Endes abreiste, aber sie könnte jede Minute, die ihnen noch vergönnt war, mit ihm genießen, ohne Sorgen oder Schuldgefühle wegen ihm. „Lass es uns tun!"

❧

EINE STUNDE SPÄTER, NACHDEM SIE im Haus von Coles Mam Essen zum Mitnehmen verspeist hatten, half Jill ihm beim Geschirrspülen und lehnte sich dann an die Arbeitsplatte. „Also", sagte sie und rieb die Hände aneinander, „bei welchem Zimmer bist du gerade am Packen?"

„Mams Schlafzimmer." Cole verzog das Gesicht und strich sich durchs Haar. Es war eine Aufgabe, die getan werden musste, aber er freute sich sicherlich nicht darauf.

Jill zuckte vor Mitgefühl zusammen. „Oje, das könnte schwer werden. Außer . . ."

Er blickte sie mit zusammengekniffenen Augen an. „Außer was?"

Sie lächelte schelmisch. „Lass mich dich so fragen: Hast du die Sachen aus deinem alten Zimmer bereits verpackt? Denn das hat mir deine Mam einmal gezeigt."

„Und?"

„Und es sah so . . . nach einem Teenager aus."

Cole schmunzelte. „ Das ist wahrscheinlich auch gut so, denn das war ich zu jener Zeit. Worauf willst du hinaus?"

„Naja, ich dachte bloß, mit all diesen Postern von sexy Frauen an der Wand hattest du als Teenager wahrscheinlich ziemlich starke Fantasien in diesem Zimmer, darauf würde ich wetten."

„Das wäre eine sichere Wette. Deshalb . . . ?"

„Deshalb finde ich, dass wir uns aufteilen sollten, um das Zeug einzupacken."

„Klingt für mich nicht gerade nach Spaß."

„Naja, hör mich erst fertig an! Du könntest damit anfangen, die Dinge im Zimmer deiner Mam einzupacken, während ich die Sachen in deinem Zimmer einpacke. Und wenn du gute Fortschritte machst, kommst du rüber und besuchst mich. Und vielleicht ist dann sogar eine kleine Belohnung für dich drin."

„Aha, positive Verstärkung, verstehe", krähte er. „Gefällt mir. Welche Art von Belohnung kann ich erwarten? Ich meine, wenn ich im voraus weiß, auf welchen Anreiz ich mich freuen kann, werde ich gleich viel besser arbeiten."

„Hmm, lass mich mal überlegen. Vielleicht ein Kuss?" Sie tupfte auf ihre gespitzten Lippen und lächelte.

„Meine Mam hat eine Unmenge Zeug in ihrem Schlafzimmer. So sehr ich deine Küsse auch genieße, das wäre schon etwas viel für nur einen Kuss."

„Olala, und ich dachte schon, ein Kuss könnte für das ganze Haus reichen", lachte sie. „Hmm. Naja, okay. Wie wär's damit: Für jeden Karton, den du voll gepackt hast, lege ich ein Kleidungsstück ab. Kann das funktionieren?"

Sein Lächeln breitete sich aus. Schon nahm er ihre Hand und führte sie sanft zu seinem alten Zimmer. „Jetzt haben wir eine Vereinbarung, abgemacht . . . aber als Bonus bekomme ich dann, wenn jedes Kleidungsstück verschwunden ist, diesen Kuss. Klingt das fair?"

„Mehr als fair", sagte sie.

„Großartig. Bereite dich darauf vor, mich zu belohnen!", sagte er, ehe er sich umwandte, um ins Schlafzimmer seiner Mutter zu gehen. Cole schnappte sich einen Karton und fing an, schnell, aber vorsichtig die Sachen seiner Mutter zu verpacken.

Zehn Minuten später war die erste Kiste voll, und er kam in sein Zimmer, wo Jill gerade seine verschiedenen Trophäen und die gerahmten Bilder sorgsam in eine Kiste legte. Beim Klang seiner Stimme wirbelte sie herum. „Super! Tatsächlich? So schnell?"

„Wie ich schon sagte, ich bin motiviert."

„Naja, du weißt ja, was man sagt . . ." Sie stand auf. „Geduld",
begann sie und knöpfte nebenbei den ersten Knopf ihrer Bluse
auf, „ist eine Tugend."

„Tugend ist eine Zier, doch weiter kommt man ohne ihr. Ich
will meine Belohnung!"

„Oje, oje, du kannst doch auch recht ungehobelt sein, nicht
wahr?" Sie betrachtete ihn neckisch. „Vielleicht sollte ich die
doch wieder zuknöpfen und stattdessen mit meinen Schuhen
anfangen."

„Nein! Ich hab bloß Spaß gemacht." Cole setzte sich auf die
Bettkante. „Mach weiter . . . aber diesmal langsamer."

Jill verdrehte die Augen und machte den nächsten Knopf auf,
dann den nächsten, bis er die Spitze ihres roten BHs auf ihrer
blassen Haut sehen konnte.

Cole pfiff durch die Zähne. „Yeah Baby, das ist es! Zieh sie
aus!"

Jill errötete, hörte aber nicht auf, sich zu bewegen. Sie drehte
sich um und wackelte mit ihrem Hintern, dann drehte sie sich
wieder um und wiegte sich in den Hüften. Als sie beim letzten
Knopf angelangt war, ließ sie die Bluse halb von ihren Armen
gleiten. Er versank im Anblick ihrer nackten Schultern und den
prallen, runden Brüsten, und merkte, dass er augenblicklich hart
wurde. Er wusste nicht, wie er es noch mehrere Kartons lang aushalten sollte, bis er sie wieder berühren durfte. Als sie dann endlich die Bluse ablegte, wirbelte sie sie an einem Finger herum und
warf sie auf ihn. Er fing sie auf, brachte sie an sein Gesicht und
atmete tief ein. „Kann ich meinen Bonus eher haben?"

Wie sie da so in ihrem roten Spitzen-BH und ihren Jeans
stand, mit leicht zerzaustem Haar wegen der Tanzerei und dem
Ausziehen, war sie die verführerischste Frau, die er je gesehen
hatte. Obwohl sie die Kunst der Verführung so verdammt gut
beherrschte, umgab sie etwas Süßes und Unschuldiges. Das
machte ihn mehr an als alles andere—der Gegensatz und die

Widersprüchlichkeiten, durch die sie für ihn zu einem Rätsel wurde, das er wahrscheinlich nie lösen würde.

Jill zog ihre Nase kraus. „Lass mich mal nachdenken . . . ähm . . . nein! Du bekommst deinen Bonus dann, wenn du ihn dir verdient hast", sagte sie mit ihrer Lehrerinnenstimme.

Er musste zugeben, dass ihn diese Stimme anmachte. Was würde sie als nächstes tun? Ihn dazu bringen, dass er eine Auszeit absitzen musste? Cole ächzte. „Warum hörst du dich wie eine Lehrerin an, siehst aber wie eine Femme Fatale aus?"

Sie grinste und machte mit dem Verpacken weiter, aber erst nachdem sie ihm einen herausfordernden Blick zugeworfen hatte.

Mit einem Grinsen und einem Kopfschütteln ging Cole zum Schlafzimmer seiner Mutter zurück. Im Nu hatte er zwei weitere Kisten vollgepackt und war schnell wieder in seinem Zimmer. Bis er diesmal auf der Bettkante saß, hatte sie sich bereits der Jeans entledigt und stand in Slip und BH da, und eine hübsche Rote überzog wärmend ihre Haut. „Ich schätze, ich hätte heute mehrere Schichten übereinander anziehen sollen", sagte sie.

„Das finde ich nicht", meinte er und streckte sich, um ihre Flanken zu streicheln. „Du schuldest mir jetzt noch ein weiteres Kleidungsstück. Die Frage ist . . . oben oder unten?"

Jill langte nach hinten und hakte den BH auf, was einen Schauer über seinen Rücken sandte. Doch sie hielt ihn noch länger fest und ließ lediglich die Träger an den Seiten herunterfallen. Cole fand, dass es sowohl erstaunlich als auch erregend war, dass sie immer noch schüchtern war, wenn es darum ging, sich vor ihm auszuziehen, obwohl er vor weniger als einer Stunde ihre Brüste gestreichelt, geleckt und daran gesaugt hatte. „Du bist einfach umwerfend, Jill. Zeige mir deine hübschen Brüste und wirf mir deinen BH zu!"

Mit einem scheu-koketten Lächeln tat sie es. Beim Anblick von ihr, all ihrer anmutigen Rundungen, ihres cremefarbenen Fleisches und harten pinkfarbenen Brustwarzen stöhnte er ungestüm auf.

Er befühlte das zarte Spitzenmaterial mit seinen Fingern. „Kann ich jetzt meinen Bonus haben?"

„Nö, erst musst du noch einen weiteren Karton schaffen."

Cole schloss die Augen, holte tief Luft und zog in Betracht, ob er sie einfach küssen sollte, damit sie es sich anders überlegte. Aber die Röte ihres Gesichts und der eindringliche Ausdruck ihrer Augen zeigten ihm, dass sie ihr Spiel genoss. Die Dinge in die Länge zu ziehen. Und er auch. Er schlug die Augen auf, stand auf, liebkoste ihre Wange mit seinen Fingerspitzen, dann drehte er sich auf dem Absatz um, um sich wieder ans Verpacken zu machen. Zehn Minuten später war er fertig, eine Kiste mit den Garnen seiner Mutter, ihren Stricknadeln und anderen verschiedenen Nähutensilien vollzustopfen.

„Oh Jill!", rief er, mehr als bereit für das Finale.

Sie wandte sich davon ab, seine Kommode auszuräumen. „Ja? Ach so . . . dein Lohn. Ja, gleich." Lächelnd unterbrach sie ihre Arbeit, steckte die Finger seitlich an die Gummibänder ihres Slips, schwang bauchtanzartig ihre Hüften und zog ihn herunter.

„Warte!", sagte Cole und zwirbelte seine Finger. „Würdest du dich umdrehen?"

Mit einem verführerischen kurzen Blick über die Schulter tat sie, worum er bat. „So in etwa?"

„Ja, genau so! Tanze diesen kleinen Tanz für mich, während du deinen Slip ausziehst . . . und mache es wirklich, wirklich langsam!"

Sie kicherte wieder. Und wackelte wieder. Als sie schließlich ihr Höschen ausgezogen hatte, beugte sie sich und gab ihm einen verlockenden Ausblick darauf, wie feucht sie war.

„Wunderschön . . ." Sein Schwanz pochte. Cole wusste, dass dies sie genauso scharf machte wie ihn.

Sogleich wollte er ihr kleines Spiel vergessen, sie weiterhin so gebeugt festhalten und sie berühren, bis sie gellend schrie.

Irgendwie schaffte er es aber, die Kontrolle aufrechtzuhalten.

Cole stieß ein starkes Stöhnen aus. „Verdammt! Ich bin froh, dass ich ein starkes Herz habe. Jetzt aber kommt der Bonus . . ."

Sofort ging Jill zu ihm hinüber, und er umschlang sie mit seinen Armen. Er eroberte ihren Mund mit seinem und brachte sich selbst dabei völlig außer Atem. Jill sog einen tiefen Atemzug ein, als er seine Zunge auf die Nahtstelle ihrer Lippen presste. Schon teilten sie sich, und seine Zunge tauchte tief ein.

Jill war wie dunkle Schokolade, geschmeidig und samtig. Seine Zunge liebkoste jeden Zentimeter ihres nassen, einladenden Mundes. In seinem Kopf drehte sich alles. Er konnte an nichts anderes mehr denken als den berauschenden Geschmack ihrer weichen Lippen, während er sich daran erfreute, wie ihre Atemzüge sich beschleunigten, um sich seinen anzupassen.

Seine Hände wanderten über ihren üppigen Körper, seitlich an ihren Brüsten entlang, über ihre köstliche Taille und bis zu ihren Hüften hinunter. Ruckartig zog er sie an sich heran und ließ es zu, dass seine Erektion sich gegen sie presste. Mit seiner linken Hand liebkoste er eine runde feste Pobacke. Mit seiner rechten Hand umfasste er eine Brust.

Jill brachte eine Hand an seinen Brustkorb und machte einen Schritt zurück. Immer noch benommen und stark keuchend sagte sie mit wogender Brust: „Warte mal . . . du schummelst."

Cole drückte seine Stirn an ihre. „Schummeln? Ich? Niemals!"

„Dein Bonus war ein Kuss."

„Und was für ein schöner Bonus das war. Aber ich dachte . . . es sieht so aus, als wärst du auch fleißig gewesen . . . was, drei Kisten?" Er blickte auf die vollen Kartons, die neben seinem alten Doppelbett standen.

Sie schaute ihn argwöhnisch an. „Ja, was ist damit?"

„Naja, ich finde, du verdienst auch einen Bonus, nicht wahr?"

Sie tat so, als würde sie seine Worte abwägen. „Ich vermute, das kommt darauf an. Was hättest du dir da vorgestellt?"

Er grinste, und seine Augen vagabundierten über ihren ganzen Körper, musterten sie von Kopf bis Fuß. „Ich habe mir da so einiges vorgestellt. Und ich glaube, du würdest all diese Dinge genießen. Wie wär's, wenn ich sie dir zeige?" Sanft drückte Cole ihren Rücken an die Wand und glitt mit seiner Hand zwischen ihre Beine. Mit seinen Fingern strich er langsam an ihrer Klitoris entlang, verursachte bei Jill ein Keuchen. Dann küsste er ihren Hals, während er seine Finger auf der Kuppe ihrer Klitoris verweilen ließ, sie dabei nur ein klein wenig drückte, aber nicht zu sehr.

Jill stöhnte auf, aber sie zögerte noch. „Ich weiß nicht so recht. Ich bin nicht sicher, ob das ein Teil der . . ." Wieder schnappte sie nach Luft. „Vereinbarung war." Cole glitt mit einem Finger in sie hinein und biss gleichzeitig zärtlich ins zarte Fleisch ihrer Schulter. „Ach, das spielt keine Rolle."

Cole lächelte an ihrem Hals. Er liebte es. Liebte ihre Reaktionen, liebte die Art und Weise, wie sie sich um seinen Finger herumgewickelt anfühlte. Er schlang seinen Arm um ihre Taille und zog sie an seinen Brustkorb, dann beugte er leicht seinen Kopf und presste seine Lippen auf ihre für einen zärtlichen Kuss. Langsam zog er seine Lippen über ihre und hob sie nur ganz leicht an, damit er Jills Gesicht sehen konnte. Ihre Augen waren geschlossen. Sie keuchte jedes Mal, wenn er seinen Finger herauszog, und nochmals, wenn er damit wieder hineinglitt.

Seiner Kehle entrang sich ein Stöhnen, und Cole schmiegte sein Gesicht in ihr Haar. „Mmm, du riechst so gut. Und fühlst dich so gut an. Und schmeckst so gut." Mit Bedacht verlagerte er seinen Griff, bis sie das Gleichgewicht wiedergefunden hatte. Dann nahm er ihre Hand. „Vielen Dank für meine Belohnung. Ich will auch nicht mehr nehmen als du beabsichtigt hattest. Ich werde jetzt weiterpacken . . ."

Seine Worte verebbten, als Jill ihren Kopf schüttelte und den Saum seines Shirts hob. Indem er seine Arme über den Kopf streckte, erlaubte er ihr, ihm das Shirt auszuziehen.

„Jill?"

„Ich will, dass du mit mir schläfst, Cole", sagte sie mit fordernder Stimme. Gieriger Stimme. „Schlaf mit mir hier in der Höhle deiner Fantasien!"

Bei ihren erotischen Worten fielen ihm fast die Augen aus dem Kopf. „Die Höhle meiner Fantasien?", keuchte er.

„Ja, denn ich bin sicher, du hast mit der hier gewisse Fantasien durchlebt . . ." Jill deutete auf eine heiße Blondine auf einer Harley. „Und mit der hier . . ." Dann auf eine Brünette, die aufreizend über einen liebesapfelroten Ferrari drapiert war.

Cole gelang ein zittriges Lachen.

„Ich fühle mich geehrt", sagte Jill, die auf seinem mit dunkelblauem Spannbettlaken bezogenen Bett saß. „Tu einfach so, als wäre ich deine Fantasie, Cole!", flüsterte sie, während sie sich auf den Ellbogen zurücklehnte. „Tu so, als wäre ich eines jener Mädchen von diesen Postern! Was wirst du mit mir machen?"

„Na gut, lass mich mal überlegen." Sein Mund traf wieder ihren für einen weiteren langsamen, sinnlichen Kuss. „Dies erstmal als Vorspeise!" Ein Beben setzte tief unten in ihrem Körper ein und breitete sich stetig nach oben aus. Cole zog Jill nah an sich heran und auf dem Doppelbett höher herauf, wobei er sie in die Kissen lagerte.

Als er sich über sie beugte, wickelte sie ihre Beine um seinen Oberkörper, um ihn eng bei sich zu halten. „Ich sollte dich heute Abend darum betteln lassen", meinte Jill, während sie sein Schlüsselbein küsste.

„Das tust du, ohne es zu merken", erwiderte er. „Du bringst mich um den Verstand. Ich denke an dich, wenn du nicht in der Nähe bist, und schon werde ich hart." Indem Cole etwas von ihr zurückwich, konnte er eine Spur von Küssen über ihren Brustkorb und ihren Bauch legen. Dann verschaffte er sich eine günstige Position, um an einem Bein einen Pfad von Küssen hinaufzulegen und am anderen Bein hinunter; dabei hielt er nur kurz inne, um hauchend auf ihren Venushügel zu atmen. Diesen Vorgang wiederholte er wieder und immer wieder und blies so zart an ihr Innerstes, bis sie tropfte und ihren Körper seinem Mund entgegenbog. Mit schnellen, leichten Zungenbewegungen brachte er sie zum Aufschreien und dazu, seinen Kopf zu packen. Als er dann mit seiner Zunge zwischen ihre sehnsuchtsvoll schmerzenden Lippen strich, gab er summende Töne von sich.

Jill drehte und wandte sich an seinem Mund, während sie sich mit einer Hand in seinem Haar festhielt. Er fuhr fort, zu summen, zu lecken, seine Lippen, seinen Mund und seinen Atem zu benutzen, bis sie mit ihren Beinen sein Gesicht förmlich zusammenpresste. Schließlich sprang der Funke des Orgasmus über und durchrauschte sie.

Cole wartete, bis die Wogen ihres Höhepunktes nachgelassen hatten, dann trat ein breites Lächeln auf sein Gesicht. „Ich liebe es, dich dabei zu beobachten", sagte er und begab sich dabei auf seine Knie, um ihren nackten Körper zu bewundern.

Jill schaute ihn durch träumerisch-verträumte Augen an. Sie nahm im matten Licht des Ganges alle Einzelheiten seiner Tattoos und seiner Muskeln genau in sich auf. Langsam ließ sie ihre Hand hinunter zu ihrem Bauch gleiten und berührte sich selbst, befühlte die Nässe ihres Klimax, beobachtete gleichzeitig, wie er scharf Atem holte und sich auf die Lippe biss. Cole war hart und bereit, aber sie ließ ihn warten, neckte ihn noch ein wenig.

Er schüttelte den Kopf. „Okay, ich bettle. Ich begehre dich. Ich will mich selbst in dir begraben und dich so tief wie möglich spüren. Alles, was du machst . . . bringt mich um den Verstand!"

„Sag mir, wie sehr du mich begehrst!"

„Das werde ich dir zeigen." Er beugte sich hinunter, um hautnah zuzusehen, wie sie ihre Klitoris rieb, dann beugte er sich sogar noch näher heran, um mit seiner Zunge in sie zu gleiten.

Jill flippte aus, kam sofort noch einmal, mit hochgewölbtem Rücken. Dann fiel sie zurück, benommen, berauscht, keuchend, während Cole sich seine übrige Kleidung vom Körper riss und ein Kondom überzog. Schon bedeckte er ihren Körper und verharrte schwebend über ihr, bis sie ihre Augen öffnete und starrte. Er wartete, bis sie ihn anschaute, trunken vor Verlangen, dann drang er mit einem langen Stoß in sie ein.

„Oh ja . . ." Jill ließ ihre Hände über seine straffe Bauch- und Brustmuskulatur wandern und spürte seine Kraft und Stärke, mit der er sich in ihr bewegte.

Ihre Scheidenmuskulatur verkrampfte sich um ihn herum, und das war alles, was nötig war, um sie beide über die Klippe ins Paradies schlittern zu lassen, währenddessen sie vor Hochgenuss schrien.

KAPITEL ZEHN

A M NÄCHSTEN MORGEN LEGTE JILL ihr Augenmerk wieder verstärkt auf die Arbeit und die Kinder, aber sie musste doch mehrere Male ihre aufgeregte Vorfreude unterdrücken, weil sie Cole wiedersehen würde. Er hatte sie gebeten, an diesem Abend mit ihm eine Motorradtour zu unternehmen. Für jemanden, der sich vorher nie sonderlich für Motorräder interessiert hatte, entwickelte sie sich zunehmend zu einem wahren Süchtling.

Um sieben Uhr abends klopfte Cole an die Tür. Eiligst öffnete Jill und bewunderte seinen heißen Auftritt in Jeans, T-Shirt und Motorradstiefeln. Er hatte frisch geduscht, roch fantastisch und sah geradezu zum Anbeißen aus. „Wow, du siehst großartig aus, Jill!"

Sie trug eine Caprihose aus Jeansstoff, ein weißes T-Shirt mit Spitzenbesatz, darunter ein weißes Mieder, und dazu weiße Turnschuhe. Ihr langes Haar hatte sie hinten mit einem Tuch zusammengebunden. „Danke", sagte sie.

„Eigentlich wollte ich den Abend wieder nur mit dir verbringen, aber dann fragte ich mich, ob du auch bereit wärst, einige meiner Freunde kennenzulernen? Sie riefen vorhin an und fragten nach, wie es mir so geht, und . . . naja . . ." Verlegen massierte er seinen Nacken.

„Sind sie um dich besorgt? Was für gute Freunde! Ich würde sie sehr gern kennenlernen."

Cole nahm sie bei der Hand und führte sie zu seinem Motorrad, das er aus der Garage geschoben und am Straßenrand geparkt hatte. Jill lächelte, als sie einen zusätzlichen schwarzen Helm am Lenker hängen sah. Er war etwas kleiner als seiner und sah brandneu aus.

„Es ist ein wunderschöner Abend", sagte sie.

„Nicht so wunderschön wie du", sagte er. Cole stieg auf sein Motorrad, Jill setzte den Helm auf und stieg auch auf. Ihr gefiel es ausnehmend gut, so hinter ihm zu sitzen und die Arme um seine Taille zu legen. Sie mochte das Gefühl, wenn der Wind in ihr Gesicht wehte. Sie mochte den Duft von Jasmin in der Abendluft und die Tatsache, dass sie diesen berauschenden Duft niemals wahrnehmen würde, wenn sie in einem Auto fahren würde. Die ganze Erfahrung hatte etwas Befreiendes.

Dreißig Minuten lang fuhren sie, bis sie nach Burbank kamen. Bald darauf hielt er bei FOLSOM'S an, einem idyllischen, kleinen Lokal, von dem Jill schon Gutes gehört hatte. Laute Musik klang durch die Wände, und immer wenn jemand die Tür aufmachte, wurde deren Intensität noch verstärkt. Als sie von Coles Motorrad abstiegen, kam ein außerordentlich attraktiver Mann mit dunklem Haar und stahlgrauen Augen auf sie zu. Er trug eine leichte Flanellhose und ein adrettes Button-down-Hemd.

„Wurde schon Zeit, dass du auftauchst!"

Grinsend schlugen sich beide Männer zur Begrüßung gegenseitig auf den Rücken. „Jill, das ist Luke, mein Freund und Geschäftspartner von FRONTLINE."

„Schön, dich kennenzulernen, Luke!" Jill schüttelte ihm die Hand, und er umfasste ihre beiden Hände mit seinen beiden.

„Das Vergnügen ist auf meiner Seite, Jill. Danke, dass du dich hier um Cole kümmerst. Das weiß ich sehr zu schätzen."

Sie lächelte und schaute Cole an. Mit einem Gefühl der Kühnheit sagte sie: „Das ist auch *mein* Vergnügen gewesen." Sie kicherte, als Cole tatsächlich leicht errötete.

Luke brach in Gelächter aus. „Ich sehe, was du meinst, Cole. Süß *und* wild. Jetzt komm, Gabe wartet schon drinnen!"

Als sie sich ihren Weg durch die Menschenmenge bahnten, wandte sich Jill an Cole. „Süß und wild, wie?" Sie zog ihn damit auf, aber es war auch ein riesiges Kompliment, dass er sie Luke auf diese Weise beschrieben hatte. Wenn es etwas gab, das sie fürchtete, dann die Tatsache, dass sie für jemanden wie Cole ein wenig zu langweilig sein könnte. Aber offensichtlich merkte er, dass er ihre wilde Seite zum Klingen gebracht hatte, und genauso offensichtlich liebte er genau das.

Locker schlang Cole seine Arme von hinten um Jill, als sie dahingingen. Mit seinem Mund an ihrem Ohr knurrte er: „Das ist schon richtig. Genau so bist du für mich, Jill. Und genau so will ich es immer von dir. Tag und Nacht. Im Bett und außerhalb."

Jill taumelte leicht, einerseits wegen des unsagbar guten Gefühls, das seine Worte in ihr auslösten, andererseits aber auch deswegen, wie er sich auf sie beide bezogen hatte, als hätten sie ein ‚immer'.

COLE ZOG ERNSTHAFT IN BETRACHT, kehrt zu machen und Jill zum Ausgang zu bringen. Seine Freunde waren ihm wichtig, und er fand es spannend, dass sie Jill kennenlernen wollten, aber ganz plötzlich wollte er wieder nur ihre Zweisamkeit genießen, so wie letzte Nacht.

Zu spät!

Gabe steuerte geradewegs auf sie zu.

Während ein Außenstehender Cole und Luke als Gegensätze betrachten könnte, befand sich Gabe irgendwo in der Mitte zwischen den beiden. Luke trug fast immer formelle Kleidung. Cole dagegen kleidete sich fast immer leger. Gabe überbrückte gerne beide Stilrichtungen; er trug einen Smoking, als wäre er darin geboren, sah aber gleichermaßen weltmännisch aus, wenn er dunkle, enge Jeans und ein leichtes Sweatshirt anhatte, so wie jetzt. Wenige Menschen würden vermuten, dass Gabe eine schwere Kindheit erlebt hatte, dass er praktisch auf der Straße groß geworden war und um alles, was er hatte, kämpfen hatte müssen. Es war ein Beweis seiner Intelligenz und Stärke, dass er nun ein Firmenmogul einer Kette führender Geschäfte im Bereich Freizeit und Erholung war, die sich auf Extremsportbegeisterte konzentrierte.

In der nächsten Stunde sah Cole, wie Jill seine College-Kumpel bezauberte, gerade so wie sie Smash und die anderen Biker auch bezaubert hatte. Es schien keine Rolle zu spielen, mit wem sie sprach; Jill zeigte unverfälschtes Interesse an Menschen, egal welchen Hintergrund sie hatten. Sie war offen und freundlich, stellte eine Menge Fragen, teilte aber auch gerne ihre eigenen Erfahrungen mit. Sie erklärte sogar, wie sie auf der Uni das Dartspielen gelernt hatte und wie ihr das sehr gelegen gekommen war, als sie kürzlich einen gewissen sexy Biker in einer Bar getroffen hatte.

Sowohl Gabe als auch Luke lachten, als wäre das das Lustigste, was sie je gehört hatten.

„Tja, es ist zu schade, dass Cole dich nicht schon eine Woche eher kennengelernt hat", sagte Luke. „Du hättest uns nach Coronado zur Hochzeit begleiten können."

„Was für eine Hochzeit?", fragte Jill.

Im Augenwinkel sah Cole, wie Gabe sich versteifte und seufzte. Gabe war Erics bester Freund und auserkoren worden für die Rolle als Trauzeuge bei Erics vermeintlicher Hochzeit. Dass Eric Brianne am Altar ohne Vorwarnung und Erklärung im Stich gelassen hatte, nahm Gabe äußerst schwer.

Lukes Miene wurde ernst. „Das hätte ich nicht zur Sprache bringen sollen."

„Verdammt richtig, das hättest du wirklich nicht zur Sprache bringen sollen", knurrte Gabe. Er schaute Jill an. „Ich mag dich, Jill, aber Luke hier hätte es besser wissen sollen, als so etwas Persönliches einfach nebenbei verlauten zu lassen. Entschuldige mich jetzt bitte für einen Augenblick. Ich muss einen Anruf machen." Mit einem letzten verärgerten Blick auf Luke stand Gabe auf und ging davon.

„Scheiße", murmelte Luke. Dann schaute er Jill an. „Entschuldige, Jill!"

„Kein Problem", sagte sie leise.

Cole packte Luke klammergriffartig an der Schulter. „Du hast nichts falsch gemacht. Die einzige Person, die etwas falsch gemacht hat, ist Eric." Als Cole merkte, wie still Jill geworden war, erklärte er: „Unser Freund Eric, Gabes bester Freund, sollte eigentlich letzte Woche heiraten, aber es lief darauf hinaus, dass er seine Verlobte Brianne, eine weitere Freundin von uns, am Altar stehenlassen hat mit keiner weiteren Erklärung als einer Textnachricht, deren Inhalt Brianne uns aber nicht mitgeteilt hat. Das Einzige, was sie sagte, war, Eric hätte angeblich Zweifel gehabt und deshalb sei es besser gewesen, nicht mit ihren Gelübden fortzufahren."

„Er *schrieb* ihr kurz vor der Trauung, um die Sache abzublasen?" In Jills Tonfall schwang blankes Entsetzen.

„Ja." Cole suchte den Raum nach Gabe ab, konnte ihn aber nicht sehen. „Außer einer einzigen E-Mail, in der er uns mitteilte, dass es ihm gut gehe und er sich bald melden werde, ist Eric verschollen, wie vom Erdboden verschluckt. Als Erics bester Freund ist das natürlich für Gabe am schlimmsten zu ertragen. Gerade haben wir noch Erics Junggesellenabschied in Las Vegas gefeiert, und alles schien in Butter zu sein. Wir sollten doch eigentlich Freunde sein. Warum sollte er uns nichts sagen? Das ergibt einfach keinen Sinn."

Jill reagierte nicht, und Cole runzelte die Stirn angesichts ihrer niedergeschlagenen Augen. „Jill?"

Sie warf ihm ein Lächeln zu, das aber irgendwie angestrengt

wirkte.

„Es tut mir leid", sagte Luke. „Ich wollte eigentlich nicht jedem die Stimmung vermiesen."

Jill schüttelte den Kopf. „Nein, nein. Ist schon gut. Ich . . . ich versuche bloß, die Sache vom Blickwinkel eines jeden zu betrachten. Und wenn Eric ein guter Freund ist, stelle ich mir vor, dass er ein ziemlich guter Kerl ist. Manchmal teilen die Menschen ihre Geheimnisse nicht mit jenen, die ihnen am meisten bedeuten, weil sie Angst davor haben, was sie denken werden. Angst, dass etwas Wertvolles dabei verloren geht."

Jill klang so traurig. Als hätte sie irgendein dunkles Geheimnis, das *sie* aus Angst nicht mitteilen wollte. Das gefiel Cole gar nicht. Aber er kannte sie ja erst einige Tage. Und sie sprach nur widerwillig von ihrem Vater. Vielleicht verbarg sich da eine Geschichte. Cole langte hinüber und nahm Jills Hand, erleichtert, als sie sie drückte und sich ihr Gesichtsausdruck aufhellte.

Eine Minute später kehrte Gabe zurück und obwohl er noch etwas angespannt wirkte, tat er sein Bestes, damit Jill sich wieder wohl fühlte. Während sie von Gabes Unternehmen für Freizeitabenteuer sprachen, fragte Luke, ob er mit Cole etwas Geschäftliches besprechen könnte.

„Klar", sagte Cole. „Entschuldigst du mich eine Sekunde, Jill?"

„Natürlich", sagte sie und lächelte liebenswürdig, ehe sie sich wieder an Gabe wandte.

Cole und Luke ließen sich an einem Tisch in der Ecke nieder, um zu reden. „Ich wollte dich nur informieren, dass alles unter Kontrolle ist. Wir haben einige neue Aufträge, und ich hatte ein erstes Kennenlernen mit dem Manager einer Schauspielerin. Wegen Dreharbeiten in ein paar Wochen wird sie bald nicht mehr in der Stadt sein."

„Welche Schauspielerin?"

„Katherine Bailey."

Cole pfiff anerkennend. Kat Bailey war momentan eine der

angesagtesten Hollywood-Stars in romantischen Komödien, mit dem Markenzeichen ‚rotes Haar' und der zweifelhaften Ehre, ein Teil des Skandals zu sein, der letztes Jahr in aller Munde war. Sie war die eine Hälfte eines Hollywood-Promi-Paares gewesen, als sie sich mit Ray Hamilton verabredete, dem Direktor eines ihrer letzten Filme, als eine Praktikantin behauptete, sie hätte mit Hamilton geschlafen. Eine Woche stand Bailey fest an der Seite ihres Mannes und beharrte darauf, dass die Praktikantin lügen würde. Dann veröffentlichte die Regenbogenpresse Fotos, die nicht nur zeigten, wie Hamilton sich am Strand mit der Praktikantin vergnügte, sondern auch Nacktfotos von Bailey, die von Hamilton selbst lanciert worden waren, behauptete jedenfalls die Praktikantin. In der Öffentlichkeit war Bailey mit dem Skandal mit soviel Anstand wie möglich umgegangen, aber dann war sie untergetaucht. Sie mied Reporter und die Presse wie die Pest.

„Erzähl mir von ihr!", sagte Cole.

„Ich habe sie noch nicht getroffen, aber ich glaube nicht, dass wir den Job annehmen sollten. Sie bekam einige Drohungen von Fans, die unglücklich darüber waren, wie sie mit der Trennung von Hamilton umgegangen ist, aber sie ist nicht gerade angetan davon, beschützt zu werden. Eine Person zu bewachen, die sich gegen Bewachung sträubt, noch dazu eine hochnäsige Schauspielerin? Nein danke!"

Cole legte die Stirn in Falten. „Ich stimme zu. Spielchen zu spielen bedeutet unnötiges Risiko."

„Richtig. Und es ist ja nicht so, dass wir ausgehungert nach Aufträgen sind. Dennoch werde ich die Drohungen genauer untersuchen. Vielleicht nochmal mit dem Manager reden, ehe ich eine Entscheidung fälle. Ich werde dich auf dem Laufenden halten."

„Großartig." Cole strich sich durchs Haar, und sein Blick fiel dabei auf Jill. Sie lachte über etwas, das Gabe sagte. Als Gabe ihren Arm in einer freundschaftlichen Geste berührte, war Cole

geradezu über sich selbst schockiert, als er merkte, dass er sich
vor Eifersucht versteifte. Was zum Teufel sollte das denn? Die beiden redeten doch bloß, und es war ja nicht so, dass Cole irgendeinen Anspruch auf Jill hatte. Trotzdem . . .

Er wandte sich wieder an Luke. „Wenn das alles ist, würde ich
Jill jetzt wieder eine Zeitlang für mich haben wollen."

„Ich bin überrascht, dass du es so lang ausgehalten hast", sagte sein Freund. „Ich habe dich nie zuvor mit irgendjemandem so
gesehen."

„Sie ist umwerfend, Luke. Ich möchte so viel Zeit wie möglich
mit ihr verbringen, ehe ich wieder an die Arbeit gehe und sich die
Dinge überschlagen."

„Okay", sagte Luke, obwohl offensichtlich war, dass er irgendetwas zurückhielt.

„Was ist los?"

„Es ist bloß . . . worüber wir vorhin gesprochen haben, Cole.
Das gilt immer noch. Du hast das Recht, dir einige Zeit frei zu
nehmen. Um herauszufinden, was du wirklich vom Leben
willst." Lukes Blick fand mit voller Absicht Jill, bevor er zu Cole
zurückkehrte.

„So ist das nicht, Luke. Ich habe sie einfach kennengelernt."

„Aber es *könnte* so sein. Bleibst du der Möglichkeit gegenüber
offen oder bist du so sehr damit beschäftigt, deinen Umzug nach
San Francisco zu planen, dass du nichts anderes sehen kannst?"

„Du hast mir gesagt, ich solle mir Zeit für mich selbst nehmen. Um zu reisen. Um die Welt zu sehen. Jill ist eine Leiterin
einer Kindertagesstätte; sie liebt ihren Job und hat hier ihr Leben.
Das sind Dinge, die nicht zusammengehen."

„Nein, das nicht. Außer du bist gewillt, einen Weg zu finden,
dass sie doch zusammengehen."

Zehn Minuten später verabschiedete sich Jill von Luke. Cole
nahm Gabe beiseite. „Schau, ich weiß, dass es seit Eric verschollen ist, nicht optimal läuft. Ich bin für dich da. Wenn du reden

willst, zögere nicht! Dasselbe habe ich auch schon zu Brianne gesagt. Ich weiß nicht, was mit Eric los ist, aber wir werden das durchstehen. Gemeinsam."

Irgendetwas flackerte über Gabes Gesichtsausdruck, als Cole Briannes Namen erwähnte, war aber genauso schnell wieder verschwunden. „Danke, Cole." Sie kehrten zum Tisch zurück. „Es war wundervoll, dich kennenzulernen, Jill. Ich hoffe, wir werden dich bald mal wiedersehen."

„Das Gleiche gilt für dich, Gabe."

Gabe wandte sich an Luke. „Möchtest du ein wenig länger bleiben?"

Luke hob seinen Becher. „Klingt gut. Macht's gut, ihr zwei!"

Mit einem letzten Winken gingen Jill und Cole hinaus und stiegen auf sein Motorrad. Cole dachte darüber nach, was Luke gesagt hatte, dass er sich der Möglichkeit einer Zukunft mit Jill gegenüber öffnen sollte. Er kam nicht mit irgendwelchen Lösungen daher, nichts erschien ja auch irgendwie realistisch. Aber weil seine Gedanken um die Arbeit, um Jill, um Verantwortung und um Leidenschaft kreisten und ob es möglich wäre, all dies in ein Gleichgewicht zu bringen, fiel ihm plötzlich ein anderer Ort ein, den er ihr zeigen wollte.

⁓⁓⁓

ALS SIE DIE BAR VERLASSEN hatten, hatte Cole Jill nicht erzählt, wohin er fahren wollte. Er sagte lediglich, dass er sie überraschen wolle. Bald befanden sie sich vor einem großen, dreistöckigen Gebäude mit Glasfassade, das die Aufschrift FRONTLINE SECURITY trug.

Da war sein Büro, merkte sie nun.

Sie stiegen vom Motorrad ab, Jill nahm den Helm ab und schüttelte ihr Haar. „Also das ist wohl dein Unternehmen, wie? Sehr schön. Hast du mit Luke etwas Geschäftliches besprochen, um das du dich nun kümmern musst?"

„Sowas in der Art." Cole zog sie nah an sich heran. Sie standen am Rand einer geschäftigen Straße und küssten sich. Als Cole sich von ihr löste, war Jill völlig außer Atem. „Ich hatte schon immer so eine Fantasievorstellung, in meinem privaten Büro mit einer schönen Frau Liebe zu machen. Ich frage mich, ob du daran interessiert sein könntest, mir dabei behilflich zu sein?"

„Klingt so, als würde das ein weiteres Vergnügen meinerseits werden."

„Ich werde mein Bestes geben." Er zwinkerte ihr zu, dann sperrte er die Vordertür auf. Sobald sie im Gebäude waren, stellte er die Alarmanlage wieder an. Er schloss die Tür hinter ihnen, und in einer blitzschnellen Bewegung drückte er sie rückwärts dagegen. Indem er ihre beiden Hände in eine seiner Hände nahm, hielt er sie über ihrem Kopf fest. Unwillkürlich durchschauerte Jill ein Beben bei dieser Dominanz in seiner Berührung. Erst küsste Cole ihren Mund, dann ihre Wangen, dann ihren Hals. Die samtige Berührung seiner Lippen sandte ein Brennen, ein elektrisierendes Gefühl bis in ihr Herz.

„Ist das ein Teil deiner Fantasievorstellung?", fragte sie, leicht keuchend.

Er hob sein Gesicht. „Du bist meine Fantasievorstellung, Jill!" Langsam ließ er sie los, nahm sie an der Hand und führte sie den Gang entlang bis zu einer wuchtigen Eichentür, auf der ein glänzendes Messingschild mit seinem Namen angebracht war.

„Huhu, ist Mister Novak da?", krähte Jill, während sie die Art und Weise genoss, in der ihre Nerven vor Erwartung kribbelten.

„Ich werde nachsehen", meinte er spielerisch. „Haben Sie einen Termin?"

„Ja. Ja, ich habe einen Termin", entgegnete sie. „Einen sehr privaten."

Cole lächelte sein fantastisches, blendendes Lächeln, als er die Tür aufsperrte. Er führte sie in sein Büro, schloss und versperrte die Tür hinter ihnen wieder. „Da sind wir also", sagte er. Es war dunkel, und Jill konnte nicht allzu viel von seinem Büro sehen. „Nichts allzu Aufregendes. Wenn du ein Büro gesehen hast, hast du sie alle gesehen."

Kann sein, dachte Jill. Aber es gab nur einen Cole Novak!

Und sie hatte die Absicht, die Zeit ihres Termins mit ihm weise zu nutzen.

KAPITEL ELF

J ILLS NERVEN BEBTEN VOR KAUM zurückzuhaltender Energie. Als Cole sie küsste, tanzten feine Schauer an ihrem Körper hinauf und hinunter, abwechselnd heiß und kalt. Was war mit der züchtigen Frau geschehen, die sie einmal gewesen war? Wie konnte es sein, dass innerhalb von wenigen Tagen ein Mann in ihre Welt treten und sie total auf den Kopf stellen konnte–und *sie selbst* komplett verwandeln konnte? Sie war nicht mehr die harmlose Tagesstättenleiterin Jill, wenn sie mit Cole zusammen war. Irgendwie hatte er in ihr Türen aufgestoßen, von denen sie nicht einmal gewusst hatte, dass sie existierten.

Türen, die zu Begierde, ungestümer Lust und sehr unanständigen Ideen führten. Mit zitternder Hand sperrte Jill die Bürotür auf.

Cole unterbrach ihren Kuss und wich etwas zurück, um in ihr Gesicht zu spähen. „Es ist okay, wenn du das nicht tun willst."

Oh doch, sie wollte dies tun! „Mir geht's gut. Ich brauche bloß eine Minute, um . . . mich fertig zu machen. Würde es dir etwas ausmachen, ein paar Minuten im Vorzimmer zu warten?" In ihrem Kopf braute sich eine Idee zusammen, die Jill vor Aufregung ganz schwindlig werden ließ.

Cole zog seine Augenbrauen zusammen. „Bist du sicher, dass alles okay ist? Ist dies hier eigenartig für dich?"

„Warte doch einfach kurz draußen!"

„Okay . . ." Noch immer blieb er wie angewurzelt stehen,

deshalb zog Jill die Tür auf und schob ihn sanft hinaus. Natürlich war es unmöglich, dass sie ihn bewegen konnte, aber schließlich setzte er doch einen Fuß vor den anderen. Leise schloss Jill die Tür, ehe sie sich umsah.

Ganz oder gar nicht!, dachte sie und steuerte auf Coles überdimensionalen Eichenschreibtisch zu, auf dem alles recht ordentlich aussah. Sie räumte das Telefon und die Eingangs- und Ausgangsablagen vom Tisch und stellte sie vorübergehend auf die Fensterbank dahinter. Dann entfernte sie die Schreibunterlage. Als sie eine weiche Decke auf der Rückenlehne seines Ledersofas entdeckte, bedeckte sie damit seinen Schreibtisch. Zuallerletzt legte sie ihre gesamte Kleidung ab.

Auf dem Tisch neben dem kleinen Sofa war eine Lampe, die sie aussteckte und hinter dem Schreibtisch wieder einsteckte, damit sie einen weichen Lichtschimmer über die Oberfläche warf. Schließlich schaltete sie die hell strahlende Deckenbeleuchtung aus, bevor sie ihr Handy aus der Handtasche nahm und sich selbst auf den Schreibtisch legte. Schmetterlinge schlugen Saltos in ihrem Bauch, und die prickelnde Empfindung erinnerte sie an das Gefühl, das sie überkam, wenn sie auf Coles Motorrad mitfuhr.

Sie liebte es.

Nachdem sie auf ihrem Handy Coles Nummer gewählt hatte, antwortete er sofort. „Hallo?"

„Mister Novak?"

Sie hörte ihn leise lachen. „Ja, Fräulein Jones. Warum sind wir denn heute so formell?"

„Ich gehe bei der Arbeit gern professionell vor. Doch ich befürchte, ich kann das, was ich brauche, nicht in Ihrem Büro finden. Und das ist etwas, das ich sehr dringend brauche."

„Tatsächlich?" Er kicherte, obwohl da auch eine ungezähmte, atemlose Schwingung mit enthalten war, die ihr verriet, dass seine Vorstellung genau in die Richtung ging, wo sie sie haben wollte.

„Ja, Sir. Ich habe überall danach gesucht. Vielleicht hätten wir mehr Glück, wenn Sie mir helfen würden?"

„Ich bin gleich da."

Augenblicklich sah Jill, wie sich der Messingtürgriff bewegte. Sie stützte sich auf einen Ellbogen, ließ ihr Haar wallend über ihre Schulter fallen und leicht an ihre Brüste streifen. Erregung sammelte sich in ihrem Inneren.

Cole trat durch die Tür, und seine Augen fielen sofort auf sie. Sogar vom entgegengesetzten Ende des Raumes nahm sie wahr, wie er sich anspannte. Ein langsames Lächeln breitete sich auf seinem Gesicht aus, und er ging mit glühenden Augen auf sie zu. In der Nähe des Schreibtischs hielt er an und verschränkte die Arme vor seiner Brust.

„Oh, Fräulein Jones! Es scheint, dass Sie wirklich dringend Beistand benötigen."

„Oh ja, bitte. Danke, dass Sie gekommen sind, Sir. Ich bin verzweifelt." Sie unterdrückte ein Kichern, um ihre Rolle nicht zu verderben.

„Ich bin nicht ganz sicher, wie ich Ihnen helfen kann. Können Sie mir vielleicht einige Vorschläge machen?"

Jill biss sich auf die Lippe und umfasste mit ihrer linken Hand eine Brust, dann benutzte sie dieselbe Hand, um auf aufreizende Weise über die Rundungen ihres Körpers zu streichen. Es hatte den Anschein, dass Cole ihr Rollenspiel gefiel. Absolut supergut gefiel, genau genommen. Er war direkt in seine Rolle hineingeschlüpft. Seine Augen folgten ihrer Hand, und als sie oben an ihren Oberschenkeln angelangt war und die Hand dazwischen gleiten ließ, sah sie, dass er schluckte . . . schwer schluckte.

„Ich weiß, dass Sie schrecklich beschäftigt sind, Mister Novak. Doch wie ich schon sagte, ich brauche es wirklich dringend." Ihre Stimme betonte vor allem das Wort ‚dringend', und ihre Hand streichelte leicht über ihren Venushügel.

Cole holte tief Luft und stieß sie zittrig wieder aus. „Was

genau suchen wir denn, Fräulein Jones?", fragte er mit tieferer Stimme als Jill sie je gehört hatte.

„Es ist wirklich einzigartig, Sir, und ich brauche es so dringend!" Jill ließ ihre Finger aufwärts wandern und zeichnete leichte Kreise auf ihrem Bauch. „Vielleicht habe ich eine bessere Chance, es zu finden, wenn Sie etwas näher herankommen." Langsam drehte sie sich auf ihren Bauch.

Cole trat näher heran, sodass seine Erektion sich nun auf Augenhöhe mit ihr befand. Jill streckte ihre Hand aus und knöpfte seine Jeans auf. „Vielleicht ist es hier drin, Sir. Soll ich nachsehen?"

„Ja, ich glaube—ich glaube, Sie sollten unbedingt dort nachsehen."

Cole ächzte, als Jill den Reißverschluss hinunterzog. Coles Kopf fiel zurück, und sie fragte sich, ob er wohl mit den Augen rollte. Sie spürte die Wärme seiner Haut an ihren Handflächen, als sie sie an seine Seiten drückte und die Hose mitsamt den Boxershorts hinunterschob. Sein Schwanz wurde befreit, und mit heiserer Stimme murmelte Jill: „Oh, wie gut. Ich habe etwas gefunden."

Sie nahm das Gewicht seiner Männlichkeit in ihre Hand, und Cole sog wieder tief Luft ein. Jill spürte, wie sein Körper erbebte, als er ausatmete. Jill hielt mit ihm den Augenkontakt aufrecht, als sie die Zunge herausstreckte und damit über die Spitze seines Schwanzes glitt. „Mmm, das ist es. Wir haben es gefunden, Sir", sagte sie, kurz bevor sie mit ihren Lippen über die Eichel schlüpfte und den Rest von ihm in den Mund saugte.

„Oh, verdammt!" Cole stöhnte vor Wonne auf, während er die Augen schloss und seinen Kopf zur Seite kippte. Alle paar Sekunden blickte er auf sie hinunter, um sie zu beobachten, und sie stellte sicher, ihre Augen offen zu halten und sich auf sein Gesicht zu konzentrieren, wenn er das tat.

Sie ließ seinen Schwanz aus ihrem Mund gleiten, bis sie die Eichel erreicht hatte, dann leckte sie in Kreisen darum herum, während ihre Hand seinen Schaft umfing und anfing, langsam an ihm auf und ab zu streichen. Er half mit, indem er sich mit seinen Hüften im Takt zu dem Rhythmus, den sie vorgab, bewegte. Mittendrin versanken seine Finger in ihrem langen Haar und zogen daran, beinahe so, als könnte er nicht anders. Sie lächelte dazu an ihm, dann wich sie zurück, sodass sein Schwanz aus ihrem Mund schlüpfte, aber nicht aus ihrer Hand. Sie vergewisserte sich, dass Cole sie beobachtete, und führte seinen Schwanz mehrmals ruckartig schnell an ihre Zunge, bis er vor Hochgenuss ächzte.

„Wahnsinn, Jill! Das fühlt sich so gut an!"

„Da bin ich aber froh. Ich möchte Sie belohnen, weil Sie mir geholfen haben, das zu finden, was ich brauchte", sagte sie.

Jill streifte seinen Schwanz über ihre Lippen, bevor sie an ihm in langen, langsamen Zügen leckte. Mit maunzenden und schlürfenden Geräuschen wollte sie ihn noch zusätzlich verrückt machen. Sie bog ihre Beine ab und strich erst mit dem einen Fuß, dann mit dem anderen über ihre Wadenmuskeln. Er sah zu, schien hypnotisiert zu sein von ihren Bewegungen, genauso wie auch von dem Gefühl ihres Mundes um ihn herum. Mit seinen Händen in ihrem Haar führte er sie nun, zog sie zurück zu seinem Schwanz, immer dann, wenn sie es wagte, sich ein wenig wegzubewegen.

„Ja, Mister Novak, das ist es. Ich brauche Ihre Führung. Bringen Sie mich dazu, Sie zu saugen! Bringen Sie mich dazu, Ihren Schwanz aufzunehmen!"

Cole knurrte und schob sich wieder in ihren Mund. Er fing an, seine Hüften schneller zu bewegen. Währenddessen stieß er Geräusche aus und flüsterte ihren Namen. Auf einmal spürte sie, wie sich die Muskeln in seinen Unterarmen anspannten. Sein Schwanz schwoll in ihrem Mund an, und sie wusste, dass er direkt auf der Schwelle zum Höhepunkt war. Sie ergriff die Basis und drückte bloß ein kleines Bisschen, während sie den Rest von ihm aus ihrem Mund schlüpfen ließ.

Sie reckte sich zu ihm hinauf, und er beugte sich herab und gab ihr den Kuss, nach dem sie lechzte. Sie benutzte seinen Körper als Hebel, während sie sich küssten, und zog sich zu einer sitzenden Position herauf. Ihre Beine baumelten von der Kante, und ihre harten Brustwarzen streiften vorne an sein Hemd.

„Mmm, dieser Job erfordert schon gewisse Zulagen, Mister Novak", murmelte sie.

Cole unterbrach den Kuss und schaute auf ihre Brüste, während er sein Hemd auszog. Sobald er das Kleidungsstück beiseite geworfen hatte, ergriff er sie, mit jeder Hand eine. „Ich finde, Sie verdienen eine Gehaltserhöhung, Fräulein Jones. Dafür, dass Sie weit über jede Pflicht hinausgehen."

Sie liebte die Art und Weise, wie seine Stimme angestrengt klang, als würde es all seine Selbstbeherrschung erfordern, sie nicht zu plündern. Jill klimperte mit ihren Wimpern, während sie an seinem Schwanz zog und zerrte. „Ich würde alles für Sie tun, Sir." Sie spreizte ihre Beine weiter auseinander und rutschte näher an die Kante des Schreibtischs. Sie nahm die Eichel seines Penis, um an ihren Schamlippen zu reiben, an einer Seite hinauf, an der anderen hinunter. „Ich bin da, um Sie zufriedenzustellen, Sir." Sie benutzte seinen Schwanz wie ein Sexspielzeug, streichelte damit auf der Außenseite ihrer feuchten Lippen entlang. Sie ließ ihn leicht über die Kuppe ihrer Klitoris streifen und erschauerte.

„Wir sollten für Sie auch einen Bonus in Betracht ziehen", sagte Cole atemlos. Er drückte die Eichel seines Penis fest gegen ihre Klitoris, und Jill schnappte laut nach Luft. „Ich bin bloß noch nicht sicher, welche Art Bonus ich bereitstellen kann, der uns beide erfreut. Ich werde erst Ihre Bedürfnisse evaluieren." Seine Härte stupste nahezu unmerklich in ihre schlüpfrigen Falten hinein.

„Oh, Mister Novak, Sie wissen, was ich brauche."

Und das wusste er. Und das besorgte er ihr so gut. Sie war so triefend nass, dass sein Penis ganz leicht zwischen ihren Schamlippen auf und ab gleiten konnte. Er streichelte über sie, ließ seine Hand an seinem Schaft entlangstreichen, während er in ihre Scheide drängte. Es fühlte sich unbeschreiblich an, und sie war bereit, jeden Moment zu kommen.

„Ich weiß, was ich brauche, Jill. Ich brauche es, in dir drinnen zu sein. Ich muss deine heiße, nasse Muschi spüren, wenn sie jetzt gleich meinen Schwanz umklammert!" In seinen braunen Augen stand nichts anderes als pure, ungezügelte Lust.

Jill ließ ihren Kopf zurückfallen. „Ich bin Ihre willige Dienerin, Mister Novak. Tun Sie mit mir, was auch immer Sie wollen!"

Cole brummte und packte sie an den Hüften, zog sie in seine Richtung und trat mit einem langen Stoß in sie ein. Jill schrie auf, und er beugte seinen Kopf, um sie zu küssen, fing den Ton mit seinem Mund auf. Sie war froh, dass seine Zunge in ihrem Mund war und dadurch den Ton blockierte, denn als er sich in sie hineintrieb und komplett ausfüllte, konnte sie ihren Aufschrei vor Ekstase nicht unterdrücken.

Cole nahm ihre Brustwarzen zwischen Daumen und Zeigefinger und zwirbelte sie. Mit jedem vollen Stoß seines Penis zwickte und zog er an einem Nippel. Die Arme, mit denen sie seine Taille umschlungen hatte, um sich an Ort und Stelle zu halten, wanderten hinunter, und Jill packte seine harten, geschmeidigen Arschbacken. Sie spürte, wie sie sich jedes Mal, wenn er zustieß, anspannten, und sie drückte sie in ihre Richtung, um ihn anzutreiben, schneller und tiefer zu gehen, da sie jeden Zentimeter von ihm haben wollte. Gott, sie konnte nicht genug bekommen!

Wild und vehement hämmerte Cole an ihre Scheide, und bald versteifte sich Jill, weil sie sich dem Gipfel der Lust näherte. Er musste gespürt haben, wie sie ihn mit ihren Beinen fester umschlang, und gesehen haben, wie sich auf ihren geröteten Wangen die Hitze aufbaute, denn er zog sich zurück, sodass sich seine Lippen von ihren trennten und nur die Spitze seines Schwanzes noch in ihr war. Jill wimmerte und öffnete ihre Augen, da sie sich wunderte, warum er aufgehört hatte.

Er grinste und startete aufs Neue, aber diese Mal langsamer, da er versuchte, es länger andauern zu lassen. Nach und nach kam er in Schwung und baute allmählich eine Wucht auf, während Jill ihre Hüften ihm entgegenhob, in dem Versuch, ihn weiter zu drängen. Je mehr er seine Hüften bewegte, je mehr sein Penis die glatten Muskeln ihres Inneren erforschte, umso stärker fühlte sie, wie sich ihr Orgasmus aufbaute. Er begann in ihren Zehen und breitete sich dann ausstrahlend bis zu ihrer Klitoris aus, aber er würde definitiv kommen.

„Oh, Cole! Oh Gott, das fühlt sich so gut an!"

„Es ist Mister Novak für Sie, Fräulein Jones. Und ja, das tut es!" Er schob seine Hände unter sie, umfasste ihre Pobacken und hob sie vom Schreibtisch hoch, wobei er jedes Mal, wenn er in sie tauchte, sie leicht drückte. Immer noch klammerte sich Jill an ihm fest, aber als er sie packte, ließ sie los und ließ sich selbst auf den Schreibtisch zurückfallen, wobei sie einen ihrer Arme unter ihren Kopf legte. Mit dem anderen Arm langte sie zwischen ihre Beine und ertastete ihn, während er in sie hinein stieß und wieder herausfuhr.

Er war tropfend nass durch ihre Säfte, und sie liebte die Art und Weise, wie sich das anfühlte. Sie streichelte ihn ein paar Minuten, dann fand sie ihre Klitoris und fing an, daran zu reiben, während er sie fickte. Sie war nun wahnsinnig vor Verlangen, und er war auch an der Klippe, rammte sogar noch schneller hinein. Das Geräusch ihres Atmens wurde nur noch übertroffen vom Geräusch des Zusammenschlagens ihres Fleisches.

„Ja! Oh Gott, Cole! Mister Novak, Sir . . ." Ihre Worte schienen ihn nur noch mehr anzuspornen, und er beschleunigte sein Tempo noch, knallte jedes Mal mit noch mehr Kraft in sie hinein.

„Oh ja! Das ist es, Schatz!" Er knurrte und hämmerte noch schneller in ihre Muschi.

„Oh verdammt! Ich komme, Cole! Hör nicht auf! Oh mein Gott!"

Plötzlich erbebte ihr ganzer Körper, als er in sie pflügte. Ihre Atmung ging so unregelmäßig, dass es ein Wunder war, dass sie überhaupt genug Luft bekam, um nicht ohnmächtig zu werden. Die Explosion und Wärme ihres Orgasmus umhüllte ihre beiden Geschlechter und lief an der Glätte der Innenseiten ihrer Oberschenkel langsam hinab. Cole wurde langsamer und langte nach ihren Brüsten, um sie wieder mit seinen großen Händen zu bedecken. Dabei drückte er sie auf sanfte Weise, während er ihr die Zeit gab, durch ihren Höhepunkt zu reiten. Das einzige Wort für das, was sie fühlte, war Ekstase . . . reine, süße, wilde Ekstase.

Als sie sich wieder ausreichend beruhigt hatte, packte Cole ihre Hüften und fing an, sich wieder schneller zu bewegen. Da sie seine Berührung auf ihren Brüsten vermisste, drückte Jill sie selbst. Zustimmend brummte er, als sie ihre Nippel durch ihre Finger spielen ließ. „Komm schon, Baby!", drängte sie ihn.

Mit einer Hand kam er zu ihrer Vagina und fing an, ihre hochsensible Klitoris mit dem Daumen zu massieren. Der neue Druck, zusammen mit dem langsamen, rhythmischen Mahlen seiner Hüften brachte sie beinahe nochmal zum Explodieren. „Das ist so gut!", rief sie.

„So gut!", stimmte er zu. „Du fühlst dich so verdammt gut an!" Mit seinem Daumen presste er hart auf ihre Klitoris, und sie drückte ihn hart von innen. Das war alles, was nötig war, um ihm den letzten Impuls zu geben. Seine Hüften zuckten, und er schrie auf, während er sich weiter und weiter fest und eng in sie mahlte, als er kam.

Als er auf ihr zusammenbrach, erfreute sie sich genießerisch an seinem Gewicht und dem Gefühl seines rasenden Herzschlags, und sie schlang die Arme um ihn. Beide kämpften sie darum, Atem zu schöpfen.

Nach einer Weile rührte er sich und hob sein Gesicht, um in ihres zu spähen. Mit zärtlichem Gesichtsausdruck küsste er sie, und sie spürte, wie er weich wurde und aus ihr schlüpfte. Cole nahm ihre Hände und zog Jill in eine aufrechte Position. Dabei küsste er sie sanft. „Das war . . ."

„Deine wahrgewordene Fantasievorstellung?" Sie zwinkerte.

„Das und noch so einiges mehr", sagte er.

KAPITEL ZWÖLF

A M NÄCHSTEN MORGEN ERWACHTE COLE recht früh und war erfreut, dass Jill noch immer neben ihm lag anstatt in ihrem Bett in ihrem Haus. Nach der Eskapade in seinem Büro waren sie ins Haus seiner Mam zurückgekehrt, und Jill war in seinen Armen eingeschlafen. Er nahm sich einen Moment Zeit, um sie einfach nur anzuschauen und wurde von ihrer Schönheit umgehauen; aber mehr noch davon, wie sie sich in Nullkomma-nichts von einer perfekten Lady in einen sexy Vamp und dann in eine schlafende Verführerin verwandeln konnte. *Die perfekte Frau!* Er hatte noch nie jemanden wie sie getroffen, und je mehr Zeit er mit ihr verbrachte, desto mehr Zeit wollte er mit ihr verbringen.

Er langte hinüber zu ihr, um über ihr Haar zu streicheln, und sie murmelte im Schlaf und rollte sich näher zu ihm hin. Als Cole auf die Uhr auf dem Nachttisch blickte, erschrak er. Es war bereits nach sieben, und er wusste, die Kinder würden ab acht Uhr gebracht werden. „Jill", sagte er, während er ihr Gesicht liebkoste. „Es ist schon sieben. Musst du nicht los?"

„Ja", seufzte sie. „Aber lass uns erst noch ein wenig kuscheln."

Cole grinste. Sie hatte ihn mit einem Blowjob und mit einem schlüpfrig-heißen Fick in seinem Büro letzte Nacht um den Ver-stand gebracht, aber es war schon witzig, dass das Kuscheln mit ihr beinahe denselben Reiz hatte.

Fünf Minuten später hielt er sie immer noch fest, als das Licht, das durch die Fenster hereindrang, heller wurde. Als sein Handy

auf dem Nachttisch summte, murmelte sie etwas Unzusammen-
hängendes—leicht Mürrisches—das bei ihm ein Lächeln auslöste.
Er streckte sich über sie hinweg, ergriff sein Handy und registrier-
te, wer der Anrufer war. Er wandte sich wieder an Jill, schmiegte
sich in ihr Haar und murmelte dabei: „Es ist Luke."

Jill blinzelte, nickte schläfrig und wollte aufstehen, als hätte er
sie hinausgeworfen. „Hey, wo gehst du hin?", protestierte er. „Wir
sind noch nicht fertig mit Kuscheln!"

Sie schaute überrascht drein, aber schmiegte sich doch wieder
an ihn. Er spurte mit seinen Fingerspitzen den Linien ihrer Wangen und ihres Kinns nach.

Ich würde diesem Mädchen so hoffnungslos verfallen sein,
wenn ich es mir erlauben würde, dachte er.

„Hey, Luke", antwortete Cole am Handy.

„Entschuldige, wenn ich dich so früh störe. Noch dazu, da du
ja wahrscheinlich nicht allein bist. Aber ich dachte mir, ich sollte
dich rechtzeitig warnen."

Cole versteifte sich etwas, obwohl Luke nicht allzu angespannt oder besorgt klang. Wahrscheinlich konnte Jill ihre Unterhaltung ruhig mit anhören, und es überraschte ihn, wie wenig
ihn das kümmerte. Er fühlte sich mit ihr wohl, hatte nichts vor
ihr zu verbergen. Ausgenommen seine immer stärker werdenden
Gefühle für sie natürlich. Zu Luke sagte er: „Was ist los? Hast du
Nachricht von Eric?" Cole legte seine Hand auf Jills Oberschenkel
und streichelte verweilende Kreise auf ihre seidige Haut.

„Nein, leider nicht. Das nicht. Es geht um den Job. Als ich gestern Abend meine Nachrichten checkte, stellte ich fest, dass ich
einen Anruf von Senator Taylor erhalten hatte."

„Von wem?", sagte Cole und merkte, wie weit er sich bereits
gedanklich von seiner Arbeit entfernt hatte, nachdem er sich gestern Abend mit Jill dort so eng verknüpft hatte.

„Das ist der Senator, dessen ganze Kampagne sich darum
dreht, umweltbewusster zu werden. Er besucht L.A. wegen einer

Konferenz und will, dass wir die Security übernehmen. Und er fragte im Besonderen nach dir. Sonst würde ich dich damit gar nicht behelligen."

„Wo ist die Konferenz?"

„Im Staples Center. Sie beginnt in vier Tagen, dauert drei Tage, und er will sich dort übermorgen Vormittag mit dir treffen."

Die Hand, mit der Cole Jill liebkost hatte, verharrte in der Bewegung. Übermorgen. Und die Konferenz würde kurz danach losgehen. Es hörte sich danach an, dass er weniger als eine Woche weg sein würde, aber der Gedanke, auch nur für diesen kurzen Zeitraum von Jill getrennt zu sein, bekümmerte ihn.

Und allein diese Tatsache bekümmerte ihn noch mehr.

Offenbar hatte er sich schon viel zu sehr an sie gewöhnt beziehungsweise in sie verliebt. Und das war ein großes Problem. Seit wann war die Vorstellung, eine Frau verlassen zu müssen, die Ursache dafür, auch nur eine Sekunde zu zögern, wenn es darum ging, einen Job anzunehmen? Er musste sich zusammenreißen. Diese Art von Beziehung hatte er mit Jill nicht. Sich an eine einzige Frau zu binden und sich auf einen bestimmten Ort festzulegen, das war nicht das, was er wollte oder brauchte. Deshalb zwang er sich, zu sagen: „Das klappt."

„Cole—"

„Luke, Jill ist hier, und ich möchte mich wieder ihr widmen. Ich rufe dich später zurück, um die Einzelheiten des Treffens zu besprechen."

Er hörte, wie sein Freund seufzte. „Also rede ich dann mit dir."

Cole beendete den Anruf und schaute Jill an, die sich aufgesetzt hatte. „Sieht so aus, als hättest du einen großartigen Job, der auf dich wartet", meinte sie. „Sicher wird der die Sache beschleunigen und dich nur umso eher nach San Francisco bringen." Obwohl ihre Stimme leicht zitterte, meinte Jill es nicht sarkastisch. Sie klang, als wäre sie glücklich für ihn, zumindest versuchte sie, es so klingen zu lassen.

Er stützte sich auf einem Ellbogen auf, um sie anzuschauen. „Ich möchte unsere Zeit wirklich nicht abkürzen. Sie war fantastisch. Du bist fantastisch!"

Jill lächelte traurig, was ihm das Herz brach. „Du bist auch fantastisch. Aber wir wussten beide, dass es so kommen würde."

Er neigte sich ihr zu, um mit einem Finger über ihre Oberlippe zu streichen, dann spurte er auch ihre Unterlippe nach, ehe er sich hinüberbeugte, um sanft an ihr zu knabbern. Der süße Kuss wandelte sich zu einem schnellen, leidenschaftlichen, aber bevor die Dinge außer Kontrolle gerieten, wich Jill zurück.

„Ich muss los, rüber in meine Wohnung, aber heute Abend können wir mit dem Packen fertig werden." Sie sprang aus dem Bett und schnappte sich ihr Shirt vom Boden.

„Ich werde ein Mietlager-Unternehmen anrufen. Mal schauen, ob sie uns für morgen einen Lieferwagen bereitstellen können, um die Sachen abzuholen und einzulagern." Cole zwang sich, zu lächeln, aber Jill zog sich gerade an und mied den Augenkontakt. Sie redete über den Arbeitstag, der vor ihr lag. Sie befand sich in einer Art Selbstschutz-Modus. Sie stellte bereits einen gewissen Abstand zwischen ihnen her, asphaltierte für ihn bereits eine Straße, auf der er dahinfahren und für immer verschwinden konnte.

Und normalerweise wäre das mit jeder anderen Frau einfach nur wunderbar gewesen!

Aber Cole wusste, dass nach der Zeit, die er mit Jill verbracht hatte, nichts jemals wieder normal für ihn sein würde.

❧

JILL SCHLEPPTE SICH IN IHR Haus, schleuderte ihre Handtasche aufs Bett und fiel mit einem schweren Seufzer auf die Tagesdecke. Die sollte sie nun trösten, denn es gab nichts in ihrem Zimmer, auf ihrem eigenen Bett, das die Realität und die Vertrautheit zurückbringen könnte. Sie hatte heute so viele Dinge zu erledigen. Sie brauchte einfach etwas Zeit, um nachzudenken.

Oder nicht nachzudenken.

Cole würde morgen abfahren. Und natürlich hatte er nicht vor, zurückzukommen, angesichts der Tatsache, dass er Umzugsfirmen anrief, um die Kartons morgen abholen und einlagern zu lassen.

Jill sah dem Deckenventilator zu, wie er sich über ihr drehte, ähnlich wie ihre Gedanken, die nicht aufhören wollten, zu kreisen. Sie musste den Tatsachen ins Auge blicken—in nur wenigen Tagen hatte sie sich schwer verliebt trotz ihrer eigenen Warnungen. Zu schwer! Und bald würde sie dafür bezahlen.

Auf gewisse Weise hatte sie das schon. Denn die Realität, wenn Cole tatsächlich verschwunden sein würde, konnte sicher nicht noch schlimmer sein als die Vorstellung davon.

Nachdem sie sich geduscht und für den Tag fertig gemacht hatte, indem sie Malutensilien und Bauklötze bereit gelegt hatte, saß sie mit ihrem Kaffee in der Küche und rührte gedankenverloren die Milch in ihrer Tasse um. Liz kam herein, hängte ihren Schlüssel ans Schlüsselbrett und verharrte, als sie Jill sah.

„Heilige Scheiße, was ist denn mit dir passiert?"

Jill lächelte angespannt, da sie wusste, dass sie wahrscheinlich aussah, als würde sie den Verlust einer wichtigen Person betrauern. Genauso fühlte sie sich auch. „Gestern Nacht war ich aus."

„Mit dem Biker von nebenan?"

„Mit Cole, ja."

„Aha, jetzt ist er also *Cole*." Liz lächelte, zog einen Stuhl heraus und ließ sich darauf fallen, dann faltete sie auf sittsame Weise die Hände.

„Er war schon immer Cole", erwiderte Jill und schlürfte ihren Kaffee, ohne ihn zu schmecken. „Und morgen wird er *der Typ sein, den ich einmal drei Tage lang kannte*. Er fährt ab und kommt nicht mehr zurück."

Liz zuckte zusammen, ließ den Kopf etwas sinken und lugte

in Jills niedergeschlagenes Gesicht. „Das tut mir leid, Jill. Ich weiß, wie sehr du versucht hast, dich nicht auf ihn einzulassen. Ich wollte so sehr, dass du nicht leiden musst."

„Keiner kann etwas dafür." Jill schaute auf ihrem Handy nach der Uhrzeit. Die ersten Kinder würden jeden Moment eintreffen. „Ich wusste genau, worauf ich mich einließ."

„Wird der Schmerz es wenigstens wert sein?", wollte Liz mit fragend hochgezogener Braue wissen.

Jill überlegte einen Augenblick. Es war wahr, sie hatte mit Cole die beste Zeit ihres Lebens gehabt—ihre erste gemeinsame Nacht, den wilden, spontanen Sex, die Unterhaltungen, die gemeinsamen Essen, die Motorradfahrten durch L.A., der Rollenspiel-Sex in seinem Büro gestern Nacht. In nur wenigen Tagen hatten sie unheimlich viel gelacht und Spaß gehabt. Deshalb ja, es war nicht nur Sex gewesen—sie hatte wirklich eine fantastische Zeit mit einem tollen Typen erlebt.

„Ich hätte ihn lieben können", hörte sie sich selbst sagen und starrte in ihren Kaffee.

Liz blieb still, aber Jill brauchte keine Bestätigung, dass sie Unsinn redete—das wusste sie bereits. Schließlich kannte sie Cole erst seit ein paar Tagen.

Jill riss sich zusammen und blickte auf. „Ich weiß, das klingt verrückt. Und es wird ja auch nicht passieren. Ich kann mich nicht in jemanden verlieben, der nicht da ist." Sie stand auf, kippte ihren Kaffee hinunter und stellte einen Teller in die Spüle.

Sie hörte, dass ein Auto ankam, und wollte gerade auf die Tür zusteuern, als Liz sie am Arm packte und aufhielt. „Schätzchen? Jemanden zu treffen, den man lieben könnte, das ist doch nicht so schlecht, oder? Und vielleicht muss es ja auch nicht das Ende sein."

„Es ist besser, wenn es zu Ende ist."

„Warum? Weil du Angst hast, dass du so enden wirst wie dein Vater?"

Bei Liz' Worten spürte Jill einen Stich in der Magengrube. Schon komisch, dass sie nicht mehr daran gedacht hatte, jedenfalls in letzter Zeit nicht. Nein, sie war einfach zu beschäftigt gewesen, Cole zu genießen. Aber es ergab Sinn. Man stelle sich nur einmal vor, wie Cole reagieren würde, wenn er ihre Krankengeschichte kennen würde—sowohl ihre Angst vor Krebs als auch ihr Risiko, früh an Alzheimer zu erkranken. „Das ist schon ein guter Grund, einer Beziehung aus dem Weg zu gehen, Liz. Welche Art Mensch würde seinem Partner wissentlich so etwas antun? Ihn in dem Glauben lassen, ein recht langes gemeinsames Leben zu haben, wenn die Chancen dafür eigentlich schlecht stehen. Wenigstens hat mein Vater nicht gewusst, dass er mit vierzig dement werden würde. Er hat keine Ahnung gehabt, dass er seine eigene Frau und seine Tochter nicht mehr erkennen würde. Das ist erblich, und ich möchte niemals jemandem zur Last fallen!"

Liz ließ Jills Hand los und schüttelte den Kopf. „Ja, es ist vererbbar, aber die Wahrscheinlichkeit, dass du dieses Gen in dir trägst, ist grade mal fünfzig Prozent. Du lässt zu, dass eine dir unbekannte Zukunft dich zurückhält. Bist du noch immer unschlüssig, dich testen zu lassen? Wenn das Ergebnis dann nicht gut ausfällt, bist du wenigstens besser darauf vorbereitet, Lebensentscheidungen zu treffen."

„Logisch, das weiß ich. Aber von der emotionalen Seite her?" Jill schüttelte den Kopf. „Da bin ich nicht bereit, mich der Sache zu stellen, Realität hin oder her."

„Dann bist du eben nicht bereit dazu. Du wirst schon noch merken, wann du dazu bereit bist." Blitzartig schoss Liz Jill ein Lächeln vom Typ große Schwester zu.

„Danke für dein Verständnis."

„Kein Problem. Ich bin viel älter und somit klüger als du. Deshalb hast du mich ja um dich."

Die Türglocke ertönte, und sowohl Jill als auch Liz sprangen in Aktion. Liz holte Mehl und Backpulver hervor, während Jill auf die Tür zusteuerte. „Nein", rief Jill ihr lächelnd über die Schulter hinweg zu. „Ich habe dich um mich, weil die Kinder sagen, dass deine Pfannkuchen fluffiger sind als meine!"

Und weil Liz, im Gegensatz zu Cole, auch langfristig für sie da war. Sie war jemand, auf den Jill zählen konnte. Jemand, den sie mit ganzem Herzen lieben konnte. Jemand, der ihre Liebe auch erwidern würde.

KAPITEL DREIZEHN

ALS JILL SPÄTER AM ABEND die Rasenfläche zu Coles Haus überquerte, sagte sie sich ständig vor: „Es war eine Menge Spaß, während es andauerte, Jill, aber er ist nicht der Eine."

Ihr Verstand war fast überzeugt, aber ihrem Herz bereitete es größere Schwierigkeiten, diese Worte zu glauben. Cole war soviel mehr als Spaß und Spielerei—er war ein sexy, ehrenwerter, tapferer Mann, der seine Mutter geliebt hatte, Frauen gut behandelte, eine eigene Firma besaß, expandieren und seine Zukunft besser gestalten wollte. Noch wichtiger war, sie hatte Spaß mit ihm und er war der Auslöser, dass sie Dinge fühlte—wilde, fantastische, prickelnde, sie um den Verstand bringende Dinge—die sie niemals zuvor empfunden hatte. Und jetzt sollte sie einfach mit ihrem normalen Leben weitermachen als wären sie sich nie begegnet?

Offensichtlich musste sie das tun. Sie würde nicht die Sorte anhängliche Frau sein, die ihre Trennung kompliziert oder peinlich machte.

Als sie ankam, klingelte sie und atmete mehrmals tief ein, um sich selbst zu beruhigen. Cole machte auf und hatte ein riesiges, aber offenbar gekünsteltes Lächeln aufgesetzt. Er trug ein eng anliegendes schwarzes T-Shirt, seine Biker-Weste und Jeans, sah einfach höllisch gut aus.

„Hallo", sagte er. „Ich hoffe, du hast Hunger." Er zog sie ins

Haus und Richtung Esszimmer. Weiße Schachteln aus ihrem Lieblings-Thailänder befanden sich auf dem Tisch sowie feines Porzellangeschirr. Zwei große Kerzen standen angezündet in der Mitte des Tisches.

„Oh, toll! Das ist wunderbar, Cole."

„Ich wollte mich bedanken für all deine Hilfe."

„Das hab ich doch gern gemacht. Ich hatte Spaß, dir zu helfen", fügte sie mit einem Lächeln hinzu. Es gab keine Möglichkeit, den Gedanken zu entgehen, wie sie einander in der Zeit, die sie miteinander verbracht hatten, erfreut, gereizt und geneckt hatten. Anscheinend erinnerte er sich an dieselben Dinge, angesichts des Funkelns in seinen Augen. Cole ging zum Tisch und zog für Jill einen Stuhl zurück.

„Oh, danke schön. Welch ein Gentleman!" Sie lächelte und fühlte sich augenblicklich wohl in seiner Gegenwart. Dieses Gefühl liebte sie.

Sobald sie jedoch Platz genommen und er sich hinzugesellt hatte, traf es sie wie ein Blitz aus heiterem Himmel. Dies war ihr Abschiedsdinner. *Reiß dich zusammen, Jill!* ermahnte sie sich. Nach einer Minute hatte sie ihre Stimme wiedergefunden. „Dein Meeting ist also morgen?"

„Um acht Uhr in der Früh. Wenn wir den Auftrag an Land ziehen, wird es für einige Zeit rundgehen." Er nahm ihren Teller und fing an, gebratenen Reis aufzulegen.

Jill nickte. Sie versuchte, den Sturm, der sich hinter ihren Augen zusammenbraute, zurückzuhalten. Lieber schaute sie auf das Essen, um ihren Gesichtsausdruck zu verbergen.

„Also, wie waren die Kinder heute?", fragte Cole. Ein gutes, sicheres Thema.

„Wunderbar. Du bis immer noch Stanleys Held, weißt du das? Heute formte er ein Motorrad aus Knetmasse. Ich wollte ein Foto davon machen, um es dir zu eigen, aber dann zerquetschte er es mit seiner Faust." Sie lachte. *Ganz und gar nicht symbolisch!* Sie räusperte sich und schaute ihn an. „Mach dir keine Sorgen um das Packen! Ich werde bleiben, bis wir fertig sind."

„Ich kann immer noch später zurückkommen für die letzten Kleinigkeiten", sagte er langsam, als würde er ihre Stimmung einschätzen wollen.

War das ein Hinweis, dass er zu einem späteren Datum eventuell zurückkehren würde? Hoffnung erfüllte sie für einen Moment, erstarb aber schnell wieder, als er weitersprach: „Doch wenn wir es schaffen könnten, fertig zu werden, wäre das großartig. Aber nur, wenn du dazu bereit bist. Es ist mir unangenehm, dich um noch mehr Arbeit zu bitten." Durch seine aufrichtige Miene verlor sie jegliche Zuversicht.

„Nein. Ich will und werde dir helfen, Cole." Ein schwaches Lächeln zeigte sich auf ihrem Gesicht. „Wenn du willst, kannst du dich auch ausruhen, falls du nicht mit mir mithalten kannst."

Er grinste. Die trübe Stimmung hellte sich etwas auf, aber nicht lang. Beide stocherten in ihrem Essen herum und versuchten, unverfängliche Themen zu finden, über die sie reden konnten. Irgendetwas, nur nicht über seine Mutter, über dieses Haus oder die Tatsache, dass Cole abreiste. Als sie mit ihrem beschwerlichen Mahl sozusagen fertig waren, räumte Jill die Teller ab. Da sich Cole immer noch nicht vom Tisch weg bewegte, sagte sie: „Jetzt sollten wir aber loslegen!"

„In Ordnung." Er stand auf und warf seine Serviette auf den Tisch. „Wo sollen wir anfangen? Mit den letzten Sammlerstücken?"

„Klar." Sie schnappte sich einen Karton, und beide machten sich an die Arbeit. Anders als am Tag zuvor, stellte sie keine Fragen und neckte ihn auch nicht. Jill war fest entschlossen, so effizient wie möglich zu arbeiten, und das zahlte sich aus—innerhalb einiger Stunden waren sie fertig.

Als Jill sich in dem Haus voll Möbel und Umzugskartons umsah, stieg in ihrem Inneren eine Woge der Melancholie empor.

Sie wunderte sich nicht, traurig zu sein. Stella mochte zwar nicht ihre Mutter gewesen sein, aber sie hatte sich sehr mütterlich ihr gegenüber verhalten, hatte sich immer vergewissert, dass Jill okay war, Kekse für Jills Kinder gebacken, immer so stolz und liebevoll über ihren Sohn gesprochen—

Bevor Jill es sich anders überlegen konnte, handelte sie aus dem Bauch heraus, indem sie ihre Schlüssel packte und auf die Tür zusteuerte.

Das war's, Jill! Verabschiede dich einfach, sage, ihr könntet in Verbindung bleiben und schau, dass du hier rauskommst!

An der Tür drehte sie sich um und streckte die Hand aus. „Es war wundervoll, dich kennenzulernen. Ich freue mich, dass ich dir helfen konnte, und ich wünsche dir viel Glück für all deine zukünftigen Unternehmungen."

Cole starrte sie an, die Hände in die Hüften gestemmt. „Das war's also? Du klingst so, als würdest du mich gerade in Kenntnis setzen, meine Dienste nicht in Anspruch nehmen zu wollen."

Jill sackte zusammen. „Cole, mach es nicht noch schwieriger als es ohnehin ist! Wie soll ich mich denn sonst verabschieden?"

„Mit einer Umarmung vielleicht? Einem langen, süßen Kuss? Einer gemeinsamen Nacht, in der wir das, was wir haben, noch ein wenig länger genießen? Ich weiß es nicht. Ist es dumm, so etwas zu denken?" Er verschränkte die Arme vor seinem breiten Brustkorb.

„Das würde alles nur noch schwerer machen, Cole, und das weißt du. Ich sollte gehen. Ich muss für die Kinder morgen noch Dinge vorbereiten." Sie ließ die Hand sinken. Wenn er ihr die Hand nicht schütteln wollte, dann würde dieses Beenden noch schlimmer werden als erwartet.

„Jill . . ."

Sie machte die Tür auf, konnte sich aber selbst nicht überwinden, hinauszutreten. Sie stand einfach da und wollte losheulen. Sie hatte versucht, Abstand zu halten und war gescheitert. Sie hatte versucht, ihn in ihr Herz zu lassen und war gescheitert. *Wie du's auch machst, es ist verkehrt!*

„Würdest du mir einfach nur zuhören, bitte?" Seine Stimme brach. „Jill, du hast dich von mir entfernt, seit ich diesen Telefon-anruf bekommen habe, dass ich morgen abreisen muss."

Jill wirbelte herum. „Sollte ich etwa Freudensprünge machen? Rad schlagen? Sag du's mir, Cole! Wie hätte ich reagieren sollen? Wie soll ich mich bitte fühlen, wenn ich weiß, dass der Mann, der mich zum Lachen und zum Weinen bringt, der meine Seele er-füllt, abreist? Ich meine, ja, es war klar, dass du abreisen würdest. Ich habe mich darauf vorbereitet. Aber dennoch schmerzt es."

Bei ihren Worten loderten seine Augen auf. Irgendetwas in seiner Miene entspannte sich, schien wie befreit. „Bleib!"

„Damit du noch einmal eine Stunde Spaß mehr aus mir her-ausquetschen kannst, ehe du gehst? Ist es das?" Sie wusste, dass sie unvernünftig argumentierte und alles verkomplizierte, aber sie konnte nichts Gutes darin erkennen, alles noch weiter in die Länge zu ziehen. Der Druck hinter ihren Augen wurde zu groß, und sie verbarg ihr Gesicht hinter ihren Händen, um ihre Tränen zu verstecken.

Sie spürte, wie seine weichen, warmen Hände ihre bedeckten. Sanft zog er ihre Hände weg und legte ihr verweintes Gesicht frei. Er hob eine ihrer Hände an seinen Mund und küsste ihre Finger-knöchel. „Damit ich mit dir Liebe machen kann, Jill", flüsterte er in ihre Hand. „Auch wenn es nur noch ein einziges Mal ist. Bitte, bleib!"

Als sie seinen Mund auf ihrer Haut spürte, entflammte das Verlangen und übertraf alle anderen Emotionen, die sie fühlte. Eine Minute lang standen sie schweigend da und schauten einan-der in die Augen, bis er sie nah heranzog, um sie zu küssen. Das fühlte sich wie eine Mischung von Begrüßung und Abschied an, langsam und süß. Genießend. Er berührte ihre Lippen zunächst leicht, sanft suchend und dann vertiefte er den Kuss. Hinter sich hörte sie, wie sich die Tür schloss, als er sie zustieß.

Vielleicht würde sie es niemals lernen. Vielleicht war so das Leben. Diese Momente von Herzschmerz, die sie durchleben musste, ob sie wollte oder nicht. Sie nicht zu beachten, war sogar noch schwieriger.

Sie glitt mit ihren Händen an seiner Seite und seinem breiten Rücken hinauf; dabei brachte sie sie näher zusammen, als er sie ganz in seine Arme schloss. Sie küssten sich, taumelten durchs Wohnzimmer und stießen an Grenzen—im buchstäblichen Sinn—bis sie das drängende Verlangen nicht mehr aushalten konnte und ihre Hüften an seine presste.

Was dachte er? Was fühlte er? Hatte er absichtlich die Worte ‚Liebe machen' benutzt anstatt ‚Sex haben'? Erkannte er an, dass er Gefühle für sie hatte?

Sie entzog sich ihm, um ihn anzuschauen, um seine Augen zu durchforschen und seine Absichten zu lesen, aber sie konnte es nicht sagen. Er zog sie wieder heran, ließ seinen Mund auf ihren Hals fallen, und sie stöhnte auf.

Cole küsste am Ausschnitt ihres Shirts entlang, bevor er es ihr auszog, dann legte er Spuren von Küssen um ihren BH. Mit seinen Fingern spurte er ihre Haut nach, ließ an diversen Stellen mal hier, mal dort Küsse fallen, und führte sie so zu seinem Schlafzimmer und zu seinem Bett, das immer noch mit den Laken von letzter Nacht bezogen war.

Als sie rückwärts auf das Bett fiel, kniete er sich über sie und küsste eine Linie über ihren Bauch, knapp oberhalb ihrer Jeans. Jill sehnte sich bereits nach ihm, stützte sich auf ihren Ellbogen auf und sah zu, wie er den Reißverschluss mit den Zähnen öffnete. Er zog die offene Jeans ein wenig hinunter, dann vagabundierte er mit seinem Mund über den unteren Teil ihres Bauches. Kreisend liebkoste seine Zunge ihren Unterleib. Kurz hielt er inne, um langsam ihre Jeans herunterzuziehen. Sein Mund folgte, schmeckte jeden Zentimeter von ihr. Sie konnte sich kaum mehr stillhalten und wand und drehte sich vor Begierde.

Trotz ihres Flehens, Wimmerns und Stöhnens, nahm Cole sich viel Zeit, um sie zu reizen, zu locken, zu foltern. Nachdem er ihre Beine eine gefühlte Ewigkeit lang geküsst hatte, machte er sich endlich auf den Weg zu ihrem Slip, zog ihn halbwegs mit seinen Zähnen hinunter und knetete ihre sensiblen Stellen mit seinen Fingern durch den Stoff. Sie hob sich seinem Mund entgegen, da sie mehr wollte. Sie wollte ihre Kleidung los sein. Sie wollte, dass er Liebe mit ihr machte, stundenlang.

Schon an die Grenze gebracht, packte sie sein Haar und schlang ihre Beine um seinen Oberkörper. Endlich entfernte er ihren Slip komplett. Als sie nackt war, setzte sie sich auf, um ihm seine Kleidung auszuziehen, doch Cole konnte ihre Gedanken lesen und zog sein Shirt selbst aus.

Sie erwartete, dass er sogleich wieder zu ihr zurückkommen würde, aber stattdessen verharrte er, um ihren Anblick in sich aufzunehmen. Dabei hob und senkte sich sein Brustkorb so schnell, als würde er rennen. Er war auch ein prachtvoller Anblick—so muskulös gebaut und voll kunstvoller Tattoos. In dem Wissen, dass sie diese Chance vielleicht nie mehr wieder hatte, prägte sie sich sein Bild genauestens ein.

Schließlich zog er seine Jeans aus und krabbelte nackt auf sie, um ihr Mund-zu-Mund zu begegnen für einen langen, ungestümen Kuss. Jills Körper erbebte für ihn, aber Cole küsste sie immer noch und hielt sie fest umschlungen.

„Ich will, dass du dies im Gedächtnis behältst", flüsterte er in ihr Ohr. „Ich will, dass du *mich* im Gedächtnis behältst."

Oh ja, das würde sie bestimmt! Aber würde er sie im Gedächtnis behalten?

Sie gelobte sich, dass sie ihn dazu bringen würde, dass er sie im Gedächtnis behielt, indem sie einen wunderbaren, für ewig andauernden Eindruck auf ihn machen würde. Verführerisch öffnete sie ihre Beine, lud ihn in sich ein, und er schlüpfte in sie hinein, sandte an ihrem Körper Wellen des Vergnügens hinauf, die bis zur Belastungsgrenze anschwollen. Sie packte ihn fester und enger als je zuvor. „Cole!" Sie fiel auf dem Bett zurück, keuchend und jeden letzten Moment in seiner Fülle auskostend.

Als Jill die Augen wieder aufschlug, verharrte Cole schwebend über ihr mit einem breiten Lächeln. „Die Nacht ist noch jung, Jill. Und ich habe vor, aus jeder Sekunde das Beste herauszuholen."

„Ich will, dass du das tust", sagte sie, drehte ihn mit einer schnellen Bewegung um, setzte sich rittlings auf ihn und genoss sein überrascht-ehrfürchtiges Lächeln. „Aus jeder einzelnen kostbaren Sekunde!"

KAPITEL VIERZEHN

DAS WECKSIGNAL VON COLES WECKER endete gerade, als das Sonnenlicht begann, durch die Jalousien zu dringen. Cole blinzelte schlaftrunken und tastete mit seiner Hand über das Bett. Es war leer.

„Jill?"

Er fuhr hoch und sah sich in der frühen Morgendämmerung um. War sie im Badezimmer oder war sie bereits . . . gegangen? Er spähte auf den Fußboden. Jills Kleidung war weg. Cole stieß einen Atemzug aus, unsicher, was sein Herz fühlte. Er hatte Jill nur einige Tage gekannt. Wie war es möglich, dass sich eine Frau so tief in seinem Inneren verankert hatte?

Er versuchte, sich selbst das ins Gedächtnis zu rufen, wovon er wusste, dass es intelligent war—*hänge dich nicht zu sehr an irgendjemanden! Du willst nicht durch Verantwortung an jemanden gebunden sein, gerade wenn du die Gelegenheit hast, wieder komplette Freiheit zu erleben.* Aber eine bohrende Tatsache blieb bestehen—

Er wollte Freiheit, aber er wollte auch Jill.

Er ließ sich in die Kissen fallen und machte sich deutlich, dass sie in verschiedenen Welten lebten mit verschiedenen Lebensstilen. Jill ging völlig in ihrer Arbeit in der Kindertagesstätte auf, die sie mit ihrer Geschäftspartnerin führte. Deshalb bezweifelte er, dass sie in Betracht ziehen würde, umzuziehen. Warum sollte sie das überhaupt für ihn tun? Er war ein rücksichtsloser Biker, der Mädchen in Bars aufriss und sich von ihnen trösten ließ, wenn er

Trost nötig hatte, doch er war zu egoistisch, um sein Leben zu ändern und ihnen mehr Raum geben zu können.

Nein, Jill hatte die kluge Entscheidung getroffen und ihn losgeschnitten. *Gutes Mädchen, Jill!*

Mehrere Stunden später warf er einen letzten, verweilenden Blick durch das leere Haus, dann schloss er schweren Herzens die Tür. *Du wirst mir fehlen, Mam!* Das Gefühl, etwas geschafft zu haben, tröstete ihn etwas. Er hatte es vollbracht; er war hergekommen und hatte sich um die Dinge gekümmert, mit Jills Hilfe.

Und sie würde ihm auch fehlen!

Die Umzugsmänner transportierten die letzten Kartons ab, die Cole für sie bereitgestellt hatte. Er schnappte sich seine Schlüssel, bereit, sich zu seiner Harley zu begeben, als er sah, dass Jill gerade einige Topfpflanzen auf ihrem Eingangsvorplatz goss. Freude durchzuckte sein Herz. „Guten Morgen!"

Jill versteifte sich und warf ihm ein mattes Lächeln zu. „Du bist auf dem Weg?", fragte sie höflich.

So würde sie also mit der Sache zurechtkommen. Sie würde so tun, als würde seine Abreise keine Bedeutung haben. Als wäre ihre gemeinsame Zeit bereits vergessen.

„Ja, es geht los", sagte er und deutete auf den Umzugslieferwagen. „Aber ich möchte dir danken. Für alles."

„Wie ich bereits gesagt habe, es war mir ein Vergnügen."

„Jill . . ." Er seufzte. Verlegen strich er sich durchs Haar, überquerte die Rasenflächen und hielt einige Meter vor ihr an. „Du hast keine Vorstellung, wie sehr du mir geholfen hast."

Das war zwar nicht genau das, was er ihr sagen wollte, aber es war ein Anfang. Doch er brachte nichts Weiteres heraus. Beide standen sie in peinlichem Schweigen da und sahen einander an, wie unglücklich jeder von ihnen war. Schließlich stellte Jill ihre Gießkanne ab und trat auf ihn zu. Er kam ihr auf halbem Weg entgegen und schlang seine Arme um sie, zog sie nah an sich und inhalierte ihren einzigartigen, lieblichen Duft. Er hielt sie eng umschlungen und wollte sie nicht gehen lassen. Sie machte auch keinen Schritt weg von ihm.

„Hör mal", sagte sie an seinem Hals. „Ich weiß, dass du sehr beschäftigt sein wirst mit deiner neuen Zweigstelle in San Francisco, aber vielleicht könnten wir uns doch gelegentlich sehen, wenn du etwas Freizeit hast."

Cole versteifte sich. Natürlich wollte er sie wiedersehen. Eine Menge Leute führten Fernbeziehungen. Wenn es bei anderen funktionierte, warum nicht auch bei ihnen? Dennoch nagte etwas an ihm, beharrte darauf, dass dies nicht klug wäre. Bei Jill würde es darauf hinauslaufen, dass sie mehr wollen würde, und das sollte sie auch, denn sie verdiente es. Aber er würde nicht imstande sein, ihr das zu geben, was sie brauchte. Nein, sie verdiente einen Mann, der sie zum Zentrum seines Universums machen würde, einen Mann, der sie nicht wegen der beruflichen Karriere verlassen würde oder um auf den Straßen dieser Welt irgendeinem schurkischen Wind nachzujagen.

Er konnte—würde—ihr das nicht antun!

Bei Jill würde das darauf hinauslaufen, dass sie ihm dies für alle Zeit krummnehmen würde.

Jill lockerte ihre Umklammerung und lehnte sich zurück, um seine Reaktion abzuschätzen. Er schüttelte den Kopf. „Jill, ich will mehr Zeit mit dir verbringen. Natürlich will ich das. Aber es ist bloß so . . . ich werde zu beschäftigt sein, als dass ich dir die Zeit und Aufmerksamkeit geben könnte, die du verdienst. Das verstehst du, nicht wahr?"

Hinter ihnen fiel eine Autotür zu, gefolgt vom Ruf eines kleinen Jungen. Cole blickte auf und sah, wie Stanley den Weg zum Haus lief, während dessen Vater auf der anderen Seite des Autos stand und sie beide über das Autodach hinweg anstarrte.

„Klar." Jill nickte. Auf einmal klangen ihre Worte kurz und bündig. „Natürlich hast du Recht." Mit einigen schnellen Schritten entfernte sie sich von ihm. „Pass auf dich auf, Cole!"

Sein Herz krampfte sich zusammen, als er zusah, wie sie Stanley an der Hand nahm und auf das Haus zuging, ohne sich noch einmal umzuschauen. Er konnte nichts tun, nichts sagen. Konnte nur zusehen, wie sie drinnen verschwand und die Tür hinter sich schloss.

∽⧉∾

DRINNEN ANGEKOMMEN, BLINZELTE JILL HEK-TISCH-VERZWEIFELT die aufsteigenden Tränen weg und versuchte, ihrer Stimme einen vergnügten Tonfall zu geben, als sie mit Stanley sprach. Dann klopfte jemand an die Tür. *Cole!* dachte sie, und ihr Herz setzte einige Schläge aus wegen der unendlichen Möglichkeiten. Hatte er seinen Entschluss geändert?

Sei keine Närrin, Jill! sagte sie sich.

Sie hatte sich bloßgestellt, indem sie eine Frage aufgebracht hatte in der Hoffnung, er könnte sie in Betracht ziehen, aber er hatte sie abgeschossen und ihr dabei genau gezeigt, wo sie mit ihm stand. Sie war für ihn eine Gelegenheit gewesen, etwas Spaß zu haben, jemand, der ihm durch eine schwierige Zeit geholfen hatte, aber jetzt kehrte er wieder in sein wirkliches Leben zurück, ein Leben, das sie nicht miteinschloss.

Als Jill durch den Türspion blickte, sah sie Jason, Stanleys Vater. Sie setzte ein höfliches Lächeln auf, ehe sie die Tür aufmachte.

„Guten Morgen", sagte Jason und spähte herein.

„Hallo! Hat Stanley etwas vergessen?"

Er trat einen Schritt ins Haus, und instinktiv trat sie einen Schritt zurück.

„Ich fragte mich, ob Sie vielleicht gerne einmal mit mir zu Abend essen würden? Ob sie sich gerne verabreden würden?", sagte er.

Jill blickte auf Stanley, der sich an einen Kindertisch gesetzt hatte und zeichnete. „Ich bedaure, Jason", sagte sie endlich, „aber ich bin mit jemandem zusammen." *Zumindest war es bis vor einigen Stunden noch so.*

Jason legte die Stirn in Falten. „Etwa mit dem Typen von nebenan? Der Motorradfahrer, über den Stanley dauernd redet?"

„Ich bedaure. Aber ich möchte nicht mein Privatleben mit Ihnen diskutieren. Vielen Dank für die Einladung, aber Stanley und ich sollten uns jetzt auf die Ankunft der anderen Kinder vorbereiten."

Anstatt zu gehen, starrte er sie weiterhin an, was ihr Herz zum Rasen brachte. Nervös leckte sie an ihrer Lippe und fluchte im Stillen, als Jasons Blick der Bewegung folgte.

„Ja, okay", sagte Jason schließlich. „Dann bis später."

„Klingt gut." Jill wandte sich ab und schloss die Tür. „Hey, kleiner Spitzbube! Bist du bereit für ein paar Pfannkuchen?", sagte sie zu Stanley, als gerade wieder die Türglocke ertönte. Gott sei Dank war es diesmal Anaya und ihre Mutter.

Der Tag verging wie im Flug, war ein Wirbelsturm von Aktivitäten und hielt Jill damit so beschäftigt, dass sie die Gedanken an Cole auf ein Minimum beschränken musste.

Später, nachdem alle Kinder wieder abgeholt waren, nahm Liz sie an der Hand und führte sie zum Sofa. „Erzähl's mir!", bat sie sanft.

Jill lächelte traurig. „Er ist weg. Umso besser. Er fängt mit einem neuen Auftrag in L.A. an und macht dann gleich weiter mit seinen Plänen, nach San Francisco zu ziehen."

„Er könnte zurückkommen. Ihr beide könntet . . ."

Ihre Worte verebbten. Jill schüttelte den Kopf und presste ihre Lippen aufeinander, um nicht zu loszuheulen. Ihr betrübter Gesichtsausdruck sprach Bände, und in ihren Augen glitzerten Tränen.

„Ach Schätzchen, es tut mir so leid", sagte Liz. Sie umarmte Jill und tätschelte ihr den Rücken.

Mehrere Sekunden lang erwiderte Jill die Umarmung ihrer

Freundin, dann zog sie sich zurück. „Er war von Anfang an ehrlich zu mir. Ich kann ihm nichts vorwerfen."

„Trotzdem ist es übel. Trotzdem schmerzt es. Und es bringt mich dazu, ihm Zucker in den Benzintank seines Bikes füllen zu wollen."

Jill lachte. „Genau!" Sie faltete, entfaltete und faltete wieder die Serviette in ihrer Hand zusammen, während sie überlegte, wie sie nun weitermachen sollte.

„Also was jetzt?", fragte Liz, als könnte sie Gedanken lesen.

Jill holte tief Luft. „Kino vielleicht? Etwas Zeit unter Frauen ist wahrscheinlich genau das, was ich jetzt brauche."

Liz lächelte. „Natürlich, Schätzchen. Geht auf mich."

Stunden später hatte sie der Kinofilm über ein außerirdisches Raumschiff, das in einem Vorort von Florida entdeckt wurde, von ihren Sorgen abgelenkt. Jill und Liz kehrten zum Abschluss des Abends in einer anderen Bar ein als in der, wo ihre Sorgen überhaupt erst ihren Anfang genommen hatten. Dennoch war schon die vergleichbare Atmosphäre genug, um die Erinnerungen an jenen verhängnisvollen Abend wieder an die Oberfläche zu bringen.

Da Jill an diesem Abend nicht gerade die fröhlichste Gesellschafterin war, trennte sie sich bald und ließ Liz nach Hause gehen. Doch Jill war noch nicht bereit dazu, auch nach Hause zu gehen, und sie brauchte sowieso noch einige Lebensmittel. Eine weitere Stunde später, Mission fast erfolgreich beendet, machte sich Jill auf den Heimweg. Nachdem sie die Vorräte in der Küche verstaut hatte, begab sie sich direkt ins Schlafzimmer, dann ins Bad, schaltete das Licht an und . . .

Irgendjemand stieß sie brutal. Sie schrie auf und flüchtete seitwärts, knallte an die Waschtischplatte, prallte ab und schlug seitlich auf dem Fußboden auf. Stechender Schmerz schoss durch ihr Gesicht und durch ihren Arm.

Der Raum drehte sich. Sie versuchte, sich aufzuraffen.

Versuchte, sich zu verteidigen und von der Tür wegzurutschen. Aber ihr Körper war wie gelähmt. Irgendetwas krachte vom Regal herunter, und eine Tür fiel zu. Jill hielt den Atem an und lauschte eine gefühlte Ewigkeit lang. Als klar wurde, dass der Eindringling verschwunden war, gelang es ihr, ihr Handy hervorzukramen und mit zitternden Fingern die Notrufnummer 911 zu wählen.

Doch sogar jetzt konnte sie nur an ihn denken. Lieber als die Polizei, lieber als irgendjemand anderen hätte sie jetzt gerne genau eine bestimmte Person an ihrer Seite—Cole!

KAPITEL FÜNFZEHN

NACHDEM COLE DAS HAUS SEINER Mam und Jill hinter sich gelassen hatte, verbrachte er den Tag zu Hause in seinem Apartment, wo er Senator Taylor und den Lageplan des Staples Centers recherchierte. Er hätte auch ins Büro gehen können, aber er wusste, dass ihn die Erinnerungen an Jill, wie sie auf seinem Schreibtisch ausgebreitet lag, heimsuchen würden, und dafür war er noch nicht so ganz bereit. Egal. Auch in seinem eigenen Apartment, wo Jill nie gewesen war, plagten ihn Gedanken an sie. Das ging soweit, dass er sogar in der Gestalt seines Lieblingsgemäldes ihre Figur und ihr Gesicht sah und sie minutenlang anstarrte wie ein liebestrunkener Narr.

Als er für das Treffen mit dem Senator um acht Uhr vormittags das Gebäude verließ, dachte er wieder an Jill. Während er mit seinem Motorrad durch die Stadt fuhr, stellte er sich vor, Jill auf dem Sitz hinter sich dabeizuhaben. Ihr hatte es so sehr gefallen, mitzufahren. Er konnte immer noch ihr glückliches Kreischen hören, wenn er die Kurven scharf und eng nahm. Aber er musste unbedingt aufhören, an sie zu denken. Er musste seinen Kopf wieder auf die Arbeit lenken, den Auftrag an Land ziehen und mit seiner Zweigstelleneröffnung in San Francisco weitermachen. Und das Ganze würde er so arrangieren, dass freie Zeit für die RIDE HOME-Tour herausspringen würde.

Zum ersten Mal seit der Trennung von Jill empfand er kribbelndes Interesse an etwas Anderem als an ihr. Wochenlang mit seinen Freunden dahinzubrausen ohne Verantwortung tragen oder schwierige Entscheidungen treffen zu müssen, würde unglaublich schön sein. Er brauchte etwas, worauf er sich freuen konnte.

Er stellte sein Bike in einem Parkhaus ab und ging zwei Querstraßen weiter bis zum HILTON in der Grand Avenue. Als er die Lobby betrat, hielt eine Frau in einem schwarzen Kleid und Stöckelschuhen auf ihrem Weg in die Bar inne, musterte ihn von oben bis unten und taxierte seinen in einem geschäftsmäßigen Anzug gekleideten Körper. Anerkennend zog sie eine Augenbraue hoch und stellte sich ihm direkt in den Weg. Sie war schlank, hatte welliges, langes, dunkles Haar, das ihn an Jills Haar erinnerte. Eine Geschäftsfrau, noch dazu eine erfolgreiche, ihrem Designerkleid und ihren teuren Designerschuhen nach zu urteilen.

Cole verlangsamte sein Tempo. Sie wartete auf ein Zeichen— ein unmerkliches Lächeln oder Nicken. Aber er setzte einfach seinen Weg an ihr vorbei fort. Eine andere Frau interessierte ihn nicht. Er würde sie sowieso nur mit Jill vergleichen, und diese Erkenntnis brachte ihn abrupt zum Stillstand. Er merkte, dass er seine Entscheidung, Jill nicht mehr sehen zu wollen, überdachte. Erneut überdachte. Vielleicht hatte er einen Fehler gemacht. Vielleicht—

Er schüttelte den Gedanken ab. *Lass das sein, Cole! Konzentrier dich lieber aufs Geschäftliche!* Ein einfaches Leben, frei von Bindungen. Wer weiß, welche Abenteuer ihn in San Francisco und darüber hinaus erwarteten? Er wollte die Welt erforschen, den Wind im Gesicht spüren, wenn er in Freiheit auf offener Straße Motorrad fuhr. Genau das hatte er sein ganzes Leben lang gewollt und endlich hatte er die Gelegenheit dazu. Wenn er anfing, für Jill Kompromisse zu machen, würde das nur darauf hinauslaufen, dass er sie enttäuschte.

Mit fest entschlossenem Gesichtsausdruck begab er sich zum

Aufzug und fuhr in die oberste Etage. Er machte das Penthouse ausfindig und klopfte an die Tür. Einige Sekunden später wurde Cole in den Wohnbereich hineingeleitet, wo er stehenblieb.

„Na dann, guten Morgen!"

Cole blickte auf und sah sich einem elegant gekleideten, sportlichen Mann mittleren Alters gegenüber mit perfekt frisiertem, silbergrauem Haar, der im Türdurchgang zum Schlafzimmer stand.

„Guten Morgen. Ich bin Cole Novak." Er streckte seine Hand aus.

Der Mann trat vor und schüttelte ihm die Hand. „Leonard Taylor. Ich bin erfreut, Sie kennenzulernen, Cole. Ich habe großartige Dinge von Ihnen gehört."

„Vielen Dank, Sir. Ich bin auch erfreut, Sie kennenzulernen."

„Leonard genügt vollkommen, wenn wir unter uns sind."

„Ja, Sir", erwiderte Cole.

Senator Taylor grinste. Wenigstens hatte der Kerl Sinn für Humor. Cole mochte ihn sofort, und während der nächsten halben Stunde besprachen sie den Job. Einmal bot Taylor an, Frühstück zu bestellen, doch Cole lehnte höflich ab.

„Sind Sie sicher? Ein Mann braucht seine Proteine. Ihrem Aussehen nach zu urteilen, werden Sie sie wegtrainiert haben, ehe die Woche um ist."

Cole grinste. „Ja, Sir. Sie sehen aber auch nicht so aus, als wären Ihnen Fitness-Studios fremd."

„In jungen Jahren war ich viel in Fitness-Studios. Jetzt bevorzuge ich meine morgendlichen Läufe, wenn ich zu Hause bin."

„Ist Ihr Zuhause in Sacramento?", fragte Cole.

„Das ist mein Hauptwohnsitz. Aber ich habe auch einen Zweitwohnsitz in Orange County. Normalerweise halte ich mich dort auf, während ich in der Stadt bin, aber momentan wird das Haus renoviert, deshalb war es nicht fertig für mich. Ich wuchs in Orange County auf. Im Herzen bin ich ein Südkalifornier.

Dodgers-Fan. Absolvent der Universität von Südkalifornien. La-
kers-Fan auf ganzer Linie."

„Da bin ich voll bei Ihnen", sagte Cole nickend.

„Sie sind also auch hier aufgewachsen?", fragte ihn der Senator.

„Ja, Sir", erwiderte Cole. „Allerdings in Glendale, nicht in
Orange", fügte er erklärend hinzu.

„Haben Sie noch Familie in L.A.?"

„Nein, Sir", sagte Cole.

„Nicht einmal ein Mädchen, eine Freundin?" Der Senator hielt
inne und schüttelte den Kopf. „Ich schätze, das ist jetzt etwas zu
persönlich für den ersten Tag, aber der Ausdruck in Ihrem Gesicht sagt alles."

Welcher Ausdruck? Cole runzelte die Stirn, wollte nicht mit
einem Fremden über Jill sprechen, ganz egal wie sehr er Taylor
auch mochte.

„Vergeben Sie mir! Ich fühle mich heute nur etwas nostal-
gisch. Ich hatte einmal eine wunderbare Frau in meinem Leben,
eigentlich sogar zwei. Eine verlor ich durch Scheidung. Die andere durch . . . die Umstände. Und durch meine eigene Feigheit. Ich
weiß nicht, warum ich Ihnen das alles eigentlich erzähle", fügte
er mit einem bittersüßen Lachen hinzu. „Die Lebenserfahrung
hat mir eine Lektion erteilt, wenn auch etwas spät. Folge deinem
Herzen! Zur Hölle mit Angst, Sorge oder Stolz!"

Die Wendung, die dieses Gespräch genommen hatte, erschien
Cole reichlich ungewöhnlich. Genau wie die Art und Weise, wie
Taylor ihn erwartungsvoll anstarrte. Als würde er *wirklich* wollen,
dass Cole seine Botschaft verstand und sie anwendete. Wenn Cole
es nicht besser wüsste, würde er glauben, der Senator sprach mit
ihm über Jill im Besonderen. Aber das war unmöglich. Außerdem
durfte man, auch wenn man seinem Herzen folgte, die Vernunft
nicht außer Acht lassen. Und man musste auch die Risiken und
Vorteile, die so ein Schritt für alle beteiligten Personen mit sich
brächte, sorgfältig abwägen. „Richtig. Klug gesprochen, Sir." Cole

erhob sich. „Ja, es war mir ein Vergnügen, mit Ihnen zu sprechen. Wenn Sie sich entscheiden, dass FRONTLINE der richtige Ansprechpartner für diesen Job ist—"

„Das habe ich bereits entschieden." Der Senator lächelte. „Ich würde sehr gerne mit Ihnen zusammenarbeiten, Cole."

Cole lächelte, und obwohl er sich viel glücklicher schätzen sollte als er es tatsächlich tat, konnte er sich selbst nicht dazu bringen, sich voll und ganz so zu fühlen. In der Lobby summte Coles Handy. Er sah kurz auf das Display und fuhr zusammen, als er Jills Nummer erkannte. Er antwortete augenblicklich. „Jill?"

„Hier ist Liz", sagte eine Frauenstimme—Jills Geschäftspartnerin, wie er sich erinnerte. „Jill ist im Krankenhaus. Jemand ist in der Tagesstätte eingebrochen, in ihr Haus . . ."

Cole brauchte einen Moment, um die rasende Wut, die seinen Verstand und seinen Körper überflutete, einzudämmen. Doch nachdem er von Liz so viel Information erfahren hatte wie möglich, brauste er sogleich mit seiner Maschine schneller los als erlaubt. Wie mit einem Rennmotorrad bretterte er durch die Straßen.

KAPITEL SECHZEHN

„WAS HAST DU GETAN?", KRÄCHZTE Jill entgeistert. „Warum hast du Cole angerufen?"

Ihr tat ihr Körper an sämtlichen Stellen weh, aber nun stach ein anderer Schmerz direkt in ihr Herz.

„Jill, er sorgt sich um dich", sagte Liz. „Er wollte kommen."

Was?

„Er kommt hierher ins Krankenhaus?", rief Jill entgeistert. Sie fühlte sich miserabel. Höchstwahrscheinlich sah sie auch miserabel aus. Sie hatte sich noch nicht selbst im Spiegel gesehen, aber in ihrem Körper und Kopf pochte es ununterbrochen stark trotz aller Schmerzmittel, die die Ärzte ihr gegeben hatten.

Es war eine sehr lange Nacht gewesen. Ihr Kopf war bereits in der Röhre durchgecheckt und ihr Arm geröntgt worden. Der Arm war schlimm verletzt, aber nicht gebrochen. Jill hatte eine leichte Gehirnerschütterung und musste deshalb zur Beobachtung in der Klinik bleiben.

„Konntest du die Eltern aller Kinder benachrichtigen?", fragte Jill Liz.

„Ja. Ich hab ihnen nicht gesagt, was genau passiert ist, bloß dass wir wegen eines Notfalls einen Tag schließen müssen."

Jill seufzte und schloss die Augen. Am liebsten wäre sie vor allem davongelaufen. Normalerweise packte sie Probleme direkt an. Aber diesmal? Sie fühlte sich schwer beeinträchtigt. Sie war gewalttätig bedrängt worden. Und so sehr sie es auch eigentlich nicht zugeben wollte, sie hatte Angst. Sie fühlte sich in ihrem eigenen Haus nicht mehr sicher. Das war wirklich schlimm! Sie hatte in diesem Haus ein glückliches Leben aufgebaut, Kekse gebacken, Kindern etwas beigebracht und mit ihnen gespielt, sogar mit Cole da geschlafen . . .

Ihre Gedanken begannen abzuschweifen.

„Jill?" Liz' Stimme klang seltsam, irgendwie anders.

„Hmm?" Jill wandte sich der Stimme zu, und im schwachen Licht des Zimmers sah sie eine groß gewachsene, breite Gestalt in einem Anzug. Zuerst meinte sie, sie träumte, aber es war tatsächlich Cole, der am Ende ihres Bettes stand und sie ungläubig anstarrte.

Liz verließ leise das Zimmer.

„Du hättest nicht kommen brauchen", flüsterte Jill.

Kopfschüttelnd kam er näher und zog einen Stuhl heran, um sich neben sie zu setzen. „Gewiss doch", sagte er. „Ich wollte kommen."

„Aber was ist mit deinem Meeting?"

„Als ich Liz' Anruf bekam, war ich gerade fertig", murmelte er, während er die Hand auf seinem Schoß zu einer Faust ballte.

„Cole, das sind nur ein paar Schrammen."

„Das sind nicht nur Schrammen! Das war dein Zuhause, deine Sicherheit. Dein Unternehmen. Ich hätte nicht abfahren sollen . . ." Er schüttelte den Kopf und wandte sein Gesicht ab.

„Was meinst du? Warum solltest du dich deswegen schuldig fühlen?"

Cole nahm ihre Hand, hob sie an seine Lippen, drückte einen Kuss auf jeden Fingerknöchel und dann ihre ganze Hand an seinen Mund. „Es ist . . . es tut mir so leid, dass du verletzt wurdest."

Jill sog einen schnellen, zittrigen Atemzug ein. „Cole . . ."

„Schsch, es ist okay." Beruhigend strich er ihr das Haar aus dem Gesicht. Diese Geste brachte sie dazu, die Augen zu schließen. Sie wurde wieder schläfrig. „Es ist okay, Jill. Du kannst dich ausruhen. Mach dir keine Sorgen um gar nichts! Ich bin hier. Und ich werde nirgends hingehen!"

COLE SAH ZU, WIE SICH Jills Gesichtsmuskulatur entspannte. Er lauschte ihren Atemzügen, die immer gleichmäßiger wurden. Er hielt nach wie vor ihre Hand fest und wünschte sich, er könne ihre Verletzungen wegküssen. Im Schlaf sah Jill wunderschön aus, aber es schmerzte ihn, diese purpurfarbenen Wunden auf der einen Seite ihres Gesichts zu sehen. Ihr linkes Auge war schwarz und geschwollen, was ihm ein Gefühl der Übelkeit verursachte. Ihr linker Arm befand sich in einer Schlinge, um ihn ruhigzustellen.

Jill sah wie eine Porzellanpuppe aus, eine, die er zerbrechen würde, wenn er nur an sie stoßen würde. Ihre Hand fühlte sich in seiner so zart und zerbrechlich an. Wie konnte jemand bloß so etwas tun? Ein Gefühl der Wut stieg in ihm auf, und er musste tiefe, gleichmäßige Atemzüge holen, um sich zu beherrschen.

Sein Handy summte. Er warf einen Blick darauf und sah, dass es Luke war, der anrief. „Hallo?"

„Hey, Mann", platzte Luke sofort los. „Ist mit Jill alles okay?"

Nach Liz' vorherigem Anruf hatte Cole Luke angerufen, um ihm von dem Einbruch zu berichten, doch zu jenem Zeitpunkt hatte er noch nicht viel gewusst.

„Warte mal eine Sekunde!", sagte Cole und verließ das Zimmer, damit er Jill beim Schlafen nicht störte. „Sie hat keine schwere Gehirnerschütterung und keine gebrochenen Knochen, aber sie ist überall schwarz und blau."

„Oh Gott, das tut mir leid, Mann. Irgendwelche Spuren?"

„Nein, aber es gab da so einen Vater von einem Kind, das dort betreut wurde, der stark an Jill interessiert zu sein schien. Den werde ich mal überprüfen. Und Luke?"

„Ja, Kumpel?"

„Ich werde nicht von ihrer Seite weichen, bis ich weiß, dass sie in Sicherheit ist", sagte Cole.

Nach einer geraumen Weile Stille in der Leitung sagte Luke: „Ich werde den Senator fragen, ob er auch einen anderen Bewacher akzeptiert, da du momentan nicht verfügbar bist."

„Danke."

„Geht es dir gut, Mann?"

„Ich . . . ich weiß nicht." Cole tigerte fünf Meter bis in die andere Ecke und wieder zurück. „Ich komme schwer damit zurecht. Ich hätte etwas tun sollen, um dies zu verhindern."

„Cole, du hast es nicht geahnt. Wenn du es gewusst hättest, hättest du sie niemals alleine gelassen."

Wahr! Aber genau wie bei seiner Mam, war er nicht da gewesen, als Jill ihn am meisten gebraucht hatte. „Eben, deswegen bleibe ich jetzt ganz nah bei Jill. Ich will nicht, dass sie allein ist, wenn die Chance besteht, dass irgendwer da draußen ist, der zurückkommen und sie verletzen könnte."

„Nun gut, mach dir keine Sorgen um die Dinge hier. Wir haben alles unter Kontrolle. Nimm dir so viel Zeit wie du brauchst, okay?"

„Danke, Mann." Cole verabschiedete sich und begab sich wieder an Jills Bett.

Liz kam direkt hinter ihm ins Zimmer, und sie nickten einander zu. Liz setzte sich an die andere Seite des Bettes. „Scheint so, als würden wir uns alle etwas schuldig deswegen fühlen", meinte sie ruhig.

Cole nickte, froh, das ihn jemand verstand.

„Es war nicht beabsichtigt, aber ich habe einen Teil der Unterhaltung gehört. Du willst also bei ihr bleiben?"

„Ja. Wir werden auch die Sicherheit des Hauses erhöhen, indem wir ein paar Investitionen tätigen, um sicherzustellen, dass alle sicher sein können, ehe ihr eure Türen wieder öffnet."

Liz lächelte leicht.

„Was?", fragte Cole, verwirrt durch ihren Gesichtsausdruck.

„Du hast *wir* gesagt. *Wir* werden die Sicherheit erhöhen. Seid ihr, du und Jill, nun ein ‚wir'?"

Cole blieb still, da er nicht wusste, wie er reagieren sollte.

Liz sah innerlich zerrissen aus. „Sie mag dich wirklich, weißt du. Es hat ihr wehgetan, als du sie verlassen hast."

Coles Kieferpartie verkrampfte sich. „Es hat mir auch wehgetan, sie zu verlassen. Momentan bin ich nicht auf der Höhe der Zeit. Ich weiß nicht, was auf lange Sicht das Richtige für uns beide ist. Aber ich bin mir nicht im Unklaren, was momentan das Richtige ist. Ich werde sie nicht verlassen, bis ich weiß, dass sie—und du—also ihr sicher seid."

Liz blickte forschend in sein Gesicht, ehe sie nickte. „Okay."

Cole sah ihr nach, als sie ging, dann setzte er sich wieder an Jills Bettseite. Jill ruhte friedlich, doch manchmal wand und drehte sie sich und stöhnte auf. „Hey, schsch, alles ist in Ordnung. Ich bin hier . . ." Cole nahm ihre Hand und beobachtete sie im Schlaf, bis sie sich eine halbe Stunde später wieder rührte. Als sie die Augen aufschlug, beugte er sich zu ihr und flüsterte: „‚Morgen!"

„Morgen?"

„Naja, eher Nachmittag, schätze ich." Er wollte sie etwas zum Lachen bringen, um sie aufzuheitern.

Jill brachte ihren geschwollenen Mund kaum dazu, sich zu etwas, das einem Lächeln ähnelte, zu verziehen. „Cole . . ."

„Es tut mir so leid, dass ich nicht da war."

„Es ist nicht deine Schuld", sagte sie und schloss wieder die Augen. Die Medizin machte sie benommen.

Andererseits fühlte es sich wie seine Schuld an. Leute zu beschützen war sein Job!

Jill zu beschützen erst recht.

KAPITEL SIEBZEHN

J ILL SOLLTE GERADE ENTLASSEN WERDEN, als Cole ihr
sagte, sie sollte nicht in ihr Haus zurückkehren. „Es ist nicht
sicher, dorthin zurückzugehen. Nicht bis wir Antworten haben.
Was ist, wenn es kein zufälliger Einbruch war? Was ist, wenn jemand dein Haus beobachtet oder wenn es ein Stalker ist, der es
auf dich abgesehen hat?" Er nahm ihre Hand. „Ich will dir keine
Angst einjagen, Jill, aber ich will, dass du mit mir kommst."

„Du meinst in Stellas Haus?"

Das konnte sie nicht tun. Mit ihnen war es vorbei. Ja, er war
ins Krankenhaus gekommen, aber sie konnte nicht zulassen, dass
er sein Leben nicht weiterlebte, um sich aus Mitleid oder einem
falschen Gefühl der Verantwortung um sie zu kümmern. Dennoch waren tiefe Besorgnis und echte Sorge in seinen Augen ablesbar. Würde er, nachdem sie sich erholt hatte, weiterhin in ihrer Nähe bleiben wollen? Würde das so sein, wie wenn man ein
Pflaster ganz langsam abziehen würde, anstatt mit einem Ruck?
Sie hatten das Pflaster bereits einmal mit einem Ruck abgerissen,
aber das zweite Mal könnte es sogar noch schmerzhafter sein.

„Ich werde dich mit in meine Wohnung nehmen. Dort kannst
du dich ausruhen, während ich mit ein paar Männern den Sicherheitsstandard deines Hauses erhöhe."

„Wie viel wird das kosten?"

„Darüber brauchst du dir jetzt keine Sorgen zu machen."

Natürlich sorgte sie sich darum. „Ich werde dir alles bezahlen, welches Sicherheitssystem du auch immer einbaust, Cole. Darüber wird nicht diskutiert."

Mit einem Seufzen nickte Cole. „Du kannst mir die Materialkosten ersetzen. Die Arbeit ist umsonst." Als Jill den Mund aufmachte, um sich zu widersetzen, legte er ihr sanft einen Finger auf die Lippen. „*Darüber* werde ich nicht diskutieren, Jill."

Als er seinen Finger wegnahm, nickte sie, aber seine heiße Berührung hatte einen gewissen Effekt auf sie. „Gut. Aber halten wir uns bitte nicht gegenseitig zum Narren, warum du tatsächlich hier bist, Cole. Wir haben das, was Persönliches zwischen uns war, gestern beendet. Jetzt geht es darum, dass du mich beschützen willst, weil das ein Instinkt ist, den du hast. Und obwohl solch ein Instinkt wunderbar ist, möchte ich nicht, dass irgendeiner von uns beiden wegen dem, was hier vor sich geht, in Verwirrung gestürzt wird."

Cole warf ihr einen Seitenblick zu. „Okay, darin stimme ich dir zu. Ich will dich beschützen. Aber es ist mehr als das. Ich weiß nicht, was ich für dich empfinde, Jill. Ich weiß nicht, was ich deswegen tun soll. Aber ich weiß, ich hätte nicht auf diese Weise weggehen sollen, wie ich es getan habe."

„Hör mir zu! Du kannst dich nicht einfach um mich kümmern, bloß weil du dich schuldig fühlst. Das wird alles nur noch mehr in die Länge ziehen, Cole." Sie versuchte, die Fassung zu bewahren. Es war schon schlimm genug, solch ein ernstes Gespräch in einem Krankenhausnachthemd führen zu müssen. Sie durfte nicht auch noch zu heulen anfangen.

„Glaubst du, dass es so ist?" Er setzte sich aufrechter hin. „Dass ich mich schuldig fühle und deshalb versuche, etwas zu tun, wodurch ich mich besser fühle?"

„Nicht?" Ihre Lautstärke nahm beinahe unmerklich zu.

„Nein. Ich habe einen Fehler gemacht, wegzugehen." Mit einer Hand strich er sich durchs Haar. „Wir kennen uns erst seit einer Woche. Ich war so entschlossen, vor jeder eventuellen

Verpflichtung davonzulaufen. Aber wir wissen doch gar nicht, ob das das ist, was jeder von uns will. Ich kann keine Versprechungen machen, aber warum sollten wir die Anziehung, die zwischen uns besteht, ignorieren? Du warst mutig genug, die Alternative zu sehen. Zu fragen, ob wir uns doch noch weiterhin sehen könnten. Gibt es einen Teil von dir, der das immer noch will?"

In ihrem Herzen wusste sie, die Antwort war sowohl nein als auch ja. Sie wollte ihn nicht eine geraume Zeit sehen, um die Dinge auszutesten. Sie wusste bereits, was sie *wirklich* wollte—eine lange Zukunft mit Cole. Es wäre dumm, zu versuchen, sich etwas anderes einzureden. Bloß weil Cole noch nicht zu derselben Schlussfolgerung gekommen war und vielleicht auch nie dazu kommen würde.

„Ich weiß es nicht, Cole." Jill drückte ihre müden Augen in ihre Handflächen.

„Schon okay. Wir werden dafür sorgen, dass es okay ist. Lass mich nur momentan mich um dich kümmern. Ohne Druck! Ohne Erwartungen." Cole schlüpfte mit einem Arm unter ihre Schultern und hielt sie auf behutsame Weise fest.

„Okay", flüsterte sie schließlich. „Ich werde in deiner Wohnung bleiben."

∽ᘓᕂᕐᖇᕐᖱᘔ∼

„DAS FÜHLT SICH KOMISCH AN." Jill schaute Cole an, der auf dem Fahrersitz ihres kleinen Zweisitzers eingeklemmt saß, den Liz auf dem Krankenhausparkplatz für sie zurückgelassen hatte. Der Duft seines Rasierwassers umgab ihn und ließ Jill etwas leicht-taumelig werden; ob aufgrund der Medikamente oder Coles Körper, dessen war sie sich nicht sicher.

„Mit zu mir zu kommen?", fragte er.

„Nein, in meinem eigenen Auto auf dem Beifahrersitz zu sitzen."

Sie lachten miteinander. Cole fuhr sie durch eine wohlhabende Wohngegend bis zu einem hohen, schlanken Gebäude, das überhaupt nicht so aussah wie die Häuser der Vororte. Er warf sich ihre kleinere Reisetasche über die Schulter. Jill fühlte sich unbelastet, da sie nichts als nur ihre kleine Handtasche trug, schätzte aber seine Hilfe sehr. Mit dem Aufzug fuhren sie in seine Etage.

„Willkommen in meiner Bleibe!" Schwungvoll öffnete Cole die Tür und bat Jill per Handzeichen, einzutreten.

Definitiv die Unterkunft eines Mannes. Ein offener Raum, der Großteil dessen wurde von einem Set von Gewichten beansprucht, sonst kaum weitere Möbel. Eine schwarze Ledercouch stand an einer Wand, einem großen Flachbildschirm gegenüber. Auf der anderen Seite befand sich eine kleine Küche. Jill begab sich weiter in den Raum hinein, schaute sich um und fragte sich, ob sich das für ihn wie ein Zuhause anfühlte. Einzige Dekoration war ein Gemälde, das an die Wand gelehnt stand—es war noch nicht einmal aufgehängt—und eine dunkelhaarige Frau zeigte, die über einen Kaffeetisch gebeugt war. Erstaunt merkte Jill, wem sie ähnlich sah . . .

„Vor einigen Jahren sah ich dieses Bild und musste es einfach haben", erklärte er. „Ich wusste selbst nicht, warum."

Es sah definitiv ihr ähnlich. Erkannte er das?

„Geht es dir gut?", fragte Cole. „Brauchst du eine Schmerztablette?"

Jill schüttelte den Kopf. In ihrem Kopf drehte sich alles ein wenig, aber der Schmerz, der vorhin noch spürbar gewesen war, war glücklicherweise verschwunden.

„Jill?" Cole reckte den Hals, um sie anzuschauen.

„Ich bin bloß schläfrig . . ." sagte sie und fühlte sich auf einmal ganz schwach. Das Zimmer fing an, sich zu drehen. Behutsam nahm Cole sie in die Arme und trug sie in sein Schlafzimmer. Dort lagerte er sie auf ein weiches Kissen und ein perfekt flauschiges Bett. Das Licht ging aus, und sie fiel in einen . . . *Aber ich wollte doch mehr Zeit mit ihm. Keinen Sex, einfach mehr Zeit. Um zu reden. Ihn anzuschauen. Ihn zu halten.*

Alles einzuatmen, was Cole ausmachte.

Und um ihn um sich zu spüren, solange sie konnte.

Bevor es zu spät war.

KAPITEL ACHTZEHN

WÄHREND JILL SCHLIEF, FÜHRTE COLE einige Telefonate, um ihr Haus reinigen und den Sicherheitsstandard verbessern zu lassen. Mehrere Stunden vergingen, und als sie schließlich mit zerzaustem Haar aus seinem Schlafzimmer auftauchte, hatte er ein spätes Frühstück für sie vorbereitet. Er bemerkte, dass die Schwellung ihres schwarzen Auges zurückgegangen war. Es ging ihm immer noch zu Herzen, sie verletzt zu sehen, aber er lächelte. „Du siehst schon besser aus."

Jill unterdrückte ein Gähnen. „Ich wollte dich nicht aus deinem Bett vertreiben. Aber es ist schon erstaunlich, was Schlaf in dem Bett eines attraktiven Mannes für die Verfassung eines Mädchens bewirken kann."

Er schmunzelte. „Wenn du dich schon besser fühlst, können wir vielleicht ausprobieren, welche anderen Dinge wir in meinem Bett noch anstellen können, damit du dich besser fühlst."

Sie wischte seinen Kommentar nicht beiseite, sagte nicht nein, errötete nur und sah dabei so reizend aus, dass er sie am liebsten in die Arme nehmen wollte. Er zwang sich, sich wieder um das Essen zu kümmern, das er gerade vorbereitete. Auf zwei Tellern richtete er Rühreier, frische Pfirsichscheiben und gebutterten Toast an.

„Das riecht mehr als fantastisch. Vielen Dank fürs Kochen", sagte sie. Sie setzten sich, um zu essen, und er schenkte Kaffee ein. Jill hob ihren Becher, um das starke Aroma einzuatmen, dann trank sie einen Schluck. „Hmm, der ist auch sehr gut. All das ist wirklich schön, aber . . . halte ich dich nicht von der Arbeit ab?"

„Ich hab mir den Rest des Tages frei genommen."

Nachdem sie alles verspeist und mehrere Tassen Kaffe getrunken hatten, während sie sich gut unterhalten hatten, sagte Jill: „Wäre es okay, wenn ich . . . wenn ich duschen würde?"

„Natürlich. Ich zeige dir, wo alles ist."

❧

COLE STEUERTE AUFS BADEZIMMER ZU, während Jill ihm folgte. Er machte einen Schrank auf und holte alles hervor, was man sich für eine angenehme Dusche nur wünschen konnte. Handtücher, Seife, Rasierschaum, Rasierer . . . Wollte er ihr damit etwas sagen?

Sie lachte, und als er sie anschaute, schüttelte sie nur sachte den Kopf.

„Ich könnte Hilfe gebrauchen", sagte sie furchtsam. Wieder stieg Röte in ihre Wangen. „Ich meine, dabei, mein Shirt auszuziehen."

„Und warum bringt dich das in Verlegenheit?" Ein kleines Lächeln zuckte in einem seiner Mundwinkel. Er öffnete die Tür zur Dusche und drehte das Wasser auf, um es warmlaufen zu lassen. „Ich freue mich, dir helfen zu können. Ich schätze, ich könnte meine Augen zumachen, wenn du das willst."

„Das musst du nicht tun. Es ist nur . . . es ist ein wenig peinlich, Hilfe zu brauchen." Das ergab zwar keinen Sinn, nach all dem, was sie schon miteinander erlebt hatten, aber dies fühlte sich doch noch sehr viel persönlicher an.

„Das muss dir nicht peinlich sein." Er stand vor ihr und beugte sich nah heran, um sie sanft auf die Lippen zu küssen, ehe er ihr T-Shirt so vorsichtig es ging hochhob und über ihre Arme und ihren Kopf zog. Sie hatte seinen Kuss nicht erwartet, andererseits hatte sie überhaupt nichts von dem, was mit Cole zu tun hatte, erwartet—die Art und Weise, wie er in ihr Leben getreten war oder wie er sie im Krankenhaus überrascht hatte.

Sie wusste, dass sie voller Schrammen war, aber er zuckte nicht zusammen oder starrte sie an. Cole verhielt sich so, als wäre alles normal, außer dass er sie mit besonderer Sorgfalt, beinahe zärtlich behandelte. Sie wusste das zu schätzen. Im Krankenhaus war sie bei plötzlichen Bewegungen manches Mal schmerzlich zusammengezuckt. Nun, mit Cole, fühlte sie sich sicher. Als er ihr Shirt ausgezogen hatte, ließ sie ihren Slip zu Boden fallen, dass sie nackt war.

Er verharrte, um sie zu betrachten.

Nie zuvor in ihrem Leben hatte sie sich so bloßgestellt gefühlt. Sie fühlte sich wie Botticellis Venus, die auf einer riesigen Muschel stand, nachdem sie aus dem Meer aufgetaucht war.

Cole bewegte sich in Zeitlupe auf sie zu, legte seine Hände auf ihre Hüften und strich dort über ihre Rundungen. „Du bist wunderschön, weißt du das?"

„Cole, bitte . . ."

„Jill, das ist wahr. Deine Figur, deine weiche Haut . . ." Sanft streichelte er mit einer Hand an ihrer Seite hinauf und ließ sie an der Rundung ihrer Brust zur Ruhe kommen. Er hob sie leicht an und spürte ihr Gewicht, während Jill die Empfindung auskostete.

Sie sollte das nicht tun! Sie war eine Masochistin, das wusste sie, handelte sich damit eine Unmenge von strafendem Schmerz ein, aber sie konnte seiner Berührung nicht widerstehen. Er beugte sich näher heran, und sie konnte seinen Herzschlag spüren, sein Atmen direkt vor ihr. Sie platzierte eine Hand auf seinen glatten, steinharten Brustkorb. Cole hob seine andere Hand und umfing nun ihre beiden Brüste, drückte sie zärtlich und kniff sanft ihre Brustwarzen.

„Willst du, dass ich gehe?", flüsterte er.

„Nein. Ich meine, vielleicht. Ähm, ich weiß es nicht . . ." Sie schlug die Hände vor ihr Gesicht, aber er nahm sie behutsam beiseite.

„Es ist okay."

Nein, nein, es ist nicht okay, dachte sie. Es war nicht okay, auf ihren Gefühlen herumzutrampeln, mal vor, mal zurück. Sie musste sich entscheiden, was sie wollte und dann dabei bleiben. Sie blickte Cole an, sah ihm tief in die karamellfarbenen Augen. „Willst du mir Gesellschaft leisten?", fragte sie. „Ich meine, ich kann nicht . . . ich fühle mich nicht in der Lage, um . . . du weißt schon, aber ich könnte Hilfe brauchen. Ist das okay?"

„Das ist mehr als okay." Er lächelte sie an.

Jill stieg in den warmen Wasserstrahl der Dusche, und nachdem Cole sich ausgezogen hatte, folgte er ihr. Die Seife roch erfrischend nach Frühling. Cole schäumte sich damit seine Hände ein und seifte ihren unverletzten Arm von oben bis unten ein, dann ihren Oberkörper, wobei er darauf achtete, die Verletzungen auszusparen. Jill drängte ihn dazu, über die leichteren zu streifen, und er verstand, was sie wollte. Ganz sanft massierte er ihren gesamten Körper. Die zärtlichen, intimen Berührungen sandten ein Kribbeln durch sie hindurch, obwohl er niemals lang genug irgendwo verweilte, um die rote Linie zu überschreiten.

Er wusch sie überall, dann stellte er sie unter den Wasserfall des warmen Wassers. Das fühlte sich so gut an, dass sie gleich hier in seinen Armen einschlafen wollte, aber sie hatten das ganze warme Wasser aufgebraucht. Als das Wasser anfing, kühl zu werden, drehte Cole ab, dann half er ihr, sich in ein Badetuch einzuwickeln.

Jill konnte sehen, dass er mit seinem Begehren kämpfte; keine Chance, es verbergen zu können, angesichts der Tatsache, dass er ja nackt war. Er beugte sich vor, um sie zu küssen, dann wich er zurück, wobei er leise fluchte. „Ich begehre dich so sehr. Ich habe dich wirklich sehr vermisst", sagte er.

„Das war doch bloß ein Tag, Cole!"

„Trotzdem. Dein Körper, deine Süße, dein Umgang mit den Kindern, alles, Jill. Du verstehst das bloß nicht."

Sie verstand es. Wirklich! Sie hatte genauso gekämpft, seit dem Moment, als sie ihn getroffen hatte. Sie streckte sich aus und liebkoste seinen Arm. „Ich begehre dich auch, aber ich fühle mich so hin- und hergerissen."

„Nein, ich will dir zeigen, dass ich mehr sein kann als das, Jill. Im Moment brauchst du nicht mich oder Sex", sagte er.

Überrascht riss sie ihre Augenbrauen hoch. „Nicht? Was brauche ich denn, Mister GDTS?"

Im Nu glichen seine hochgezogenen Augenbrauen ihren. „Mister *wer*?"

Betreten schaute sie zu Boden und kicherte. „Das war der Spitzname, den wir dir verpasst haben, als ich dich das erste Mal in jener Bar gesehen habe. GDTS. Groß, dunkel, tätowiert und sexy."

„Ahh, verstehe. Naja, willst du wissen, was ich dachte, als ich dich sah?" Er klappte den Klodeckel runter und setzte sich, sah sie an und hielt sich an ihren Beinen fest, um die das Handtuch gewickelt war.

„Lass mich mal überlegen! FUGM?"

„Und das bedeutet?"

„Fräulein Unscheinbare Graue Maus?"

Cole warf ihr einen warnenden Blick zu. „Nein. LMHW!"

„Und das bedeutet?" Sie lächelte.

„Lässt Mich Hart Werden."

„Hey!" Lachend schlug Jill leicht auf seinen Arm.

„Ich meine es ernst. Seit vor dem Tod meiner Mutter habe ich nie mehr so etwas gespürt. Viele Frauen haben versucht, mich dazu zu bringen, sie zu begehren, aber es ging nicht. Ich konnte nicht. Ich empfand überhaupt kein Bedürfnis danach. Du hast das bei mir ausgelöst, dass ich dich begehre—dich ganz und gar!"

Sie konnte nicht glauben, was sie da hörte. Das war schon

recht erstaunlich, das musste sie zugeben. Sie umarmte ihn. „Wenn wir also keinen Sex haben werden, was werden wir dann tun?"

„Tanzen."

Das brachte sie zum Lachen. „Tanzen? Da hätte ich schon lieber Sex!"

Cole stand auf und nahm ihre Hand. „Vertrau mir!"

Er führte sie in sein Schlafzimmer, wo sie sich frische Kleidung anzogen, und dann ins Wohnzimmer, wo er irgendeine romantische, altmodische Musik auflegte. Jill legte den Kopf schief bei diesem alten Song.

„Ich weiß, etwas überraschend. Ich höre das nicht oft, aber meine Mam hat mich drauf gebracht. Und ich mag es. Schön, nicht wahr?"

„Ja, wirklich", sagte sie. Es klang nach Billie Holiday.

„Wir sind ja nicht dazu gekommen, zu tanzen, an jenem ersten Abend, an dem wir uns kennengelernt haben." Mit einer Hand auf ihrer Taille nahm er Tanzhaltung ein. „Schau, klappt doch." Jill bewegte sich mit ihm, an ihm, während sie sich drehten und langsam tanzten. Sie schloss die Augen und gab sich dem Rhythmus hin. „Jetzt fällt es mir wieder ein", flüsterte er an ihrem Ohr, und seine Stimme passte sich der Musik an. „Wir haben nicht getanzt, weil du mich mit Dartspielen reingelegt hast."

Sie lachte, und dabei erzitterte ihr Körper an ihm. „Ich habe fair und eindeutig gewonnen. Das hast du selbst gesagt, und du warst mehr als glücklich, mir meinen Preis geben zu können." Bilder und Empfindungen jener Nacht durchfluteten sie. Jill hatte es gefallen, das wilde, verrückte Mädchen zu sein, das mit einem heißen Typen in einer Bar eine Wette abschloss und danach auf seiner Harley mitfuhr. Ein wunderbares Brennen begann in ihrem Körper zu lodern, und sie schaute Cole im matten Licht an. Der Ausdruck seiner Augen entsprach genau dem, was sie fühlte. Er begehrte sie genauso sehr. Trotz seiner Entschlossenheit, ihren

Körper erst heilen zu lassen, sah er aus, als wäre er bereit, sie in seine Höhle zu schleppen.

Und nun *waren* sie ja auch tatsächlich in seinem Reich.

Cole summte, während er den Kopf neigte, um mit seinem Mund über ihr Ohr zu streichen und ihren Hals zu kitzeln. Seine Lippen legten eine Spur von ihrem Mund zu ihrem Hals, während er gleichzeitig unanständige Dinge an ihre Haut flüsterte. „Wenn du erst wieder ganz geheilt bist, werde ich mit meiner Zunge über jeden Zentimeter von dir streichen."

Jill schnappte nach Luft und drehte sich, um ihm Mund-zu-Mund zu begegnen. „Schlimmer Junge!"

„Ja, das bin ich."

Als Cole sich zurückzog, vergrub sie ihre Finger in seinem Haar. „Ich habe es mir anders überlegt. Ich fühle mich schon um so viel besser. Liebe zu machen würde das heilen, was mir am meisten weh tut."

„Wir sollten nicht . . ."

„Bitte. Ich brauche dich, Cole. Wir können vorsichtig sein."

„Jill—"

„Ich weiß, was ich will, Cole. Was ich brauche."

Mit seiner Stirn berührte er ihre und seufzte. „Gott, ich kann dir nicht widerstehen. Aber wenn ich irgendetwas tue, das dir weh tut—"

„Dann werde ich's dir sagen. Das verspreche ich."

Cole umfasste ihren Hinterkopf und kippte ihn etwas, um besseren Zugang zu haben, damit er den Kuss vertiefen konnte. Ihre Körper schwankten, als seine Hände mit seiner langsamen Erkundung begannen. „Ich werde ganz besonders auf dich aufpassen", sagte er mit rauer Stimme.

Seine zärtlichen Worte lösten eine weitere Welle Wärme aus, die sich zwischen ihren Beinen ansammelte. Ihr Herz raste, als sie mit kleinen Schritten Richtung Schlafzimmer taumelten, ohne voneinander abzulassen. Sie küssten sich während des gesamten

Weges weiterhin. In seinem Zimmer angekommen, half er ihr wieder dabei, das Shirt zu entfernen, wobei er gut auf die Armschlinge achtete. Seine hungrigen Augen und Hände strichen sanft über sie, und seine Finger schickten elektrische Impulse über ihre Haut. Jill hätte am liebsten jedes Kleidungsstück entfernt, aber das ließ er nicht zu.

Cole entzog sich nur einen Moment, um ein Kondom vom Nachttisch zu holen, riss sich dann das Shirt über den Kopf und ließ seine Jeans zu Boden fallen. Jill sah ihm zu, wie er sich auszog, ehe er nach ihrer Hose griff, um sie Zentimeter-für-Zentimeter hinunterzuschieben. *Wir hätten uns nach dem Duschen niemals anziehen sollen*, ging es ihr durch den Kopf. Cole kniete sich vor sie hin, strich mit seinen Händen ihre Waden hinauf, küsste dann die Innenseiten ihrer Beine und bewegte sich von ihren Kniekehlen aus an ihren Oberschenkeln entlang hinauf. Jills Körper erbebte vor Lust, während ihr Slip bei jedem Kuss feuchter wurde.

Cole ließ seine Hände auf ihren Oberschenkeln zur Ruhe kommen, während er sich immer weiter nach oben küsste. Jill stöhnte auf und schwankte, wollte seinen Mund auf sich spüren, gleichzeitig ergriff sie sein Haar. Sie spürte seine Zunge auf ihrem Slip und seinen heißen Atem durch den Stoff hindurch, was sie innerlich schon schreien ließ. Cole knabberte durch den Stoff an ihr, schaute sie einen Moment an und schob ihn dann beiseite. Jill konnte mit ihrer Begierde kaum mehr fertigwerden. Dann konnte sie kaum mehr stehen, als sie ein kurzer, aber intensiver Orgasmus durchrieselte!

„Oh, mein Gott! OhmeinGott! Oh . . . mein . . . G . . ." Lust und Wonnegefühl durchströmten sie, während sie von Wogen des Vergnügens erschüttert wurde.

„Das klang nach einem guten." Cole wirbelte Jill herum, dann fiel er rückwärts aufs Bett und nahm sie gleich mit sich mit.

„Nimm mich, Cole! Ich bin schon ganz nass für dich", raunte Jill. Sie wollte ihn jetzt, aber er machte ein sich mokierendes

Geräusch.

„Noch nicht. Ich will dich erst anschauen." Mit seinen Augen und Händen nahm er sie ganz in sich auf. „Ist dein Arm okay?"

„Vergiss meinen Arm! Andere Körperteile von mir sind gerade dabei, zu explodieren."

Coles Hände packten ihre Hüften und erlaubten ihr nicht, sich zu bewegen. Das kleine Lächeln auf seinen Lippen verriet ihr, dass er sie neckte, sie reizte, sie dazu bringen wollte, es zu wollen, darum zu betteln, und sie machte sich eine gedankliche Notiz, ihn eines Tages genauso zu reizen.

„Noch nicht . . ." sagte er und neckte sich ebenso.

Sie sah ihm zu, wie er sich das Kondom überstreifte. Schließlich glitt er mit seinen Händen hinunter, um ihren Hintern zu umfassen. Sie stürzte sich über ihn und auf ihn. Sie wölbte ihren Rücken, genoss die wohlige Empfindung mit geschlossenen Augen. Sie bewegte sich über ihm, mit ihrer Klitoris an der Basis seines Schwanzes mahlend, drückte sich an seinen harten Körper und zog sich dann absichtlich wieder schnell zurück, da sie diese himmlischen Gefühle noch länger ausdehnen wollte.

„Oh, Gott, Jill . . ." Er stöhnte auf.

Sie lächelte. Nun war es an ihr, ihn um den Verstand zu bringen!

KAPITEL NEUNZEHN

A M NÄCHSTEN TAG VERBRACHTEN JILL und Cole einen faulen Vormittag miteinander. Nachdem er sie in ein nahegelegenes Bistro zum Mittagessen eingeladen hatte, erklärte er ihr, dass er ein paar Stunden weg sein würde, um das neue Sicherheitssystem ihres Hauses zu überprüfen. Als sie nun so an der Tür stand, beobachtete sie Cole, der sich bereit machte, loszufahren.

„Fühl dich ganz wie Zuhause! Und ruf mich an, wenn du irgendetwas brauchst! Egal was, Jill." Cole zog die Zeit in die Länge, klopfte seine Taschen ab und überprüfte alles noch einmal.

„Es wird mir gut gehen. Ich werde mich ausruhen, etwas Musik hören, Liz anrufen . . ." Jill machte eine unbestimmte Handbewegung. „Ich kann mich schon selbst beschäftigen, okay? Falls mir wirklich langweilig wird, kann ich ein wenig Gewichte stemmen."

„Was . . . ?" Er ertappte sie, wie sie ein Kichern unterdrückte. „Ach wie witzig." Er beugte sich zu ihr für einen schnellen Kuss, so sah es jedenfalls aus, doch er küsste sie langsam und zärtlich, und seine Hände strichen sanft über ihren Körper, auch wenn sie eigentlich mehr wollte.

Doch sie scheuchte ihn weg. Sie wollte nicht, dass er wegen ihr zu spät käme.

Letzten Endes zog er sich zurück, platzierte noch mehrere weiche Küsse auf ihre Stirn und ihr Gesicht, überdeckte dabei

ihre Verletzungen. Das brachte sie beinahe zum Weinen, aber
sie wollte, dass er sie tapfer aufrecht sehen würde, wenn sie ihn
verabschiedete.

„Du siehst verdammt heiß aus in dieser Lederjacke", sagte sie,
während sie ihn von oben bis unten begutachtete. Und er roch
auch unglaublich gut.

„Vielleicht erlaube ich dir später, sie mir auszuziehen!" Er warf
ihr blitzartig ein letztes Grinsen zu, ehe er die Tür zumachte.

Dieses Alltagsleben war gar nicht so schlecht, dachte sie mit
einem schelmischen Kichern. Sie könnte sich daran gewöhnen.

Obwohl sie sich dumm vorkam, weil sie es tat, überprüfte sie
sicherheitshalber nochmal das Schloss. Jetzt, da sie allein war, war
es schwer, ihre Angst beiseitezuschieben. Manchmal erschrak sie
bei seltsamen Geräuschen und manchmal sprang sie auf, als würde irgendjemand sie angreifen wollen. Aber in Coles Apartment
fühlte sie sich sicher, und sie war entschlossen, keinem Kriminel-
len zu erlauben, ihr Angst einzujagen.

Sie brühte sich nochmal Kaffee auf und setzte sich hin, um
nachzudenken. Nachdem Cole letzte Nacht so einfühlsam und
verständnisvoll gewesen war, war sie stundenlang in seinen Armen wach gelegen. Die Schlussfolgerung, zu der sie gekommen war, erregte sie und ängstigte sie gleichermaßen. Er hatte
Recht. Sie konnten nicht wissen, was die Zukunft für sie bereit-
hielt. Wichtig war das Hier und Jetzt, und jetzt würde sie ihnen
beiden eine Chance einräumen. Um das zu tun, musste sie ihm
die Wahrheit über ihren Gesundheitszustand sagen—dass sie eines Tages zu einer Last werden würde. Sie würde ihm von ihrer
Angst vor Krebs erzählen müssen und dem frühen Krankheitsbe-
ginn von Alzheimer bei ihrem Vater.

Und sie müsste ihm auch das Allerschlimmste mitteilen—dass
ein fünfzigprozentiges Risiko bestand, dass sie dieses Gen vererbt
bekommen hatte.

Oder vielleicht doch nicht, dachte sie, denn plötzlich wollte sie einen Rückzieher machen. Vielleicht sollte sie doch Liz' Rat befolgen und sich erst testen lassen. Sie war sich einfach nicht sicher.

Jill schenkte sich ein Glas Orangensaft ein und lehnte sich dabei an die Küchentheke, während sie auf ihrem Handy das Internet nach Ratgebern bezüglich Genetik durchsuchte, als sie auf einmal ihr Glas umstieß. „Scheiße!" Schnell suchte sie nach ein paar Papiertüchern, um aufzuwischen. Dabei fiel ihr ein in zwei Teile zerrissener Briefumschlag auf. Er war in einer maskulinen Handschrift an Cole adressiert.

Jill ließ den Umschlag dort, wo er war. Ihre Eltern hatten ihr schließlich nicht beigebracht, ein Schnüffler zu sein, aber in ihrer Fantasie stellte sie sich so allerhand vor. Vage erinnerte sie sich daran, dass Coles Mam erwähnt hatte, dass dessen Vater nicht Teil ihres Lebens gewesen war. Dass dieser Vater seit fünf Jahren jedes Jahr einen Brief an Cole geschickt hatte, Cole aber niemals einen geöffnet hatte. Er hatte nicht wissen wollen, wer sein Vater war, nicht nachdem der sie für mehr als zwei Jahrzehnte im Stich gelassen hatte.

War das etwa einer jener Briefe? Jill lugte auf den Stempel der Briefmarke und sah, dass er eine Woche nach Stellas Tod abgestempelt worden war. Cole hatte den Brief zerrissen. Und jetzt war er hier. Und sie war da, und es zuckte sie in den Fingern und Augen, ihn unter die Lupe zu nehmen.

WÄHREND COLE WEG WAR, SCHAUTE Jill etwas Geistloses im Fernsehen an, ehe sie mehrere Anrufe machte. Als erstes rief sie Liz an, um sich zu vergewissern, dass mit der Kinderbetreuung alles reibungslos lief. In wenigen Tagen würden sie die Tagesstätte wieder aufmachen. Dann fragte sie bei der Polizei nach, aber sie hatten noch keinen Verdächtigen für den Einbruch. Jill legte auf, legte das Handy auf die Ablage und überlegte, ob sie ein Schläfchen halten sollte. Immerhin war sie sowohl emotional als auch körperlich ausgelaugt, aber dann sah sie, dass sie zwei Textnachrichten hatte.

Coles weiche Stimme erklang: „Hey, Schatz, wollte nur hören, wie's dir geht und ob du etwas brauchst. Sieht so aus, als würdest du gerade telefonieren. Ich hoffe, du entspannst dich."

Jill konnte das Lächeln in seiner Stimme hören. Nachdem er sie einmal ‚Liebling' genannt hatte und ihr das nicht gefallen hatte, hatte sie bemerkt, dass er darauf geachtet hatte, Kosenamen bei ihr nicht so beiläufig zu verwenden. Aber so wie er sie gerade ‚Schatz' genannt hatte, klang es irgendwie aufrichtig und gut. Als wäre dieser Kosename nur für sie allein reserviert. Sie wiederholte die Nachricht mehrere Male, damit sie es immer wieder hören konnte, und sie liebte den tiefen, reichhaltigen Tonfall seiner maskulinen Stimme.

Die nächste Nachricht überraschte sie. Es war Jason, Stanleys Vater. „Hallo, ähm, Jill. Hier ist Jason, Stanleys Vater. Ich wollte nur sagen, dass es mir sehr leid tut, von dem Einbruch bei euch in der Tagesstätte zu erfahren. Und Stanley vermisst dich. Er fragt ständig, wie es dir geht, und freut sich darauf, wenn die Tagesstätte wieder öffnet. Ich vermisse dich auch. Und ich hoffe, du wirst dir die Sache mit dem Essengehen mit mir nochmal überlegen. Pass auf dich auf!"

Jill spielte auch diese Nachricht mehrere Male ab und hörte dabei, dass die Stimme des Mannes vor Nervosität etwas zitterte. Sie musste zugeben, sie war ein wenig verblüfft. Er war schon recht hartnäckig, das musste sie ihm zugestehen, aber sie wollte nicht, dass seine fehlgeleiteten Gefühle für sie ihr in ihrer Beziehung zu Stanley in die Quere kamen. Möge Gott verhindern, dass Jason Stanley ganz aus der Betreuung herausnahm, bloß weil sie ihn links liegen ließ.

Kaum hatte sie diesen Gedanken zu Ende gedacht, ging die Tür auf und Cole kam mit mehreren Taschen Lebensmittel herein.

„Du trägst ja deinen Arm gar nicht mehr in der Schlinge!"
Sein Tonfall war sowohl überrascht als auch besorgt.

Jill blickte darauf und zuckte die Achseln. „Mein Arm tut
nicht mehr weh. Ich kann ihn bewegen, wenn ich vorsichtig bin.
Die Schlinge wurde richtig lästig."

„Darauf wette ich." Cole stellte die Taschen ab und nahm
Jill in die Arme, schenkte ihr einen wunderbaren Kuss. Mit einer
Hand liebkoste er ihren Arm, wo er verletzt gewesen war. „Das
Sicherheitssystem ist installiert. Du kannst die Tagesstätte jeder-
zeit wieder eröffnen, aber ich würde trotzdem noch ein paar Tage
warten. Schauen, ob die Polizei noch einige Fährten zu Tage för-
dert, was den Einbruch anbetrifft."

„Cole, ich kann dir gar nicht genug danken." Sie spähte auf
die Lebensmittel und entdeckte frischen Fisch und Spargel. „Vielleicht könnte ich für dich ein Abendessen kochen, so für den
Anfang?"

„Ich koche heute Abend. Du ruhst dich aus."

„Aber das habe ich heute den ganzen Tag gemacht. Mich ausgeruht. Darf ich dir wenigstens ein wenig helfen? Bitte!"

Er schüttelte den Kopf. „Ich konnte dir schon letztes Mal gar
nicht gut widerstehen, als du auf diese Weise ‚bitte' gesagt hast."

Jill schmollte und schaute ihn mit einem Hundewelpenblick
an. „Ich verspreche dir, dass ich meine Macht klug einsetze."

„Das würde ich sehr begrüßen."

Sie fing mit dem Salat an, während er den Fisch in eine Auf-
laufform legte, um ihn zu braten. Nebenbei erklärte er ihr das Sicherheitssystem und wie alles funktionierte. Er hatte es auch für
sie aufgeschrieben. Jill steckte den Zettel in ihre Handtasche, um
sich später damit zu beschäftigen, obwohl sie sicher war, dass er
ihr alles selbst zeigen würde.

Bald war der gewürzte Fisch im Ofen und das Gleiche machte er mit dem Spargel, allerdings verwendete er anderes Gewürz

und gab ihn dann einige Minuten später in den Ofen.

Jill war mit ihrem Salat fertig, schmiegte sich von hinten an Cole und legte ihre Arme um seine Taille, während sie ihr Gesicht an seinen Rücken lehnte. „Ist das etwa das Dinner, das du kochst, wenn du ein Mädchen hast, das bei dir über Nacht bleibt?"

„Hmm?"

„Die meisten Männer haben ein besonderes Essen, das sie kochen können, um Mädchen zu beeindrucken", sagte sie in neckendem Ton.

„Großartige Idee, aber . . . nein, ich habe noch nie zuvor für ein Mädchen gekocht."

Ihre Augen weiteten sich, und ihr blieb der Mund offen stehen. „Noch nie?"

Er meinte es völlig ernst. „Niemals, Jill. Ich glaube nicht, dass du das verstehst, aber mit dir Zeit zu verbringen, ist etwas Besonderes für mich. Dich hier zu haben, bedeutet viel für mich. Ich mache das nicht mit jeder—mit keiner eigentlich." Cole nahm ihr Gesicht in seine Hände und gab ihr einen süßen, langsamen Kuss, der sich in einen immer leidenschaftlicheren verwandelte. Er packte sie an der Taille und hob sie auf einen Schlag hoch auf die Arbeitsfläche, als würde sie nur fünfundzwanzig Kilo wiegen.

Instinktiv schlang sie ihre Beine um ihn und versank mit ihm in einem weiteren Kuss.

Nach einer Weile entfernte er sich etwas von ihr und tupfte auf ihre Nase. „Heben wir uns das für später auf!"

Obwohl Jill etwas enttäuscht war, war sie wirklich von der Art und Weise beeindruckt, wie Cole sich um sie kümmerte. Die Art und Weise, wie er ihr entschlossen zeigen wollte, dass er mehr sein konnte als bloß ein Liebhaber, bloß ein Sexspielzeug. Er konnte sich um sie sorgen, und dieser Gedanke ließ sie ins Schwärmen geraten.

Nach dem köstlichen Dinner brachte Cole das Geschirr zum Spülbecken, schnappte sich die Schlüssel und nahm Jill an der Hand. „Lassen wir das Geschirr für später, wenn wir zurückkommen."

„Wohin gehen wir?"

„Ich dachte mir, wenn du dich gut fühlst, könnten wir eine Fahrt zum Strand unternehmen?"

Sofort klatschte sie vor Begeisterung in die Hände. „Mit dem Motorrad?"

Er zwinkerte. „Gibt es irgendeine andere Möglichkeit?"

⁓⚬⚬⁓

NACHDEM SICH COLE VERGEWISSERT HATTE, dass Jills Arm stark genug war, dass Jill sich an ihm festhalten konnte, fuhren sie los. Cole empfand eine seltsame Mischung von Frieden und Aufregung, die durch ihn hindurch vibrierte. Jill kreischte und lachte vor Vergnügen, da sie ganz eindeutig die Art und Weise, wie er sich in die Kurven legte, sehr liebte. Beide fühlten sich wild und frei—es war einer jener Momente, in dem sich alles im Leben einfach richtig anfühlte. Cole wollte diesen Moment am liebsten für immer festhalten und einrahmen. Nicht nur weil sie auf dem Bike und auf offener Straße dem Sonnenuntergang entgegenfuhren. Sondern wegen Jill.

Sie kamen an einem ziemlich abgelegenen Strandzugang an, und Cole parkte das Motorrad an der Seite, so dass sie auf den Ozean und die untergehende Sonne hinausschauen konnten. Als er den Motor abstellte und den Helm abnahm, sagte er: „Ich liebe dieses Gefühl, als wäre ich eins mit dem Wind. Es ist so, als könne alles und jedes geschehen, und alles ist in Ordnung."

„Ich weiß, was du meinst. Für mich fühlt es sich an, als würden wir den Alltag hinter uns lassen. Es gibt nichts anderes mehr als nur uns, das Bike und das Auf und Ab der Straße."

Er drehte sich zu ihr um, um sie mit halboffenem Mund und weit aufgerissenen Augen anzuschauen. Weiter als jemals zuvor.

Sie verstand es. Sie verstand *ihn*!

Cole war begeistert, als sich rote und orangefarbene Strahlen in Jills grünen Augen widerspiegelten, während sie ihn anschaute. Ihre Haut war in warmes, gelbes Sonnenlicht getaucht, und Jill sah wie ein Engel aus. Ein Engel mit rabenschwarzem Haar! In dieser Atmosphäre fühlte sich alles um sie herum wunderbar an. Vielleicht war es das Licht, oder seine Stimmung, oder einfach nur, dass es ein perfekter Abend war mit einer sanften Meeresbrise, die seine Haut kitzelte. Das Leben könnte nicht schöner sein als es mit Jill zu teilen.

Er langte zu ihr, um mit seiner Hand über ihr Haar zu streichen, das an einigen Stellen wegen des Helms hochstand, und er liebte es, zu spüren, wie seidig weich es war. Obwohl er Jill schon so oft berührt hatte, hatte er nicht das Gefühl, als wäre es annähernd genug. Er starrte sie viel zu lange an, aber er konnte nicht wegschauen. Sie war so absolut perfekt!

Jill durchforschte seine Augen einige Sekunden lang, lächelte, suchte nach Worten. Als sie sprach, war es nur ein Flüstern seines Namens, und sie streckte sich, um sein Gesicht zu berühren. Er senkte den Kopf, um sie zu küssen. Es war erstaunlich—was als eine einzige, wilde Nacht der Leidenschaft begonnen hatte, hatte sich in etwas anderes verwandelt—etwas Größeres.

Was war es? Könnte er es überhaupt beschreiben, wenn er es versuchte? Im Moment konnte Cole nicht genug darüber nachdenken. Seine Hände wollten überall über Jills Körper streifen und ihr einige neue Dinge zeigen. Das feurige Glühen der untergehenden Sonne beleuchtete Jill, sodass er, auch wenn er die Augen schloss, das Licht um sie herum leuchten sah wie einen bernsteinfarbenen Heiligenschein. Er küsste sie, und dabei spürte er, wie ihre Hände unter seine Jacke glitten, um ihn zu erforschen.

Cole hob Jill an der Taille an, wirbelte sie herum und platzierte sie vorne, direkt am Lenker aufs Motorrad, sodass sie ihm ins Gesicht schaute. Sie grinste, da ihr die neue Stellung gefiel, und zog ihn nah heran, um ihn zu küssen.

Das hatte er nie zuvor probiert, aber jetzt, da sie einmal hier waren, in diesem ruhigen Strandabschnitt, und es langsam Nacht wurde um sie herum, da fand er es absolut perfekt. Während er ihre Beine um sich selbst schlang, küsste er sie an ihrem Hals entlang. Hinten am Horizont des Ozeans ging die Sonne unter, und das Licht verblasste langsam. Im Zwielicht sah ihre Haut wunderbar cremeweiß aus. Er blickte sich um, um sicherzugehen, dass sie allein waren, dass niemand am Strand spazieren ging, und dann knöpfte er ihre Jeans auf.

Jill schnappte nach Luft, dann kicherte sie. „Was machst du da?" Sie schaute sich auch um und erkannte das, was er schon die ganze Zeit bemerkt hatte. Sie befanden sich völlig allein auf einem verlassenen Strand, und es war beinahe schon tiefschwarze Nacht geworden. Geräusche erfüllten die Nacht—Wellen liebkosten den Sand, Wind raschelte im Gras, und in der Ferne konnte Cole den leisen Lärm der Stadt ausmachen.

Er streifte ihr die Jeans ab. Während er ihren Hintern anhob, wanderte er mit seinen Händen an den Innenseiten ihrer Oberschenkel hinauf und berührte sie leicht zwischen ihren Beinen.

„Du bist so unverschämt, Cole!"

„Oh ja, es tut mir leid, wenn ich dich damit überrasche", sagte er mit einem Lächeln in seiner Stimme. Jill zerrte an seiner Jacke, und er ließ sie zu Boden fallen. Blitzschnell hatte Jill ihm das Shirt ausgezogen.

„Du bist dran!" Er zog ihr das Shirt über den Kopf, achtete darauf, vorsichtig zu sein. Ihre Blutergüsse verblassten, aber er würde sich hassen, wenn er die Dinge verschlimmern würde, ehe alle Wunden völlig verheilt waren.

Jill langte nach hinten, um ihren BH zu öffnen, dann warf sie ihn in den Sand. Eines war sicher, sie handelte nicht so, als würde ihr noch irgendetwas weh tun. „Jetzt du . . ."

Nach einem kurzen Zögern machte Cole seine Jeans auf und

zog sie so weit hinunter, dass die Sache funktionieren konnte. Glücklicherweise hatte er daran gedacht, in seiner Jackentasche ein Kondom mitzubringen, als er diese hübsche Idee gehabt hatte. Es erforderte einiges an geschicktem Manövrieren, um sich runterzubeugen und es hervorzuholen, ohne mitsamt des Motorrades umzukippen, aber eine Minute später war er so weit, loszulegen. Sie war mehr als bereit, packte seinen Rücken und zog ihn näher heran.

Mit einer langen, langsamen Bewegung glitt er in sie, und sie stöhnte auf, schlang ihre Beine um ihn und zog ihn heran für mehr. Er explodierte beinahe sofort an Ort und Stelle. Er kämpfte dagegen an, obwohl sein Körper sich schmerzvoll sehnend an der Klippe befand. Doch er wollte, dass sie zuerst kam.

Jill lehnte sich auf das Bike, während er sie hielt, während er sich langsam bewegte, während sein Mund sie küsste und sanft in ihren Hals biss. Sie kam ihm entgegen, denn sie brauchte ihn unbedingt tief in sich. „Mach so weiter, und ich werde ausflippen!", sagte er ihr.

„Dann flippe doch aus!", flüsterte sie, während sie in den Himmel schaute. „Die Sterne sind schon da. Dies alles hier ist so perfekt!"

Für ihn war es nicht nötig, die Sterne zu sehen. Er brauchte nur Jill anzuschauen, ihren Körper, ihre wunderbare Vagina, die ihn einlud, weiter, schneller . . . härter einzudringen. Jill war so wunderschön! Cole spurte ihr Gesicht mit seinen Händen nach, während er ihre Stirn, ihre Wangen und dann ihren Mund küsste.

Als er sich aufrichtete, sagte sie: „Ich hatte meinen ersten Ritt auf diesem Motorrad . . . auf zwei verschiedene Arten."

„Das ist für mich auch das erste Mal", offenbarte er ihr, glücklich, dass sie diese ersten Male miteinander erleben konnten.

„Wie wär's mit dem Strand?"

„Du willst dich auf den Sand begeben?", fragte er, und wollte eigentlich nicht zugeben, dass er es schon mit anderen Frauen am

Strand getan hatte.

„Würde es funktionieren?"

„Wir haben auch dafür gesorgt, dass dies hier funktioniert!" Und er stieß in sie, um seinen Punkt zu beweisen. Dann wickelte er seine Arme enger um sie und hob sie hoch, damit ihre Klitoris besser an ihn stoßen konnte.

„Ohhh!", stöhnte sie.

„Ach du liebe Zeit, das fühlt sich so verdammt unglaublich umwerfend an!" Er hatte vorgehabt, sie auf den Sand zu betten, verharrte aber auf der Stelle, während ihr Körper an ihn geschmiegt war. Der Winkel und der Druck schickten ihn tief hinein, und er schaukelte an ihr, brachte sie beide zum Stöhnen. Jill keuchte, mit ihren Händen packte sie seinen Hals und ihr Brustkorb stieß gegen ihn. Plötzlich packte sie ihn fester und schrie in ihrem Höhepunkt auf.

Cole ergriff die Gelegenheit, ein Bein zu heben und sich vom Bike wegzubegeben, während er sie gleichzeitig immer noch festhielt. Sein häufiges Training mit Gewichten zahlte sich nun aus. Er spürte, wie seine Muskeln arbeiteten, aber es war nicht zu viel—und das Brennen war die Sache wert. Dennoch musste er sie letztendlich auf die Füße stellen, um seine Kleidung abzulegen und hinter dem hohen Schilfgras eine Decke auf dem Sand auszubreiten. Schließlich zog er Jill wieder an sich, und sie sanken beide auf die Knie. Jill zog ihn auf sich, bis er sie bedeckte. Dann langte sie nach unten, um ihre Lippen für ihn zu spreizen, da sie ihn weiter in ihren Körper einladen wollte.

„Cole, ja!"

Er legte eine Hand an ihren Nacken, zog Jill herauf für einen Kuss, während er gleichzeitig tiefer in sie eintauchte.

Er konnte nicht genug bekommen. Von diesen Gefühlen, von dieser Umgebung . . .

Von ihr!

JILL SCHLANG IHRE BEINE UM Cole und zog ihn näher heran, wollte, dass sein Körper härter und schneller in sie trieb. Sie wollte, dass er ausflippte, dass er sie brauchte, dass er merkte, dass er ohne sie nicht leben konnte. Sie ergriff seine Arme, dann glitt sie mit ihren Händen hinauf, um seine Bizepse abzutasten.

„So?", knurrte er.

„Ja! Oh, Gott, ja!" Sie riss ihn nah an sich, und aus einem seltsamen Impuls heraus biss sie ihn in die Schulter. Cole murmelte überrascht und knabberte an ihrem Hals. Das schoss reines Vergnügen durch ihre Adern.

Sie konnte nicht glauben, wie sehr er die Kontrolle behielt. Cole wechselte ab zwischen schnell und fest, dann langsam und sinnlich, befriedigte und reizte sie damit gleichermaßen. Dadurch baute sich das Vergnügen immer weiter auf und verstärkte sich noch. Brachte Jill dazu, noch fester als je zuvor explodieren zu wollen.

„Ich werde gleich nochmal kommen", hauchte sie. *Und das wird gewaltig sein!*

„Das ist nicht fair . . . oder vielleicht ist es das." Cole rollte sie plötzlich beide herum, wobei er Jill auf sich zog. Sie kreischte, kümmerte sich nicht darum, ob sie irgendwer hörte. „Ich will jeden Zentimeter von dir spüren", fügte er hinzu und bewies es sogleich mit seinen Händen. Seine Worte ließen sie erbeben.

Cole packte ihre Hüften, bewegte sie vor und zurück, während sie sich um ihn herum anspannte. Seine Hände vagabundierten über ihren Körper, streiften hauchzart über ihre Haut. Zusammen mit der leichten Brise begann alles an ihr zu prickeln, und sie fühlte sich lebendiger als sie sich je in ihrem Leben gefühlt hatte. Wenn sie doch nur diese Nacht ausdehnen könnten! Jill wollte, dass sie immer weiter und weiter und weiter ging . . .

Sie konnte nicht anders als mit ihren Händen an ihrem eigenen

Körper entlangzugleiten. Seine Hand erreichte eine ihrer Hände und führte sie zu ihrer Brust. Sie liebkosten sie gemeinsam, während sie sich bewegten. Es war heiß und sexy und unanständig, und sie liebte es. Sie liebte es, wie er sie im Mondlicht beobachtete. Sie liebte es, wie er schaute, als er so dalag, als könne er sein Glück kaum fassen.

Und dies alles wegen ihr!

Innerlich spürte sie, wie sich ihr Körper in einem sonderbaren Höhepunkt, der mit Verlangen durchmischt war, entlud. Als sie sich nicht mehr zurückhalten konnte, ließ sie sich gehen, ließ sie sich fallen, ließ sie ihren Höhepunkt über sie rollen und weiterrollen. Ihr Körper zuckte und verkrampfte sich um Coles Glied, was bei Cole ein Ächzen auslöste. Er bewegte sich noch schneller, schickte sie noch höher hinauf, bis er zusammen mit ihr losließ.

Sein Körper stieß sich vom Boden ab, seine Arme umfassten sie in einer engen Umarmung, und ihre Schreie vermengten sich wie ihre Körper auch. Miteinander wurden sie von Beben erschüttert, dann brachen sie zusammen: Jill landete auf seinem Brustkorb, und beide schnauften keuchend, um Sauerstoff einzusaugen. Woge um Woge durchrieselte sie, bis zu kleinen Nachbeben. Jill fühlte sich schwindelig und kribbelig. Sie war so entspannt, dass sie beinahe über die Schwelle des Schlafes schlitterte.

Mehrere Minuten lang bewegten sie sich nicht. Wellen krachten an den Strand, und Grillen zirpten in den nahegelegenen Büschen. Jill döste weg. Der Lufthauch strich in einer zärtlichen Berührung über ihren Rücken, wie ein leichter Kuss auf ihrer Haut. Euphorie! Ja, das war es—perfekte Glückseligkeit. Ihr Körper und ihr Herz sangen miteinander.

Jill driftete davon in einem süßen Traum. Cole rührte sich letztendlich, und diese Bewegung brachte sie insoweit zurück, dass sie sich daran erinnerte, dass sie auf einem öffentlichen Strand lagen. Doch es kümmerte sie nicht. Gar nichts spielte momentan eine Rolle. Sie war hier, auf einem der perfektesten

Plätze des ganzen Planeten Erde. Mit einer Hand strich sie auf seinem Brustkorb hinauf und an seinem Arm hinunter, und dabei spürte sie das Heben und Senken seines Körpers, während sie ihre Gefühle in ihre Berührung einfließen ließ.

Minuten vergingen, ehe ein Auto vorbeifuhr. Das schubste Jill aus ihrem freudetrunkenen Dunstschleier und erinnerte sie daran, dass sie beide ihr Glück nicht überstrapazieren sollten. Sie sollten sich doch bald anfangen zu bewegen. Widerstrebend zog sie sich selbst hoch, aber ehe sie aufstehen konnte, langte Cole zu ihr und nahm ihren Arm, um sie aufzuhalten. „Ich will dich noch ein wenig länger im Mondlicht betrachten . . . du bist so perfekt!"

Er nahm ihr die Worte sozusagen aus dem Mund. Das Mondlicht, das von seiner Haut reflektiert wurde, verwandelte ihn in ein perfektes Kunstwerk aus gemeißeltem Marmor, wie die Statuen alter Götter in Museen. Gerade als sie dachte, die Nacht könne gar nicht noch besser werden, fiel ihr ein, dass sie auf dem Bike nach Hause fahren müssten, und es gab nichts Perfekteres als das.

KAPITEL ZWANZIG

S TUNDEN SPÄTER LAG JILL IN Coles Bett in dessen Apartment. Sie stützte sich auf einem Ellbogen auf und schaute ihn so an, als hätte sie etwas auf dem Herzen.

„Was ist los?" Cole zeichnete mit einem Finger eine Linie an ihrem Arm entlang.

„Heute habe ich etwas Saft verschüttet und als ich Papiertücher suchte, um aufzuwischen, fand ich einen Briefumschlag auf der Arbeitsfläche. Er war—er war in zwei Teile gerissen."

Cole versteifte sich, fuhr aber dennoch fort, sie mit seinem Finger zu liebkosen, obwohl er nichts dazu sagte.

„Er lag einfach da. Ich wollte nicht in deine Privatsphäre eindringen."

„Schsch. Schon okay", sagte er. „Das ist bloß ein Brief . . . von meinem leiblichen Vater."

„Dachte ich mir."

Überrascht schaute er sie an. Dann durchflutete ihn Erkenntnis. „Meine Mam hat dir von ihm erzählt, nicht wahr?"

Jill nickte, wobei sie ihn mit einem traurigen Lächeln bedachte. „Sie hat mir von den Briefen erzählt. Das hat sie auch sehr bedauert. Etwas, weswegen sie sich schuldig gefühlt hat. Dass du niemals einen Vater gehabt hast."

„Ich brauchte keinen Vater. Ich hatte sie. Sie war genug."

„Ja, aber sie wusste, wenn sie einmal nicht mehr am Leben wäre, würden die Dinge anders sein."

Cole schüttelte den Kopf. „Sie war besorgt. Das verstehe ich. Sie wollte sicher sein, dass ich jemanden hätte. Aber ich—ich konnte einfach nicht zulassen, dass sie mir sagte, wer er war. Ich wollte es nicht wissen. Das war nicht immer der Fall gewesen. Als ich aufwuchs, wollte ich es ganz verzweifelt wissen. Ich hatte so ganz besondere Vorstellungen von ihm. Ich stellte ihn auf ein hohes Podest." Cole hielt gedankenverloren inne.

„Was ist geschehen? Was hat sich geändert?"

„Ich habe mich daran gewöhnt, es nicht zu wissen. Und als meine Mam es mir dann sagen wollte, konnte ich nicht damit umgehen. Irgendwie hatte ich das Gefühl, ich würde sie betrügen. Als würde sie in dem Wissen sterben, dass sie irgendwie ersetzt worden wäre. Ausgeschlossen, dass ich ihr so etwas antun würde, nach allem, was sie für mich getan hatte."

Jill berührte seine Hand. „Cole? Ich glaube nicht, dass sie dieses Gefühl gehabt hätte. Natürlich hast du sie viel besser gekannt, aber sie hat dich bewundert, hat dich geliebt. Sie wollte nur, dass du glücklich bist."

„Ich war glücklich. Ich *bin* glücklich", sagte er und schaute ihr dabei eindringlich in die Augen. „Glücklicher als ich seit langem gewesen bin. Vielleicht sogar jemals." Wieder streichelte er ihren Arm. „Was wir beide zusammen haben? Momentan? Hier und jetzt? Davon will ich mehr! Ich will mehr Zeit mit dir verbringen und abwarten, was daraus werden kann."

Er wusste, es wäre es wert, wenn er mit ihr Zeit verbringen würde, anstatt mit dem Motorrad durch die Lande zu brettern oder seine Arbeit in San Francisco voranzutreiben; das könnte er noch verschieben. Cole sah zu, wie ihre Augen groß und immer größer wurden. „Jill, ich weiß nicht, was geschehen wird, aber ich hoffe auf ein ‚für immer und ewig'. Dafür ist es wert, Risiken einzugehen. Stimmst du mir da nicht zu?"

JILL WAR SO GERÜHRT, DASS ihr Tränen in die Augen stiegen. Sie wehrte sie ab, denn sie wollte einen klaren Kopf behalten, um denken zu können. Wenn sie ihm so viel bedeutete . . . Wenn er wirklich den Versuch für ‚immer und ewig‘ wagen wollte . . . Vielleicht könnten sie einen Kompromiss finden, gemeinsam ein Leben aufbauen, aber sicherstellen, dass es ausgewogen war, damit er ihr nichts übelnehmen würde. Sie beschloss, das Risiko einzugehen und ihm mitzuteilen, wovor sie die meiste Angst hatte. Er hatte sich ihr gegenüber geöffnet und ihr sehr persönliche Dinge anvertraut. Das musste sie jetzt auch tun.

„Ich . . . ich stimme zu, aber ich will dir keine Last sein", sagte sie, und Tränen standen in ihren Augen.

„Wie könntest du je eine Last für mich sein?" Er langte hinüber, um ihr Gesicht zu streicheln. „Du hast mein Leben auf jeden Fall nur bereichert!"

Jill nahm seine Hand in ihre. „Ich wollte dir schon lange etwas sagen." Sie holte einen tiefen Atemzug und ließ ihn langsam entweichen. „Ich habe dir nie erzählt, wie ich deine Mam kennengelernt habe. Wir trafen uns während der Chemotherapie."

Cole starrte sie einen Moment lang an, beinahe als würde er ihr nicht glauben. Dann sog er scharf den Atem ein. Sie senkte den Blick aus Angst, was sein Gesichtsausdruck verraten würde. „Wir waren zur gleichen Zeit in Behandlung. Mein Fall war nicht so schwerwiegend, aber es hat mich dennoch schwer erschüttert, Cole."

Es war totenstill, aber nur einige Sekunden lang.

„Warum hast du mir das nicht schon eher gesagt?" In seiner Stimme schwang ein besonderer Tonfall mit, so, als würde er nicht wollen, dass sie merkte, dass er wütend war. Seine Worte jedoch sagten alles. Er *war* außerordentlich wütend.

„Ich hatte Angst. Naja, zuerst war es einfach zu privat, und . . . ich meine, wir hatten einen One-Night-Stand. Ich fand nicht, dass du das wissen solltest. Wir wollten ja nicht zusammenbleiben. Es gab keinen Grund, es dir zu sagen. Aber jetzt . . ."

Cole entzog ihr seine Hand. „Wow, das ist schon etwas . . ."

„Es tut mir leid, Cole, aber wie ich schon sagte, es gab keinen Grund, es dir eher mitzuteilen. Und immerhin kennen wir uns erst eine Woche." Abwehrend verschränkte sie die Arme vor ihrer Brust. „Ich bin sicher, es gibt eine Menge Dinge über dich, von denen ich nichts weiß", wagte sie sich vor.

Eine Sekunde lang schaute er auf, als wäre er irgendwo in Gedanken verloren gewesen. Oder in Emotionen? War er so wütend, dass er nicht reden konnte? „In Ordnung", sagte er schließlich. „Das kann ich verstehen. Aber du hast gesagt, für dich war es keine so große Sache. Heißt das, du bist jetzt okay?"

„Soweit man wissen kann, bin ich in Ordnung. Es wurde in einem frühen Stadium erwischt. Es ist entfernt worden. Natürlich gibt es keine Garantien, aber . . ."

Cole stieß zischend den Atem aus. „Okay. Gut. Ich bin froh, dass du okay bist. Ich bin verdammt erleichtert!" Er versuchte, sie nah an sich heranzuziehen, aber sie schüttelte den Kopf.

„Warte, Cole! Das ist noch nicht alles. Ich könnte doch jetzt gleich alles loswerden. Bei meinem Vater setzte sehr früh Alzheimer ein. Das Gen dafür könnte ich vererbt bekommen haben. Ich werde mich darauf testen lassen. Zumindest ziehe ich es in Betracht. Es macht mir Angst, und zum Teil will ich es auch gar nicht wissen."

Coles Augen glichen einem in die Enge getriebenen Reh, und seine Hände zitterten, als er sich damit plötzlich erregt durchs Haar strich. „Jesus, Jill! Wie konntest du mir das bis jetzt vorenthalten?"

„Ich hatte Angst. Und bis jetzt hatten wir eine unsichtbare Wand zwischen uns errichtet. Keiner war gewillt, das Risiko von ‚für immer' einzugehen. Aber was du gerade gesagt hast . . . ich hoffte . . . Hast du deine Meinung nun etwa geändert?"

Jill atmete ruckartig ein, als er es nicht schaffte, ihr direkt zu antworten.

Er sah ihre niedergeschlagene Miene und schüttelte den Kopf. „Schau mich nicht so an! Ich hab dich immer noch gern. Ich möchte immer noch bei dir sein!"

„Aber du bist dir nicht mehr sicher, ob es das Risiko noch wert ist?", flüsterte sie.

„Ja. Nein." Wieder strich er mit seinen Händen durch sein Haar, und sein Gesicht zeigte nicht nur Widersprüchlichkeiten, sondern Qual. „Du musst das verstehen, Jill. Meine Mam war ständig krank, mal ging's schlechter, mal besser, seit ich sechzehn war. Mehr als ein Jahrzehnt lebte ich damit, sie zwischen Gesundheit und Krankheit hin- und hertaumeln zu sehen, und die Tatsache, dass ich sie nicht retten konnte—ich weiß einfach nicht, ob ich das noch einmal durchmachen könnte. Nicht mit dir. Ich weiß nicht, ob ich stark genug dafür wäre."

„Ich verstehe", sagte sie, auch wenn sie das Gefühl hatte, ihr bräche das Herz. Das hatte sie doch eigentlich schon die ganze Zeit gewusst. Sie wäre eine Last. Eine tickende Zeitbombe. Welcher Mann würde sich mit ihr belasten wollen?

„Ich sage all die Dinge ganz falsch. Du hast mich einfach damit überrascht, das ist alles, aber—" Ehe er weitersprechen konnte, summte sein Handy, und Cole schaute auf das Display. „Verdammt, das ist Luke, und er hat heute mit dem Taylor-Auftrag angefangen. Ich muss da rangehen. Kann ich einen Moment Zeit bekommen?"

Jill reckte das Kinn. „Natürlich, Cole. Nimm dir so viel Zeit, wie du brauchst!"

Als er erst einmal verschwunden war, ließ Jill den Kopf in ihre Hände sinken. Sie hatte gewusst, dass es schwierig werden würde. Er hatte zugesehen, wie seine Mutter dahingewelkt war, während er nichts tun hatte können, um sie zu beschützen, nichts, um sie zu retten. Und jetzt stellte er sich vor, dass er auch an Jill gebunden sein würde. Das war so, als würde sein schlimmster Alptraum wahr werden.

Jill konnte hören, wie seine Stimme draußen am Handy immer weiter entfernt klang. Musste er eine Zeitlang weg? Hatte sie gerade alles ruiniert?

Ihr kamen die Tränen. Sie konnte den Schmerz nicht mehr zurückhalten. Ein Damm brach, Jill holte schluchzend Atem, ihr Körper erzitterte, als sie versuchte, sich zu beherrschen. Aber sie schaffte es nicht. Sie ließ die Enttäuschung heraus, weinte so sehr, wie sie es jahrelang nicht getan hatte, denn sie konnte seinen Gesichtsausdruck nicht auslöschen, den sie gesehen hatte, als sie ihm die schlimme Neuigkeit überbracht hatte. Jill weinte und weinte.

Und Cole war nicht da, um sie zu trösten.

NACHDEM COLE MIT LUKE GESPROCHEN und ihm seine Meinung bezüglich eines Problems, das im Zusammenhang mit dem Taylor-Auftrag aufgetaucht war, mitgeteilt hatte, stieg er auf sein Bike, bevor er überhaupt beschlossen hatte, eine Tour zu machen. Das war eine Gewohnheit. Ein Automatismus. Klarheit und Freiheit kamen über ihn in Form des peitschenden Windes, und sein Motorrad brummte unter ihm, während die Welt an ihm vorüberrauschte.

Er wollte Jill nicht verlieren. Nicht jetzt. Auch nicht später an irgendeine Krankheit. Er hätte bleiben und mit ihr darüber reden sollen, aber seine Emotionen hatten die Führung übernommen. Sein Sehvermögen war schon etwas verschwommen, als er die Treppen hinuntergeeilt war, um von ihr wegzukommen. Er musste unbedingt allein sein und nachdenken, ja, aber rannte er eigentlich davon? War es das, wofür er sein Bike hatte, wofür er es jahrelang gehabt hatte? Um vor seinen Problemen davonzulaufen? Nein, sagte er sich. Er brauchte es, um sicherzugehen, dass er nicht den größten Fehler seines Lebens machte.

Cole versuchte, sich auszumalen, wie das Leben gewesen war, bevor er Jill getroffen hatte, und es sah dunkel und leer aus. Sinnlos. Jill war der helle, strahlende Fleck in seinem Leben, der alles besser machte. Er wollte, dass sie bei ihm war, in seinem Leben, mit ihm denkwürdige Dinge erlebte und Erfahrungen teilte.

Aber was wäre, wenn sie wieder krank werden würde? Wie würde er damit umgehen, wenn sie sterben würde? Könnte er das überleben, sie so zu verlieren? *Menschen sterben jeden Tag*, sagte er sich. Sie sterben ständig bei Autounfällen, an Herzinfarkten und verborgenen Krankheiten. Na und? Sollte er kein Risiko eingehen und jemanden lieben, bloß weil die Möglichkeit bestand, dass er diese Person verlieren könnte?

Egal, was die Zukunft bringen würde, er wollte, dass sie dies gemeinsam durchlebten!

Cole fuhr an der Bucht entlang, jagte das Spiegelbild des Mondes draußen auf dem Wasser und fuhr noch weiter, einfach um die negativen Emotionen wegzuspülen. Die ganze Nacht hatte eine reinigende Wirkung, und er hatte das Gefühl, innehalten zu müssen und sie zu erleben. Nach einer Weile fühlte er sich erneuert und erfrischt, bereit, zu ergründen, was dies alles bedeuten sollte. Dann fühlte er sich plötzlich schuldbewusst—er hatte Jill zu Hause zurückgelassen, hatte ihr nicht einmal gesagt, dass er bald zurück sein würde, und sie würde sich wahrscheinlich schon fragen, wohin er gefahren war. Oder schlimmer noch—sie könnte überhaupt nicht mehr da sein!

Cole raste nach Hause in der Hoffnung, dass Jill noch da wäre. Er kam sich bescheuert vor, sie im Stich gelassen zu haben, nachdem er ihr gesagt hatte, er würde sich um sie kümmern. Umso schlimmer, dass es spät war, wahrscheinlich beinahe Mitternacht. Er hatte komplett die Zeit vergessen!

Cole sperrte die Tür auf und riss sie auf. „Jill!"

Die Wohnung war in Dunkelheit getaucht bis auf das Licht

in der Küche. Leise betrat er das Schlafzimmer in der Hoffnung, doch noch alles mit ihr besprechen zu können. Er würde ihr sagen, dass es ihm leid täte, dass er davongelaufen sei, aber dass er bereit und gewillt sei, es mit ihr aufzunehmen—es mit der Liebe aufzunehmen.

Aber Jill war nicht da.

Cole schaltete das Licht an. Das Bett war gemacht. Nirgends sah er Dinge von ihr. Auch nicht im Badezimmer. Als er so durch das Apartment ging, war es so, als wäre Jill niemals da gewesen.

Dann sah er es—ein Blatt Papier auf der Küchentheke.

Hallo Cole,

es tut mir leid, dass ich dich damit überrascht habe, und dass dich das aufgebracht hat. Ich wollte nur ehrlich sein. Ich hatte das Gefühl, dass die Dinge einen Punkt erreicht hatten, an dem du es wissen solltest. Vielleicht war es zu viel, aber ich nehme an, wir sollten froh sein, lieber früher als später darüber Bescheid zu wissen. Ich denke, das Beste ist, wenn ich nach Hause gehe.

Vielen lieben Dank für alles.

Jill

Cole starrte mit ausdruckslosem Gesicht die Wand an.

Wie hatte er das alles nur so dermaßen verbocken können?

KAPITEL EINUNDZWANZIG

AM NÄCHSTEN MORGEN SCHLEPPTE SICH Jill mühsam aus dem Bett. Ihr taten sämtliche Knochen weh, als hätte sie sich gerade von der Grippe erholt. Es könnten die Nachwirkungen ihrer nächtlichen Motorradfahrt sein, so bald nach ihrer Entlassung aus dem Krankenhaus, aber sie wusste haargenau, dass es daher kam, weil sie ein gebrochenes Herz hatte. Das beste Gegenmittel war, zurück an die Arbeit zu gehen und ihr Leben weiterzuleben. Sie konnte auch ihr Herz wieder zusammenkleben, falls nötig.

Als sie sich zusammengerissen hatte, schrieb sie eine Textnachricht an Liz: *Ich bin wieder zu Hause. Das Sicherheitssystem ist installiert. Reden wir beim Mittagessen darüber, alles wieder hochzufahren?*

Dann fiel ihr noch etwas anderes ein—sie musste auch noch mit einplanen, dass Cole eventuell ihr Haus verkaufen würde. Aber nicht jetzt! Sie war noch nicht bereit, über ihre Zukunft nachzudenken—eine Zukunft ohne Cole.

Immer noch mit einem Gefühl der Starre spazierte sie durchs Haus. Jemand hatte aufgeräumt. Das Badezimmer war nicht mehr in Unordnung, wie Jill es eigentlich erwartet hatte. Es sah aus, als wäre hier gar nichts Schreckliches passiert. Als sie sich umdrehte, um ins Schlafzimmer zurückzukehren, sah sie ein Stückchen schwarzen Stoff unter ihrem Bett hervorlugen. Es war eine schwarze Baseball-Kappe. Jill hatte nie in ihrem Leben eine Baseball-Kappe besessen.

Aber sie wusste sofort, wem sie gehörte.

Monicas Freund Trevor. Jill hatte gesehen, dass er diese Kappe an dem Montag getragen hatte, als er Monica abgeholt hatte, als sie nach San Diego fahren wollten. Schon davor hatten die beiden eine Auseinandersetzung gehabt. Vielleicht hatten sie auch danach Streit gehabt und waren niemals zusammen auf diese Reise gegangen. Jill war sich nicht sicher. Aber sie wusste, dass sie gesehen hatte, dass Trevor diese Kappe aufgehabt hatte.

Er musste die Person sein, die in ihr Haus eingebrochen war.

Jill rief sofort die Polizei an und teilte ihnen mit, was sie gefunden hatte. Sie schickten einen Beamten herüber, um die Mütze abzuholen und ihre Aussage aufzunehmen. Nachdem er gegangen war, ließ sie sich die Sache nochmals durch den Kopf gehen, entschied aber, dass sie richtig gehandelt hatte. Sie würde nicht Monica anrufen und selber mit ihr darüber sprechen. Sie würde die Polizei die Sache in die Hand nehmen lassen.

Die Kappe zu finden und zu wissen, dass die Polizei unterwegs war, um mit Trevor zu sprechen, gab ihr ein viel besseres Gefühl. Sie hatte wieder alles mehr unter Kontrolle. Sie war nicht hilflos. Sie hatte den Einbruch überlebt. Sie *war* stark. Klar, es hatte sie erschüttert und eine Zeitlang umgehauen, aber jeder andere hätte auch so reagiert. Es bedeutete nicht, dass sie anders war, schwächer oder minderwertig. Und so würde es auch sein, wenn sie sich entschied, ob sie sich wegen der Genmutation testen lassen wollte oder nicht, ob sie nun positiv ausfallen würde oder nicht. Sie würde ihr Bestes geben, so lange wie möglich die Person zu sein, die sie immer gewesen war. Auf vielerlei Weise— ein durchschnittlicher Mensch, aber fähig zu Liebe und gelegentlicher Kühnheit.

Ein winziger Teil ihres Selbst hoffte, sie könnte ihre wilde Seite auch ausleben, auch wenn Cole nicht in ihrem Leben sein würde. Sie hatte es so sehr geliebt, mit ihm Motorrad zu fahren. Während sie in seinem Apartment war, hatte sie sich Tagträumen hingegeben, dass sie gemeinsam Abenteuerreisen erleben würden—eine Tour quer durchs Land zu machen, vielleicht auf seiner Harley, oder in andere Länder zu fliegen. Und natürlich wilden, wahnsinnigen, aufregenden Sex zu haben . . .

Aber sie schüttelte den Kopf und verdrängte die aufsteigenden Tränen. Vielleicht könnte sie später einmal darüber nachdenken, wenn es nicht mehr so sehr weh tun würde. Im Moment musste sie sich darauf konzentrieren, weiterzumachen.

◈

AM NÄCHSTEN TAG HATTEN JILL und Liz die Kindertagesstätte wieder geöffnet und am Laufen, obwohl einige Kinder erst nächste Woche wieder erscheinen würden. Es war ein gutes Gefühl, wieder zu arbeiten und die Kinder zu sehen. Jill war imstande, während der Arbeitszeit ihren emotionalen Schmerz beiseitezuschieben und sich einfach in die alltägliche Routine zu stürzen. Am Morgen hatte sie mit Stanleys Vater gesprochen und klargestellt, dass sie seine Essenseinladung niemals annehmen würde. Er versprach, dieses Thema nie wieder zur Sprache zu bringen, und nach anfänglicher Verlegenheit kehrte man zur Normalität zurück.

Monicas Freund Trevor gestand, in ihr Haus eingebrochen zu sein. Monica und er waren tatsächlich wieder in Streit geraten, kaum zehn Minuten auf der Strecke nach San Diego. Er hatte sie zu Hause abgesetzt und seitdem hatten sie sich nicht wieder gesehen. Trevor war allein und eigenverantwortlich zu Jills Haus zurückgekommen. Er hatte behauptet, nicht beabsichtigt zu haben, Jill zu verletzen, aber er hatte Panik bekommen, als sie hereingeplatzt war. Er war bloß auf der Suche nach etwas gebunkertem Bargeld gewesen, um seiner Methadon-Abhängigkeit nachzukommen.

Und so begann Jills erster Tag zurück in der Arbeit mit

verschiedenen Antworten und einem Abschluss—was auch nicht schlecht war. Wenn sie das mit Cole nur auch hinbekommen könnte. Aber sie würde ihre Zeit mit ihm nicht bedauern. Cole und sie hatten einander auf vielerlei Weise eine solch herrliche Zeit geschenkt, sexuell, emotional und auch auf eine Art und Weise, die sie nicht benennen konnte. Sie konnte es ihm nicht verübeln, wenn er nicht mehr wollte. Er war ein erstaunlicher Mann, aber er war auch bloß menschlich. Niemand würde mit einer Frau zusammen sein wollen, deren Zukunft so ungewiss war wie die ihre.

Sie würde dies durchstehen—sie war stark. Aber dies zu wissen, half nicht, den Schmerz zu lindern.

❧

JILL WAR GERADE DABEI, DIE Kinder fürs Mittagessen vorzubereiten, als Liz sie am Arm berührte. „Hör mal, ich übernehme mal schnell eine Zeitlang! Da draußen ist jemand, der mit dir sprechen will."

Während Jill zur Tür ging, wischte sie ihre Hände an ihrer Arbeitsschürze ab. Sie spähte durch den Türspion und sah—

„Cole!" Langsam öffnete sie die Tür.

Er lächelte, ein langsames, zaghaftes Lächeln, aber als er sie anschaute, leuchteten seine Augen auf, und sein Lächeln weitete sich. „Jill . . ." Als Cole seine Arme ausbreitete, flog sie regelrecht in sie hinein. Seine Wärme, sein Duft und seine Kraft umgaben sie. „Es tut mir leid", sagte er. „Aber in jener Nacht . . . naja, kannst du nach nebenan kommen, um dich ein paar Minuten mit mir zu unterhalten?"

Jill schaute kurz über die Schulter und sah, dass Liz nickte und sie hinausscheuchte. Jill wandte sich Cole zu und trat auf den Eingangsvorplatz. Er nahm ihre Hand. Zusammen überquerten sie die Rasenflächen und betraten das Haus seiner Mutter. Es war nun leer, aber Cole führte Jill in die Küche und hob sie auf die Küchentheke. Als er so vor ihr stand und ihre Hände nahm, überkam sie ein beklemmendes Gefühl. Vielleicht wollte er nur auf eine bessere Art Abschied nehmen. Doch sie wollte keinen Abschied.

„Es gibt soviel, das ich dir sagen will", begann er mit ruppiger, erstickt klingender Stimme. „Zunächst einmal hätte ich dich in jener Nacht nicht alleine lassen sollen, aber ich—ich musste erst mit dem, was du gesagt hattest, fertigwerden. Das tut mir leid."

Jill legte ihre freie Hand auf ihre miteinander verschränkten Finger. „Schon okay. Ich verstehe, dass du Freiraum brauchtest, um damit klarzukommen."

„Ja, ich musste erst damit klarkommen. Genauso wie ich auch mit vielen anderen Dingen klarkommen musste."

„Was meinst du?"

„Nachdem ich herausgefunden hatte, dass du weg warst, bekam ich Panik. Ich hatte Angst, dass ich die für mich wichtigste Person der Welt vertrieben hatte. So wie ich reagiert habe—der Grund dafür war nicht, dass ich dich als Last sah, Jill. Ich glaube an die Worte ‚in guten wie in schlechten Tagen'. Was die Zukunft auch bringen mag, ich möchte immer für dich da sein. Ich möchte mich um dich kümmern. Ich hatte bereits entschieden, dass du mir wichtiger bist als jede Menge Reisen. So wie auch meine Mam mir immer wichtiger war. Aber ich bin nicht perfekt. Ich habe das Gefühl, dass ich meine Mam letzten Endes enttäuscht habe, weil ich nicht für sie da gewesen bin—"

„Ach Cole! Nein!"

„Schsch. Schon okay. Ich weiß, dass ich mir nicht selbst die Schuld geben soll. Aber ich glaube, das werde ich immer tun. Das Wichtige ist, das ich weiß, dass meine Mam mich geliebt hat. Dass sie mich nie als einen Misserfolg sehen würde. Und Jill, ich glaube, dass du mich auch auf diese Weise lieben kannst. Wenn du mir nur vertrauen könntest—"

„Ich vertraue dir, Cole. Und ich bin bereits dabei, mich in dich zu verlieben."

Cole umfasste ihr Gesicht und lehnte seine Stirn an ihre. „Ich verliebe mich doch auch gerade in dich, Schatz!"

Bei dem Kosenamen musste Jill erneut lächeln.

Eine Zeitlang verharrten sie so, mit sich berührenden Gesichtern, atmeten einander mehrere kostbare Sekunden lang ein, ehe Cole zurückwich. „Ich will noch etwas mit dir teilen. Du erinnerst dich doch an den Brief, den du gesehen hast, den ich in zwei Hälften zerrissen habe? Den habe ich wieder zusammengesetzt und gelesen."

„Tatsächlich?"

„Ja. Du hast mir die Kraft dafür gegeben, das zu tun, Jill. Du hast mir beigebracht, tapfer und mutig zu sein. Der Zukunft mit offenen Augen und einem offenen Herzen entgegenzutreten. Und es stellte sich heraus, dass mein Vater jemand ist, von dem du schon gehört hast—Senator Taylor."

„Oh, Wahnsinn!"

Coles Miene blieb ausdruckslos.

Jill konnte nicht interpretieren, wie Cole die Neuigkeit aufgenommen hatte. „Das passt jetzt vielleicht nicht hierher, aber Cole . . . deine Mam wäre so glücklich, dass du Kontakt mit ihm aufgenommen hast. Was ist passiert? Wie fühlst du dich?"

Ihre Worte öffneten eine Schleuse. Cole fing an zu reden und konnte gar nicht mehr aufhören. „Ich dachte, wenn ich meinen Vater jemals treffen würde, würde ich ihm eine reinhauen und ihm ganz genau sagen, was ich von ihm halte. Doch das habe ich nicht getan." Cole streichelte Jills Hand und brachte sie hin und wieder an seine Lippen, um einen Kuss mitten in ihre Handfläche zu drücken. „Ich habe verstanden, warum alles so passiert ist, wie es passiert ist. Es schmerzt mich noch immer, aber ich bin glücklich, dass ich ihn gefunden habe—meinen Vater."

Seine Stimme veränderte sich, als er jene Worte sprach. In all den Jahren—sein ganzes Leben lang—war ‚sein Vater‘ irgendein namenloser Mann gewesen, der ihn im Stich gelassen hatte. Jetzt hatte Cole Antworten gefunden. Womöglich sogar eine Beziehung, wenn er es wollte.

„Hat er dir erzählt, warum er nicht in deiner Nähe geblieben ist?", fragte Jill vorsichtig, da sie keine negativen Erinnerungen ans Tageslicht fördern wollte, die für Cole alles noch schlimmer machen würden.

„Er war verheiratet. Das war es. Er hatte eine Familie. Drei Kinder. Er liebte meine Mam, aber er konnte nicht . . ."

Cole konnte seinen Satz nicht beenden. Eine Welle von Emotionen überwältigte ihn, und er zog Jill wieder nah an sich heran.

„Er konnte seine Ehefrau nicht verlassen und alles aufgeben, wofür er Verantwortung trug", beendete Jill den Satz für ihn.

Cole nickte. „Aber er hat auch gesagt, dass er die ganze Zeit an mich gedacht hat. Er schickte meiner Mam regelmäßig Geld, um finanziell für mich zu sorgen. Das wusste ich nicht. Und als er und seine Frau sich vor fünf Jahren scheiden ließen, begann er die Briefe an mich zu schreiben. Er wollte es wiedergutmachen. Er hat sogar direkt mit meiner Mam geredet. Sie erklärte ihm, dass sie im Sterben liege . . . und gab ihm meine Adresse, damit er sich direkt an mich wenden konnte, wenn sie gestorben war. Er sagte, sie fühle sich schuldig, aber sie sagte auch, ich würde es verstehen. Und das tue ich."

„Oh, Cole . . ." sagte Jill an seiner Schulter.

Cole holte tief Luft und wich etwas zurück. „Jill", sagte er und schaute ihr dabei tief in die Augen. „Ich weiß nicht, was die Zukunft für ihn und mich bereithält, ob wir irgendeine Art von Beziehung haben werden. Einerseits wurde meine Mam reingelegt, weil sie ihn geliebt hat. Aber andererseits war er jetzt stark genug, zu mir zu kommen, seine Fehler zuzugeben und mich als seinen Sohn anzuerkennen . . . und das ist schon mal ein Anfang."

Jill unternahm nichts, um ihre Tränen aufzuhalten. Sie freute sich so für ihn.

Cole streichelte ihre Wange. „Er liebte meine Mam und bedauerte, wie die Dinge verlaufen waren und zwischen ihnen geendet hatten. Das will ich nicht, Jill. Ich will dich. Ich will den Rest meines Lebens mit dir verbringen."

Nun strömten die Tränen frei und ungehindert ihr Gesicht hinunter.

„Aber meine Gesundheit. Die Risiken . . ."

„Die spielen für mich jetzt keine Rolle." Feierlich schüttelte er ihre Hände. „Wir werden einfach das Risiko eingehen und unser Glück versuchen, so wie jeder andere auch. Denn wir haben die Liebe. Jeder hat die Chance, etwas zu bekommen. Nicht wahr? Wir sollten uns nicht aufhalten lassen."

Erleichterung breitete sich in ihr aus. „Vielleicht hast du Recht."

„Ich habe Recht, wenn ich sage, niemand weiß, was die Zukunft bringen wird. Wir haben alle Gesundheitsrisiken. Aber nicht jeder findet die wahre Liebe. Nicht jeder findet jemanden wie dich, Jill Jones. Smash hatte Recht—du bist genau die Richtige!"

Jill kicherte und schluchzte gleichzeitig. „Ich werde jede Chance, die ich bekomme, dafür verwenden, dich glücklich zu machen, Mister Novak", flüsterte sie.

„Und ich werde dasselbe für dich tun, Jill." Er zog sie auf seinen Schoß und küsste sie sanft, aber mit einer Kraft, die ihr den Atem raubte und gleichzeitig ihre Leidenschaft entzündete. Dann wich er zurück und gestand knurrend: „Ich brauche dich!"

Wie durch einen heißen Wind kam plötzlich ihre wilde Seite wieder zutage, und Jill riss sich das Shirt über den Kopf. „Ach ja?", meinte sie und zog Cole zu sich heran. „Dann zeig es mir!"

EPILOG

„ICH BIN BEREIT, JILL. BIST du auch bereit, nochmal zu kommen, Liebling?"

Cole hatte Jill bereits zwei Orgasmen bereitet, einen, während er ihre Klitoris zwischen die Lippen genommen hatte, den anderen, als er es ihr von hinten besorgt hatte. Am liebsten wollte er die Dinge so lange ausdehnen, dass sie die ganze Nacht kommen würde, aber Jill war so verdammt sexy, und wenn er sich noch länger zurückhalten würde, würde er implodieren.

Jill lächelte, während sie gleichzeitig versuchte, zu Atem zu kommen. Sie waren die Sache hart und hitzig angegangen, und mit jedem Orgasmus war ihr Körper von einem glänzenden Schimmern durch einen leicht funkelnden Schweißfilm zu einem stärkeren Glühen durch wirklich deutlichen Schweiß gebracht worden. Das Haar klebte ihr zu beiden Seiten ihres Gesichts und an den Wangen, als wäre sie gerade von einem Sturm erwischt worden—und in gewisser Weise war es ja auch so. Ihre Haut war gerötet, ihre Lippen knallrot und etwas geschwollen. Cole fand, dass Jill noch nie schöner ausgesehen hatte als jetzt.

„Ich bin bereit", sagte sie.

Cole stand auf und grinste von einem Ohr zum anderen. Er packte ihre Beine und zog Jill an die Bettkante heran, nahm ein Kissen und stopfte es unter ihren Po. Mit den Händen an ihren Hüften nutzte er ihren Körper, um sich in sie hinein zu geleiten. Als er erst einmal in ihr war, verschwendete er keine Zeit. Er befand sich bereits an der Klippe zum Abheben. Heftig stieß er in sie hinein, und sie keuchten und stöhnten beide, bis Jill erneut kam, und dabei vergrub sie ihre Fingernägel in seinen Armen. Der Klang seines Namens, den sie währenddessen schrie, schickte ihn endgültig über die Klippe, und sein Höhepunkt sauste nun ungebrochen auf ihn nieder.

Sein Körper erbebte durch die ungestüme Kraft. Cole hielt Jill eng umschlungen fest. Einige Sekunden lang bewegte er sich nicht, bis er sicher war, dass er jeden Tropfen seiner Energie herausgequetscht hatte. Dann schaukelte er ein paar Male vor und zurück, um sich selbst etwas zur Ruhe zu bringen, ehe er Jill schließlich doch losließ und auf dem Bett zusammenbrach.

„Oh mein Gott, du wirst mich noch umbringen!" Cole lachte laut auf, und das fühlte sich gut an.

Jill schmunzelte und küsste die Seite seines Gesichts. „Siehst du? Sogar du könntest jeden Moment dahinscheiden . . . allein durch meine Großartigkeit. Aber was für eine Art und Weise, so dahinzuscheiden!"

Cole zog Jill an sich und hielt sie mehrere Minuten lang an sein Herz gedrückt, während er gleichzeitig das besondere, klebrige Gefühl genoss, wie ihre Körper sich berührten.

Jill platzierte einen Kuss auf seine Lippen. „Ich muss mich unbedingt duschen. Ich bin überall verschwitzt."

„Aber ich mag dich so. Und ich *weiß*, du magst mich genauso!"

Jill errötete, biss sich auf die Unterlippe, nah dran an der Versuchung, wieder ins Bett zurückzukommen, doch dann schüttelte sie mit erzwungener Entschlossenheit den Kopf. „Du bleibst hier und ruhst dich aus. Du musst bald anfangen, für deine Reise zu packen."

Cole rollte sich auf den Rücken und sah ihr nach, wie ihr süßer Hintern im Badezimmer verschwand. Er schloss die Augen und atmete tief ein, genoss dabei den Duft von ihr—von ihnen beiden—der noch in der Luft hing. Manchmal konnte er seine

Liebe zu ihr nicht glauben, oder auch ihre Liebe zu ihm.

Und sie liebten einander wirklich. Sie hatten sich ihre gegenseitige Liebe gestern Nacht ohne Zurückhaltung gestanden. Das war der wunderbarste Moment in Coles Leben gewesen.

Mehrere Wochen waren vergangen, seit in Jills Haus eingebrochen worden war. Durch die Arbeit war Cole gut beschäftigt gewesen, aber er war auch zufrieden damit. Wahrscheinlich genoss er seinen Job umso mehr, da er wusste, dass er, wenn sein Arbeitstag vorüber war, seinen Abend mit Jill verbringen würde. Mittlerweile hatte er auch ein Lebenszeichen von Eric erhalten, aber das kühle Verhalten und die Weigerung seines Freundes, über das zu sprechen, was mit Brianne geschehen war, hatte einen Riss zwischen ihnen verursacht, von dem Cole nicht sicher war, ob er je wieder geflickt werden könnte. Cole hatte mit Luke darüber gesprochen, die Expansion ihres Unternehmens nach San Francisco noch zu verschieben—auf unbestimmte Zeit—und Luke hatte zugestimmt. Er verstand, dass die Chance, jemanden wie Jill kennenzulernen, nur einmal im Leben vorkam, und deshalb wollte er ihn nicht drängen.

„Hey, schläfst du etwa einfach nach mir ein?"

Cole schlug die Augen auf. Jill war wieder da, eingewickelt in einem Handtuch, und ihr langes, nasses Haar lag auf ihren Schultern und hing über ihre Brüste hinab. Ihr Anblick raubte ihm den Atem, und er wollte sie am liebsten wieder für eine weitere Runde aufs Bett werfen. Doch er zwang sich, aufzustehen und zur Kommode hinüberzugehen, wo Jill stand und in den Spiegel schaute. Von hinten legte Cole seine Arme um sie und umarmte sie fest, berührte dabei sanft die Seite ihres Gesichts mit seinen Lippen. Jill roch so gut. Cole schloss die Augen und atmete ihren Duft ein.

Jill freute sich sehr, dass Cole seinen Umzug nach San Francisco noch verschieben wollte. Verdammt, sie war so erleichtert gewesen, dass sie sogar geweint hatte, als er ihr das erzählt hatte.

Aber sie war nicht so verständnisvoll gewesen, als er gesagt hatte, dass er die RIDE HOME-Tour ausfallen lassen wollte. Sie bestand darauf, dass er fahren solle. Sie wollte niemals eine Last oder eine Einschränkung für ihn sein, was er in seinem Leben tun konnte. Zuerst hatte er sich gesträubt, aber als sie ihn rundheraus gefragt hatte, ob er fahren wollen würde, wenn sie nicht in seinem Leben wäre, war er nicht fähig gewesen, zu lügen. Er wollte diese Fahrt machen. Er wollte bloß Jill nicht alleine lassen.

Schließlich hatte er sich doch angemeldet. Und um die Wahrheit zu sagen, er hatte sich auf diese Tour gefreut. Das hatte sich geändert, je näher der Zeitpunkt für die Abreise rückte.

„Was ist los?", fragte Jill.

„Ich will nicht fahren", gestand er ihr.

„Doch du willst", meinte sie mit einem kleinen Lächeln. „Du wirst eine fantastische Zeit haben."

Cole wirbelte Jill herum, damit sie ihn ansah. „Ich werde dich wie verrückt vermissen, und das schon nach nur einem einzigen Tag. Ich kann nicht zwei ganze Wochen ohne dich sein."

Lachend stellte sie sich auf die Zehenspitzen und küsste ihn. „Danke, Liebling, und ich liebe es, dass es dir so geht. Aber ich will nicht, dass du dich wegen mir änderst." Sie legte eine Hand auf seinen Brustkorb. „Genau dieser Kerl ist es, der mich glücklich macht. Er bringt mich zum Lachen, er bringt mich zum Nachdenken, er bringt mich dazu, etwas zu fühlen. Er macht mich heiß, und manchmal macht er mich auch wahnsinnig. So bist du, Cole! Und jene Typen mit ihren Bikes sind auch ein Teil von dir." Jill zwinkerte. „Hab Spaß, erforsche die Welt und sei verrückt! Ich werde nirgendwo hingehen."

„Vielleicht sollten wir wieder ins Bett gehen und dort den Streit ausfechten. Ich könnte dir ein paar Gründe zeigen, warum es für dich nötig ist, dass ich bleibe."

„Natürlich brauche ich dich. Es ist nötig für mich, dass du zurückkommst, und ich vertraue darauf, dass du zurückkommen wirst."

„War das jetzt ein Ja dazu, wieder ins Bett zu gehen?", fragte er mit einem Grinsen.

Jill gab ihm einen Klaps auf den Hintern. „Später", sagte sie. „Ich verspreche dir, dass ich dir einen großartigen Abschied bereiten werde. Aber zuerst muss ich heute noch einige Sachen erledigen."

Mit einem Schmollmund, der es mit dem jedes ihrer betreuten Kinder aufnehmen könnte, begab sich Cole unter die Dusche. Während er unter dem Wasserstrahl stand, dachte er über jene Kinder nach. Sie waren einfach umwerfend. Er hatte sich daran gewöhnt, sie jeden Tag zu sehen, und würde auch sie vermissen . . . besonders Stanley. Er konnte nicht einmal an diesen kleinen Kerl denken, ohne zu lächeln. Es war schon komisch, wie sehr dieses Kind ihn an sich selbst erinnerte, als er klein war. Stanley war von Natur aus neugierig, und diese Neugier würde ihn zweifellos in gewisse Schwierigkeiten bringen, wenn er älter würde, aber mit der richtigen Unterstützung könnte das Kind diese Neugier und diesen Wissensdurst auch einsetzen, um höhere Ziele zu erreichen. Cole hatte sogar etwas Zeit mit Stanley und dessen Vater Jason verbracht, der widerstrebend akzeptiert hatte, dass Cole nun für längere Zeit in Jills Leben bleiben würde.

Momentan teilte Cole sich die Zeit auf, die er bei Jill und in seinem eigenen Apartment verbrachte, aber sobald der richtige Zeitpunkt gekommen wäre, würde er sie bitten, bei ihm einzuziehen.

Oder besser noch, er würde sie fragen, ob er bei ihr einziehen könnte, da er sich in ihrem Haus heimischer fühlte als jemals zuvor in seinem eigenen. Er war nun auch bereit, das Haus seiner Mutter zum Verkauf anzubieten, und er war erstaunt, dass die Vorstellung, dies zu tun, ihn nicht mehr schmerzte. Seine Mam würde immer ein Teil von ihm sein, und er würde immer großartige Erinnerungen an sie haben, die ihn durch schwierige Zeiten begleiten könnten.

Was seinen leiblichen Vater betraf . . . Cole würde den Senator in einigen Wochen treffen. Er wusste nicht, was dabei herauskommen würde, aber er stand der Begegnung aufgeschlossen gegenüber. Hauptsächlich deshalb, weil er Jill hatte und wusste, dass er mit ihr an seiner Seite alles überstehen konnte.

Als er frisch und fertig angezogen war, fand er Jill in der Küche vor, die gerade die Einkaufsliste für die Woche zusammenstellte.

„Dieses Scharnier ist locker", stellte er fest, als er zusah, wie sie die Küchenschranktür aufmachte, wo sie die Getreideflocken für die Kinder aufbewahrte.

„Ja, ein wenig", stimmte sie ihm zu.

„Ich werde den Werkzeugkasten holen und es festziehen", meinte er. „Wenn ich schon dabei bin, kann ich auch den Wasserhahn im Bad reparieren. Ich merkte gestern, dass er tropft, als ich Stanley beim Händewaschen half."

Jill lächelte Cole an. „Okay, Mister Alleskönner", sagte sie. „Ich werde einkaufen gehen, wenn ich mit dieser Liste fertig bin. Gib mir Bescheid, falls du noch etwas für deine Reise brauchst!"

„Willst du, dass ich mitkomme?", fragte er.

„Nö. Du hast hier etwas zu reparieren." Jill lachte. „Und dann gehst du nach nebenan und fängst an, alles für deine Reise einzupacken."

„Jill . . ."

Sie küsste ihn. „Bis später dann. Ruf mich an, wenn du doch noch etwas brauchst!"

„Ich brauche dich", sagte er.

„Gut, denn ich brauche dich auch. Das wird sich niemals ändern."

Er sah ihr nach, als sie davonging, und ihm gefiel, wie ihr Hinterteil während des Gehens etwas hin- und herwippte.

Als er mit dem Küchenschrank und dem Waschbecken fertig war, sperrte er Jills Haus ab und fuhr mit seinem Bike los. Jill würde ziemlich wütend auf ihn sein, aber er konnte einfach nicht auf diese Reise gehen. Er hatte zu viele Gründe, warum er hierbleiben musste . . . und sie war der Hauptgrund. Er würde zu LIQUID COOLED fahren und den Jungs mitteilen, dass er bei der Tour nicht mitmachen würde. Jill würde sich ein oder zwei Minuten aufregen, aber dann wäre es vorbei. Sie würde verstehen, dass er das, was er wollte, nicht wegen ihr aufgab. Er tat genau das, was *er* wirklich wollte.

Was er wirklich wollte, war, mit ihr zusammen zu sein.

Als Cole die Tür des Lokals aufstieß, sah er Smash, Stitch und einen Typen namens Dirty Dog, genannt D.D., an der Theke sitzen.

„Hey! Da ist er ja!", sagte Smash und schaute Richtung Barkeeper. „Bring ihm ein Bier!"

„Nein, danke, schon okay", sagte Cole. „Ich kam bloß vorbei, um euch mitzuteilen, dass ich es dieses Jahr nicht schaffen werde, bei der RIDE HOME-Tour mitzufahren."

„Warum verdammt nochmal?", regte sich Stitch auf.

„Es gibt einfach zu viele Dinge, um die ich mich hier kümmern muss."

„Du musst fahren! Das wird der Trip deines Lebens!", rief Stitch. D.D. stieß ihn mit dem Ellbogen an. „Autsch! Wofür war das denn jetzt!"

Bevor einer von beiden irgendetwas sagen konnte, klopfte Smash ihm auf die Schulter. „Mann, da wirst du jemanden aber total enttäuschen, wenn du nicht mitfährst!"

„Nö, ihr Kerle werdet schon auch so genug Spaß haben. Ihr werdet nicht einmal merken, dass ich nicht dabei bin."

„Ich rede nicht von uns Kerlen", sagte Smash. „Aber es gibt jemanden, der bloß mitfährt, weil du mitfährst. Diese Person hat eine Menge unternommen, um sich für diesen Trip vorzubereiten."

„Naja, dann gib dieser Person bitte meine Entschuldigung weiter, Smash, weil ich nicht mitfahren werde!"

„Da kannst du dich persönlich bei dieser Person entschuldigen!" Smash schaute von der Bar Richtung Klubhaus.

Cole blickte hinüber und konnte seinen Augen nicht trauen. Jill war dort! Sie trug enge, schwarze Jeans, lederne Motorrad-Chaps und schwarze Motorrad-Stiefel. Ihr Haar hatte sie im Nacken zu einem Pferdeschwanz zusammengebunden, und sie hatte einen rot-schwarzen Helm auf.

Langsam bewegte sich Cole auf sie zu. „Jill? Was ist los? Warum bist du so angezogen?"

„Warum? Gefällt es dir nicht?" Sie zog einen Schmollmund, der recht verführerisch aussah mit seiner Schicht knallroten Lippenstifts.

„Verdammt, ja, doch! Frau, an dir sieht alles heiß aus! Aber warum diese Chaps?"

„Damit ich mir meine Beine nicht verletze. Du solltest jetzt eigentlich zu Hause sein, während ich sichergehe, dass ich alles, was ich brauche, auf mein Bike gepackt habe."

Verwirrt schüttelte Cole den Kopf, obwohl ihn gleichzeitig ein Funken Erkenntnis durchzuckte. „Was für ein Bike?"

„Mein Bike", sagte sie grinsend. „Willst du es sehen?"

Da er mit weit offenem Mund dastand, nahm sie ihn an der Hand und führte ihn hinaus. Die Männer an der Bar grinsten ihn an, als er vorbeiging. Draußen zeigte ihm Jill eine Harley, die etwas kleiner war als die anderen. Sie war speziell angefertigt und beinahe brandneu.

„Gefällt sie dir?" Jill biss sich auf die Lippe, und ihre Augen leuchteten.

„Ist das deine?"

„Die Jungs haben mir geholfen, sie auszuwählen. Dann haben sie noch recht lange im Klubhaus daran herumgewerkelt, bis sie sie individuell an mich angepasst hatten." Jill trat auf ihn zu und legte ihre Arme um ihn. „Ich wollte, dass es eine Überraschung für dich wird. Überraschung! Sie haben mir auch Fahrstunden gegeben, und ich habe die Fahrprüfung beim ersten Mal bestanden. Ich wollte, dass du diesen Trip mitmachen kannst, und hoffte, dass es dir nichts ausmachen würde, wenn ich auch mitkomme."

„Natürlich kannst du auch mitkommen. Du hättest nicht all diese Umstände auf dich nehmen müssen. Du hättest mit mir fahren können . . ."

Sie machte einen Schritt zurück, um ihm ins Gesicht schauen zu können. „Ich liebe es, mit dir auf deinem Motorrad zu fahren, aber ich will auch neben dir fahren, das Abenteuer mit dir erleben, die Sehenswürdigkeiten sehen. Ich hoffe, das ist okay."

Cole stand ein paar Sekunden lang ruhig da und ließ die Worte auf sich wirken. Jill würde mitkommen, und nicht nur das, sie hatte all dies für ihn getan—um ihm zu zeigen, wie sehr sie ihn liebte. Wie erstaunlich war das eigentlich? Ohne Vorwarnung riss er sie in seine Arme und hielt sie eng umschlungen fest. „Okay? Nein, das ist nicht okay. Das ist perfekt!" Er drückte ihr einen saftigen Kuss auf die Wange und stellte sie wieder ab, damit sie wieder zu Atem kommen konnte. „Was ist mit den Kindern?"

Jill lächelte. „Weißt du, was ich an dir liebe?"

„Was?"

„Die Art und Weise, wie du ‚Kinder' sagst anstatt ‚Arbeit'. Das zeigt mir, dass du die Kinder wirklich gern hast. Eine Cousine von Liz ist wieder in der Stadt. Sie hat einen Abschluss in Frühkindlicher Erziehung und wird Liz bei der Betreuung helfen, während ich unterwegs bin."

„Also, bedeutet das jetzt, dass du immer noch auf dieses einmalige Erlebnis deines Lebens verzichten wirst?", sagte Smash von hinten an Cole gewandt.

Cole grinste, zog Jill an seine Hüfte und küsste sie auf die rubinroten Lippen. „Ich habe die einmaligste Erfahrung meines Lebens hier direkt bei mir. Und alles, was wir erleben, wird ein Abenteuer sein, egal ob wir unterwegs sind oder in unserem eigenen Zuhause."

ENDE

Vielen Dank, dass Sie "Mit dem Biker von nebenan im Bett"
gelesen haben.

Wenn euch dieses Buch gefallen hat, dann solltet ihr auch Luke's Geschichte lesen in:

, *Mit dem Bodyguard im Bett* ', Band 6 der Serie ,Mit den Junggesellen im Bett', der in Kürze erscheint.

Um weitere Informationen zu erhalten und den kostenlosen
Newsletter zu abonnieren, besuchen Sie mich bitte auf *http://*
www.virnadepaul.com

BÜCHER VON VIRNA DEPAUL

Die Serie ‚Mit den Junggesellen im Bett' umfasst

Band 1: *Mit dem falschen Bruder im Bett* (Rhys)
Band 2: *Mit dem schlimmen Zwilling im Bett* (Max)
Band 3: *Mit dem Milliardär im Bett* (Jamie)
Band 4: *Mit dem besten Freund im Bett* (Ryan)
Band 5: *Mit dem Biker von nebenan im Bett* (Cole)
Band 6: *Mit dem Bodyguard im Bett* (Luke)
Band 7: *Mit dem Trauzeugen im Bett* (Gabe)★★
Band 8: *Mit dem Chef im Bett* (Eric)★★

Verrückt nach dem verkehrten Kerl
Einem Werwolfkämpfer verfallen
★★erscheint in Kürze

Die Serie, Rock'n'Roll Candy

Die Rock'n'Roll Candy Serie handelt von einer Gruppe von
Freunden, Schauspieler Bad-Boys und sexy Rock Stars Anfang 20,
die jeweils der Frau ihrer Träume begegnen.

Band 1: *Sexy wie Rock'n'Roll*
Band 2: *Stark wie Rock'n'Roll*
Band 3: *Süß wie Rock'n'Roll*
Band 4: *Verrucht wie Rock'n'Roll*★★
Band 5: *Sanft wie Rock'n'Roll*★★
Band 6: *Wild wie Rock'n'Roll*★★
Band 7: *Frei wie Rock'n'Roll*★★
★★erscheint in Kürze

Nach dem Zerbrechen einer Beziehung gelingt es Melina, ihren Kumpel Max aus Kindertagen zu überreden, sie in der Kunst der Leidenschaft zu unterweisen. Doch Melina erlebt eine Überraschung, als Max' Zwillingsbruder Rhys unerwartet auftaucht und diese Herausforderung annimmt. Da die Geschichte, die in Kalifornien spielt, sowohl heiß und hitzig als auch herzerfrischend zur Sache geht, wird sie mit HHH (Heat & Heart & HEA = Happily Ever After) bewertet, das heißt, sie garantiert auch ein glückliches Ende. Die vor Erotik knisternde Verwechslung im Bett umfasst charmante eineiige Zwillingsbrüder, frivole Lehrstunden, freche Wortspielereien, leichte Fesselungen, eine anziehende, jedoch schüchterne Hauptperson, die irrtümlich meint, langweilig zu sein, und einen Zauberer als Hauptfigur, der entschlossen ist, zu beweisen, dass das Mädchen seiner Träume alles hat, was er jemals brauchen wird.

Dieser schlimme Junge garantiert so einiges an Zauber und Magie . . .

Max Dalton, der berühmte Zauberkünstler aus Las Vegas, war im Vergleich zu seinem eineiigen Zwillingsbruder schon immer der Bad Boy der Familie, der den Ruhm und die vielen Frauen, die sein Ruf mit sich bringt, sehr wohl zu schätzen wusste. Doch jetzt, da sein Bruder die Liebe seines Lebens geheiratet hat und bald eine eigene Familie haben wird, erkennt Max, worum ihn sein Playboy-Dasein gebracht hat.

Grace Sinclair kommt mit einer bestimmten Absicht nach Las Vegas: sie will Max, den Schwager ihrer besten Freundin, bitten, ihr das Vergnügen zu schenken, das ihr bis jetzt noch kein Mann bereiten konnte. Sie vermutet, dass Max mehr Schichten hat als er die Menschen sehen lässt, ist aber dennoch entschlossen, ihr Herz für sich zu behalten, auch wenn sie ihm ihren Körper anbietet. Schließlich kann Max ihr das geben, was sie will, aber nicht das, was sie braucht - ein Kind. Dafür hat sie einen Plan, der Max nicht mit einschließt.

Wird Grace lange genug hinter die Fassade des Bad Boy schauen, um ihm auch ihr Herz zu schenken? Und wird Max rechtzeitig herausfinden, was er wirklich will, bevor er die eine Frau verliert, durch die er lernte, wieder an die wahre Liebe zu glauben?

Diese heiße Liebesgeschichte beinhaltet ungehörige Aktivitäten in einem fahrenden Auto, schlüpfrige Texte - sowohl gesprochen als auch geschrieben - , ein seltsames Babyprojekt, eine Südstaatenschönheit, die ihre recht ausgefallenen Vorlieben bekämpft, und einen schlimmen Jungen, der alles tun will, um sie dazu zu bringen, abzuheben und zu fliegen. Volle Kraft voraus!

Die Fortsetzung von ‚Mit dem falschen Bruder im Bett' (mehr als 200 Fünf-Sterne-Bewertungen!) wird mit HHH (= Heat Heart & HEA = Happily Ever After) bewertet, das heißt: es geht hitzig zur Sache, ist etwas fürs Herz und garantiert ein glückliches Ende.

Band 3: Mit dem Milliardär im Bett (Jamie)

Als offene, freigeistige Person hat Lucy Conrad Spaß mit ihren Freunden, hält aber andere deutlich auf Abstand, besonders ihre wohlhabende und vorschnell urteilende Familie . . . sowie den Milliardär, mit dem sie sich früher verabredete, Jamie Whitcomb. Trotz ihrer gegenseitigen unwiderstehlichen Anziehungskraft weiß Lucy aus Erfahrung, dass sie niemals in seine Welt passen würde.

Der charismatische Jamie genießt seine Arbeit, die Frauen und seinen Reichtum. Als die Pflicht ruft und er das

Familienunternehmen übernehmen muss, stürzt er sich mit Vollgas in diese Aufgabe; er bedauert nur, dass Lucy nicht mit von der Partie sein will.

Dann geschieht eine Tragödie, und Lucy erkennt: Um das Sorgerecht für ihre zur Waise gewordenen Nichte zu bekommen, muss sie beweisen, dass sie sich doch wieder in die High-Society-Welt, die sie früher ablehnte, integrieren kann. Was wäre die Lösung? Jamies Scheinheiratsantrag annehmen und als die Sorte Mutter angesehen werden, die ihre Nichte verdient. Respektabel. Beherrscht. Gewillt, das Spiel mitzuspielen.

Mit ihrem vorgetäuschten Verlobten an ihrer Seite gibt Lucy Dirty Martinis und Leder zugunsten von Champagner und Seide auf. Doch als sich die Leidenschaft zwischen Lucy und Jamie immer weiter steigert, müssen die beiden eine Wahl treffen: voreinander zurückschrecken, um nicht verletzt zu werden . . . oder alles riskieren für die Art Liebe, die kein Geld der Welt kaufen kann.

Diese Geschichte beinhaltet lockend-zarte Berührungen in einem abgedunkelten Theater und auf der Tanzfläche, einen heißen Junggesellenabschied, eine weibliche Hauptfigur, die sich nicht scheut, auf einer Bühne zu zeigen, was sie hat, sündhafte Abenteuer mit geschlagener Sahne sowie einen reichen Helden, der seiner Frau im Schlafzimmer und darüber hinaus die Erfüllung schenkt.

Band 4: Mit dem besten Freund im Bett (Ryan)

Die liebenswert-nette Annie O'Roarke fühlt sich gelangweilt und einsam. Sie will mehr Aufregung. Mehr Abenteuer. Und mehr Sex . . . auch wenn es nicht mit dem Mann ist, in den sie heimlich verliebt ist, ihrem besten Freund Ryan Hennessey. Annie ist fest entschlossen, einmal in ihrem Leben das ‚schlimme' Mädchen zu sein, und das bedeutet, sie will ihre Liste der ‚unanständigen

Dinge', die sie alle tun will, in der Stadt erleben, wo es ganz normal ist, unanständig zu sein: in Las Vegas.

Ryan Hennessey ist Feuerwehrmann und genießt es sehr, seine Freizeit mit Annie zu verbringen. Sie ist der einzige Mensch, auf den er zählen kann. Niemals würde er ihre Freundschaft aufs Spiel setzen. Dann entdeckt Ryan Annies Liste der ‚unanständigen' Dinge. Obwohl er erstaunt ist, dass Annie kaum erwarten kann, ihre wildere Seite auszuleben, traut er keinem anderen zu, Annies Sicherheit zu gewährleisten.

Solange Ryan da ist, um sie zu beschützen, wird er es übernehmen, Annie den wahren Kern der Sache beizubringen, ein schlimmes Mädchen zu sein.

Ein schlimmes Mädchen nimmt sich einfach das, was sie will.

Wird Annie mutig genug sein, entsprechend der Leidenschaft, die zwischen ihr und Ryan knistert, zu handeln? Und wird Ryan sich selbst und Annie überzeugen können, dass die Liebe es wert ist, Risiken einzugehen?

Verrückt nach dem verkehrten Kerl

Kann eine einsame, unnachgiebige Staatsanwältin in einem lässig-coolen Strafverteidiger aus den Südstaaten die wahre Liebe finden trotz ihrer gegensätzlichen Einstellungen zu Schuld, Unschuld und Verantwortung?

Sie hat ein weiches Herz, aber eine dunkle Vergangenheit. Er genießt das Leben in vollen Zügen und glaubt daran, dass jeder eine zweite Chance verdient. Sie ist entschlossen, Abstand zu halten. Er will ihr näher kommen, ganz nah. Doch ein dramatisches, lebensbedrohliches Ereignis ändert alles. Werden sie dennoch ihren Platz im Herzen des jeweils anderen finden?

Bei dieser kurzen, romantischen Erzählung geht es um Leidenschaft im Gerichtssaal wie auch im Schlafzimmer, und ihr Liebesabenteuer ähnelt einem romantischen Tanz mit Umwerben und unerwarteter Kapitulation, unterstützt von einer Freundin, die als Vermittlerin fungiert, um zwei Menschen zusammenzubringen, die dafür bestimmt sind, in guten wie in schlechten Zeiten füreinander da zu sein.

Die amerikanische Bewertung HHH (Heat, Heart & HEA = Happily Ever After) deutet darauf hin, dass es in diesem Liebesroman heiß und herzerfrischend zur Sache geht und ein glückliches Ende garantiert ist.

Die amerikanische Bewertung HHH (Heat, Heart & HEA = Happily Ever After) deutet darauf hin, dass es in diesem Liebesroman heiß und herzerfrischend zur Sache geht und ein glückliches Ende garantiert ist.

Einem Werwolf kämpfer verfallen

Eine Spezialeinheit für Einsätze bei paranormalen Phänomenen, eine angeschlagene Alpha-Wer-Bestie, die auf Rache sinnt, und eine Vampirin versuchen, ihre Drachenwandler-Adoptivfamilie zu retten.

Können sie eine Gruppe rebellierender Formwandler daran hindern, die Dämonen der Hölle freizusetzen?

Das längste Leben ist nicht immer das glücklichste . . .

Fünf Jahre nach dem Zweiten Zivilkrieg bemühen sich Menschen und Andersgeborene–menschenähnliche Wesen mit übermenschlicher DNA–immer noch um Frieden. Um beiden Gruppen zu ihren Rechten zu verhelfen, bildet das FBI ein Team, das mit einzigartigen Fähigkeiten ausgestattet ist.

Im Moment dient Wer-Bestie Dex Hunt diesem Para-Ops-Team, aber sein eigentliches Ziel ist es, den Werwolf-Anführer umzubringen, den er für den Tod seiner Mutter verantwortlich macht. Während er auf den rechten Augenblick wartet, hält sich Dex emotional von seinen Teammitgliedern und jedem anderen fern, für den er etwas empfinden könnte, einschließlich einer mysteriösen Vampirin, die er in Los Angeles traf.

Als Ärztin hat die Vampirin Jesmina Martin ihr unsterbliches Leben der Aufgabe verschrieben, andere zu heilen. Als forschende Wissenschaftlerin versucht sie, Lebensspannen zu verlängern, insbesondere jene ihrer Adoptivfamilie, der Drachenwandler, und die des Werwolfs, der sie gerettet hat, als sie ein Kind war. Ihre größte Hoffnung ruht auf Dex, der Wer-Bestie, die anderen Unsterblichkeit schenken kann.

Doch Dex weiß nichts von seiner Gabe, auch nicht, dass Jesmina sie für ihre Zwecke nutzbar machen will. Nach einer leidenschaftlichen, gemeinsamen Nacht erwartet keiner, den jeweils anderen wiederzusehen. Wochen später treffen sie in Frankreich aufeinander, gezwungen, ein zerbrechliches Geheimnis zu akzeptieren–neues Leben, das überleben will. Gleichzeitig müssen sie eine Gruppe rebellischer Formwandler daran hindern, die Dämonen der Hölle freizusetzen. Doch bevor Dex und Jesmina ihr Kind oder die Welt retten können, müssen sie ihre Geheimnisse preisgeben, ihre Ängste überwinden und sich selbst der Liebe öffnen.

ÜBER DIE AUTORIN

VIRNA DEPAUL IST EINE NEW York Times Bestseller-
autorin und steht auch auf der Bestselling-Liste von USA
Today für erregende, spannungsvolle Erzählliteratur. Ob es um
Vampire, eine Spezialeinheit für paranormale Phänomene, heiße Polizisten oder umwerfende identische Zwillingsbrüder geht,
ihre fiktiven Geschichten handeln immer von komplexen Indivi-
duen, die gewillt sind, auch die unglaublichsten Schwierigkeiten
zu überwinden, um der Liebe den Weg zu bahnen.

Um weitere Informationen zu erhalten und den kostenlosen
Newsletter zu abonnieren, besuchen Sie mich bitte auf: *http://
www.virnadepaul.com*

Website: *www.virnadepaul.com*
Facebook: *www.facebook.com/booksthatrock*
Twitter: *twitter.com/virnadepaul*